Een kille dageraad

JOHN MARSDEN

Een kille dageraad

Vertaald door Molly van Gelder

GOTTMER · HAARLEM

DIT IS EEN **Jenny de Jonge** BOEK

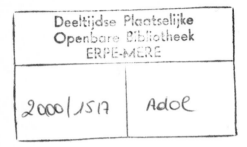

*De vertaalster ontving voor deze vertaling een werkbeurs
van de Stichting Fonds voor de Letteren.*

© 1995 John Marsden
De oorspronkelijke uitgave van dit boek verscheen onder de titel
The third day, the frost bij Pan Macmillan Australia Pty Ltd

Voor het Nederlandse taalgebied:
© 2000 Uitgeverij J.H. Gottmer / H.J.W. Becht BV,
Postbus 160, 2060 AD Bloemendaal (e-mailadres: post@gottmer.nl)
Uitgeverij J.H. Gottmer / H.J.W. Becht BV is onderdeel
van de Gottmer Uitgevers Groep BV
© 2000 Nederlandse vertaling: Molly van Gelder
Omslagontwerp en -illustratie: Joanna Greve
Zetwerk: zetR, Hoogeveen
Druk en afwerking: Drukkerij Bariet BV, Ruinen

ISBN 90 257 3209 7 / NUGI 222

INHOUDSOPGAVE

Voor mijn zuster en oude vriendin,
Rosalind Alexander

'The third day comes a frost, a killing frost...'
William Shakespeare, uit *King Henry VIII*

I

Soms denk ik dat ik liever bang ben dan dat ik me verveel. Als je bang bent besef je tenminste dat je leeft. Er wordt energie door je lichaam gepompt in zo'n tempo dat die eruit gutst als zweet. Je pompende hart beukt in je borst als een oude windmolen in een stormachtige nacht. Er is geen ruimte voor iets anders. Je denkt niet meer aan vermoeidheid, kou of honger. Je denkt niet meer aan je gekneusde knie of aan je zere kies. Je vergeet het verleden en je vergeet dat er zoiets als de toekomst bestaat.

Ik ben inmiddels een deskundige in de angst. Volgens mij heb ik alle mogelijke intense gevoelens ervaren: liefde, haat, jaloezie, woede. Maar angst is het sterkst van allemaal. Niets is zo ingrijpend en pakt je zo bij je kladden als angst. Niets beheerst je zo hevig als angst. Het is een soort ziekte, een koorts, die je in bezit neemt.

Ik heb zo mijn trucs om angst op afstand te houden. Die hebben we allemaal, dat weet ik zeker. En ze werken allemaal anders, soms. Een van mijn trucs is om aan grapjes te denken die ik door de jaren heen heb gehoord. Een ander trucje heb ik van Homer geleerd. Het klinkt nogal eenvoudig. Je moet steeds bij jezelf zeggen: 'Ik weiger angstig te denken. Ik zal sterk denken. Ik zal dapper denken.'

Het helpt bij lichte angst, maar het werkt niet zo goed

bij paniek. Als de echte angst toeslaat, als de paniek je onderuithaalt, ben je weerloos.

De afgelopen twee weken, die ik in de Hel heb doorgebracht, waren oersaai, het soort tijd waarnaar je verlangt als je doodsbang bent, het soort tijd dat je verfoeit als je erin zit. Misschien was ik wel verslaafd geraakt aan angst, omdat ik heel vaak lag te denken aan gevaarlijke dingen die we hadden kunnen doen, aan wilde aanvallen die we hadden kunnen uitvoeren.

Ik weet tegenwoordig niet meer of ik moordzuchtig ben, suïcidaal, verslingerd aan paniek of verslaafd aan verveling.

Hoe zou het de mensen die de wereldoorlogen hadden meegemaakt, vergaan zijn nadat het vechten voorbij was? Er vochten voornamelijk mannen in die oorlogen, maar er waren ook heel wat vrouwen bij. Die waren niet per se soldaat, maar je hoefde geen soldaat te zijn om door de gebeurtenissen aangegrepen te worden. Zetten ze een knop om op de dag dat de vrede werd getekend? Kan een mens dat? Ik in ieder geval niet. Ik raak blijkbaar gewend aan de manier waarop mijn leven de laatste tijd is verlopen, van totale gekte tot totale leegte. Maar ik droom vaak van mijn vroegere, regelmatige leventje. Toen ik op school zat begon de dag altijd hetzelfde: ik at mijn ontbijt, smeerde mijn boterhammetjes, pakte mijn schooltas in en gaf mijn moeder een zoen. Mijn vader was meestal al op het land, maar soms stond ik vroeg op om met hem te ontbijten. En op andere dagen, als ik op de normale tijd was opgestaan, stond hij nog in de keuken met zijn achterwerk lekker warm tegen het kachelfornuis.

Jarenlang – zodra ik groot genoeg was om bij de pedalen van de auto te kunnen – reed ik zelf naar de bus. Kinderen die op een boerderij wonen, kunnen een speciaal rijbewijs krijgen om naar de schoolbus te rijden, maar dat liet ons koud. Mijn vader vond het de zoveelste stomme bureaucratische regel. Het is van ons huis ongeveer vier kilometer naar het hek aan de Providence Gully Road. Dat is niet ons toegangshek, maar het staat wel als enige aan de weg waar de schoolbus langskomt. Net als de meeste mensen hadden we een terreinwagen, een ongeregistreerde bom, die voornamelijk door de kinderen werd gebruikt of voor de bevoorrading. Die van ons was een Datsun 120Y, die mijn vader voor tachtig dollar op de kop had getikt. Meestal nam ik die, maar als hij het niet goed deed of mijn vader hem ergens anders voor nodig had, ging ik met de Landrover of met de motor. En dan liet ik het voertuig, of wat het ook was, de hele dag onder een boom staan terwijl ik op school zat, en als ik uit de bus stapte, ging ik ermee terug naar huis.

De school was best leuk en ik vond het zalig om met vriendinnen te zijn – het sociale leven, het geroddel, het praten over jongens – maar zoals de meeste boerenkinderen besteedde ik evenveel energie, tijd en interesse aan de boerderij als aan school. Ik weet niet of dat ook voor stadskinderen geldt. Soms krijg ik het idee dat school voor hen belangrijker is. Nou vinden wij die natuurlijk ook best belangrijk, zeker in deze tijd waarin iedereen bang is niet meer van het land te kunnen leven en niet meer in de voetsporen van de ouders te zullen treden. Tegenwoordig moet elk boerenkind aan een andere loopbaan gaan denken.

Maar waar praat ik over? Een paar minuten lang was ik

11

terug in de tijd toen er nog vrede heerste en onze grootste zorg een baan was. Idioot. Die dromen dat we hersenchirurg, een beroemde kok, kapper of advocaat zouden worden, zijn in rook opgegaan. En die rook ruikt naar kruit. De dromen gaan nu alleen maar over in leven blijven. Dat is wat meneer Kassar, onze toneelleraar, 'een ander perspectief' zou noemen.

Het is al bijna een halfjaar geleden dat ons land werd bezet. Sinds januari hebben we in een oorlogsgebied gewoond en nu is het juli. Op zich niet lang, maar het lijkt een eeuwigheid. Ze kwamen als een zwerm sprinkhanen, als een troep muizen, als onkruid over ons land heen. We zouden hier toch zo langzamerhand gewend moeten zijn aan plagen, maar dit was de snelste, meest onverwachte en meest succesvolle plaag aller tijden. Ze waren veel te slim, veel te gewelddadig, veel te goed georganiseerd. Hoe meer ik over hen te weten kom, hoe meer ik begrijp dat ze dit al jaren geleden hebben gepland.

Neem nou de manier waarop ze verschillende tactieken hebben toegepast op verschillende plaatsen. Ze bemoeiden zich niet met geïsoleerde gemeenschappen of met het binnenland of met verspreide boederijen, behalve in plaatsjes als Wirrawee, mijn geboortestad. Ze moesten Wirrawee in handen krijgen, omdat het aan de weg naar Cobbler's Bay ligt, en ze hadden Cobbler's Bay nodig omdat het zo'n grote zeehaven is.

Wirrawee was een eitje voor ze. Ze planden de invasie op Commemoration Day, de dag dat iedereen vrij is. In Wirrawee gaan de mensen dan naar de jaarmarkt, dus ze hoefden alleen maar het jaarmarktterrein in beslag te nemen en ze hadden negentig procent van de bevolking in handen. Voor de verovering van de grotere steden moesten ze iets meer fantasie gebruiken. Meestal namen ze mensen in gijzeling, en dan vooral kinderen. Het was hun strategie om zo snel te handelen dat er geen tijd was om je verstand te gebruiken, geen tijd om na te denken. Bij de minste of geringste vertraging begonnen ze de boel op te blazen en mensen te vermoorden. Dat werkte. Die politieke ratten, onze leiders, de mensen die ons in vredestijd elke dag weer vertelden hoe geweldig ze waren en dat we toch vooral op hen moesten stemmen, voelden het water van het zinkende schip tegen hun enkels klotsen. Ze namen de benen naar Washington en lieten chaos en duisternis achter zich.

Ja, het was slim, het was wreed, het was geslaagd.

En door hen – of door onze eigen apathie en egoïsme – waren onze ambities die we in vredestijd hadden, vervlogen en werden we plotseling in een leven van angst en verveling geworpen.

Maar angst en verveling waren natuurlijk niet de enige emoties. We hadden ook andere gevoelens, zelfs kwamen zo nu en dan gevoelens van trots om de hoek kijken. In het midden van de herfst hadden we met z'n vijven, Homer, Robyn, Fi, Lee en ik, onze grootste aanval uitgevoerd. We hadden met gas een rij huizen opgeblazen waar een grote commandopost in gevestigd was. Tegen alle verwachtingen in hadden we een explosie veroorzaakt van elf op de schaal van Richter. Er was nog net geen paddestoelwolk, maar dat was dan ook het enige. Het was behoorlijk spectaculair. Naderhand beseften we pas wat we hadden gedaan. We gingen met pijn en moeite terug naar onze schuilplaats in de

13

bergen en wilden alleen even omrijden om eten te halen, toen we die vreselijke ontdekking deden: het lijk van onze vriend Chris. We namen hem mee en begroeven hem in ons toevluchtsoord, dat woeste dal met rotsen en struikgewas, ook wel de Hel genoemd. Daar bleven we weken zitten, terwijl we ons er steeds meer van bewust werden hoe hoog we op de lijst van gezochte personen stonden, omdat er zo intensief naar ons gezocht werd. We werden bang van de onverzettelijkheid waarmee er werd gezocht. Aangezien we niet op de hoogte waren van het nieuws – behalve zo nu en dan via radiobulletins uit andere landen – konden we er op geen enkele manier achterkomen wie we gedood hadden of wat we verwoest hadden. Maar kennelijk zaten we diep in de puree.

Naarmate het zoeken afnam en de jagende helikopters naar hun bases terugkeerden, werden we een beetje rustiger. Maar we stonden niet te trappelen om actie te ondernemen. We bleven nog een paar weken in ons woeste dal zitten. We hadden genoeg te eten, al was het een vrij eentonig menu, hingen wat rond, aten en sliepen en praatten, hadden nachtmerries en trilden en huilden, en sprongen verschrikt op als er plotseling iets ritselde tussen de struiken. We hadden allemaal een klap van de mallemolen gekregen. Lee kreeg een zenuwtic, vooral 's avonds, waarbij de rechterkant van zijn mond tijdens het praten omhoogtrok naar zijn oog. En als we gingen vrijen en hij zei dat hij het lekker vond en in het begin helemaal opgewonden werd, wilde zijn lichaam toch niet doen wat hij wilde. Wat ík wilde. Wat we allebei wilden.

Robyn at en sliep niet meer. Ze was altijd lekker mollig

geweest, maar nu begon ze snel te vermageren, van dat lelijke mager dat ik altijd zo erg vind bij mijn vriendinnen. 'Jij denkt dat je problemen hebt, hè?' zei ze een keer tegen me, toen ik driftig werd over een blikopener die het niet deed. 'Ik ben een paranoïde, slapeloze anorexialijder.'

Het was een van de weinige grappen uit ons repertoire. Alleen was hij niet echt leuk.

Homer zakte weg in een zwijgende depressie en zei dagenlang geen woord. Hij zat uren op een rots en keek omhoog naar de Kleermakerssteek. Hij liet alleen zijn stem horen om een scène te schoppen, leek het wel. Zijn humeur, dat altijd al prikkelbaar was, liep nu uit de hand. In ruzies had ik altijd tegen Homer op kunnen schreeuwen, maar een paar weken lang deed ik net als de anderen en verdween in de struiken als hij ontplofte.

Ikzelf deed een beetje van alles en nog wat. Ik was een specialist in flashbacks, die zo levensecht waren dat ik ze voor waar aannam. Wanneer ik een geur in mijn neus kreeg, sloeg mijn fantasie op hol. Een stukje plastic op het avondvuur en ik was meteen weer terug in Buttercup Lane, waar het stonk naar brandend rubber, terwijl vrachtwagens met gierende banden tegen elkaar aan schoven. Ik haalde echt en nep door elkaar. Het leek alsof ik nachtmerries had, maar ik was wel wakker. Zweet liep in straaltjes over mijn gezicht, zodat mijn ogen brandden. Dan ging ik hijgen en daarna hyperventileren. Onnodig te zeggen dat ik ook 's nachts nachtmerries had, zo erg zelfs, dat ik bang werd om te gaan slapen. Het is al zo lang geleden dat ik goed heb geslapen dat ik niet eens meer weet hoe dat is, maar ik droom er wel van, overdag dan, en verlang ernaar.

15

Degene van ons die op dat moment het sterkst was, was Fi. Fi was zo lichtgebouwd dat ze een soort sprinkhaan leek. Ze was een en al benen. Misschien beschouwde ik haar daarom wel als een broos en breekbaar poppetje, als iemand die bescherming nodig had. Maar ze had een kracht die ik nooit precies kon peilen. Ik weet niet waar die vandaan kwam of waar ze die bewaarde. Hoeveel moed paste er in dat kleine lichaam? Hoe taai was dat balsahouten lijf? Maar ze had wel degelijk gevoelens. Fi was altijd ontzettend gevoelig geweest. Ze was net een strakgespannen vioolsnaar: bij de kleinste aanraking ging ze vibreren. Maar de afschuwelijke dingen die we hadden gedaan, vraten niet zo aan haar als aan de rest van ons. Ze stond erboven. Misschien kwam dat doordat ze zo overtuigd was van de juistheid van onze daden. Ik had soms wel een trots gevoel, maar om eerlijk te zijn wist ik nooit of ik nou trots of schaamte moest voelen.

Maar ondanks alles, toen het moment om actie te ondernemen aanbrak, kwamen we meteen in het geweer. Misschien reageerden we als robotten die geprogrammeerd zijn om dood en verwoesting aan te richten, maar we reageerden tenminste.

2

Drie weken lang waren er al geen vliegtuigen meer overgekomen. Die wespen en horzels, die nijdig zoemend heen
en weer joegen in de lucht, wachtend tot we uit onze schuilplaats zouden komen, waren naar hun nest teruggekeerd.
Misschien dachten ze dat we het gebied hadden verlaten.
Ze hadden wel kunnen vermoeden dat we in deze bergen
woonden, maar zeker wisten ze het niet. En ook al waren
ze er zeker van, de precieze plek konden ze niet weten.

Toen ze nog maar een paar dagen weg waren, begonnen
we al een beetje te ontspannen, omdat we voelden dat ze
de strijd hadden opgegeven.

Lee opperde als eerste dat we weer een actie moesten
voorbereiden. Als hij het niet had gezegd, had iemand anders het wel gedaan. Ik had met een paar ideeën zitten spelen, omdat ik me een beetje schuldig voelde dat ik al zo
lang aan het lummelen was. We waren bang om iets te ondernemen, maar tegelijk ook bang om niet genoeg te ondernemen. Die twee angsten botsten de hele tijd. Maar Lee
wilde dat we verder gingen dan Wirrawee: helemaal naar
Cobbler's Bay. Het was een vreselijk wild plan.

Cobbler's Bay was een prachtige haven, maar in vredestijd lag hij te ver van de stad om regelmatig door grote schepen te worden aangedaan. Het gebied was erg in trek bij

vissersboten, toeristencharters en jachten, die een paar nachten in een veilige haven wilden blijven. Maar sinds de invasie werd de baai veel gebruikt door de vijand. Er was zoveel schade aangericht in de grote havens, dat Cobbler's Bay heel belangrijk voor hen bleek te zijn. Er reden veel konvooien over de weg naar en van Cobbler's, met troepen, voorraden en wapens.

We hadden de Heron Bridge in Wirrawee vernietigd, zodat die konvooien een lange omweg moesten maken, en we hadden een van de konvooien in Buttercup Lane aangevallen. Nu stelde Lee voor naar de plek te gaan waar de konvooien vandaan kwamen.

'Maar wat doen we daar dan?' vroeg Fi.

'Dat weet ik niet. Dat verzinnen we nog wel. Zo hebben we het toch min of meer steeds gedaan?'

'We hebben mazzel gehad.'

'Niet alleen mazzel,' zei ik, ook al geloof ik zelf wel in mazzel. Soms. 'Vergeet niet dat we vrije vogels zijn. We kunnen doen wat we willen en wanneer we dat willen. Dat is wel een voordeel. Zij kunnen alleen maar raden wat we misschien gaan doen of reageren als we het hebben gedaan. Je zou kunnen zeggen dat zij zich aan regels te houden hebben en wij niet. Zij zijn beperkt en wij niet. Denk maar aan een hockeywedstrijd, waarin het ene team volgens de regels speelt en het andere team maar wat aanrotzooit. Zo moet je het een beetje zien. Wij kunnen de bal oppakken en die naar elkaar overgooien, of we kunnen ze tegen hun scheenbeen slaan met de hockeysticks en dan kunnen ze pas naderhand reageren.'

'Ja,' zei Homer traag. 'Zo heb ik 't nooit bekeken. Maar

18

je hebt helemaal gelijk. Als we Cobbler's gaan aanpakken, moeten we dat zo radicaal mogelijk doen. Totaal onvoorspelbaar. Het voordeel, waar Ellen het net over had, helemaal uitspelen.'

'Dus we gaan Cobbler's doen?' vroeg Robyn met een klein stemmetje.

Het was even stil. Iedereen wachtte tot iemand anders zich uitsprak. Uiteindelijk hoorde ik mezelf zeggen: 'Het is een leuke vakantieplaats.'

Ik weet niet waarom ik soms van die heldentaal uitsla. Wijt het maar aan groepsdruk. Ik voel me nooit een held, echt helemaal nooit. Maar ik denk dat we er allemaal mee in hadden gestemd om toch een kijkje te gaan nemen in Cobbler's. Niemand kon er meer tegen om nog langer in de Hel opgesloten te zitten, en niemand had een beter idee.

Twee dagen later vertrokken we. Het was zondagochtend, voorzover ik dat kon berekenen. We hadden allemaal verschillende ideeën over de datum.

We droegen een enorme bepakking. We wisten niet in hoeverre het gebied gekoloniseerd was toen we ons in de Hel schuilhielden. Alles leek zo razendsnel te gaan dat we ons op het ergste moesten voorbereiden. We namen daarom een heleboel spullen mee. Het was winter, dus het meeste bestond uit warme kleren: truien, wanten, bivakmutsen, wollen sokken. Verder namen we slaapzakken mee, maar geen tenten. We hadden nog steeds geen goede tenten sinds we die in het Holloway-dal waren kwijtgeraakt. We hoopten onderdak te vinden in schuren of grotten. Maar we hadden wel een hoop eten bij ons, omdat we niet wisten wat we nog bij elkaar zouden kunnen schrapen of stelen.

19

'Stelen!' zei Homer kwaad, toen ik dat woord gebruikte. 'Dit is ons land. Zíj hebben gestolen, niet wij.'

Onze voornaamste bezigheid voor ons vertrek was het verhuizen van de kippen. We timmerden een nieuwe voederbak en vulden die tot de nok. Daar konden ze weken mee voort, maar hoe moesten ze aan water komen? Uiteindelijk losten we dat probleem op door hun ren te verbouwen, zodat de beek er in een hoekje doorheen stroomde. 'Lateraal denken,' zei Robyn trots. Zij had het bedacht en het meeste werk gedaan. De kippen vonden het kennelijk erg fijn. Ze klukten vrolijk rond en mompelden tegen elkaar toen ze hun nieuwe terrein verkenden.

We gingen om tien uur 's morgens weg. Als laatste maakte ik vlak na het ontbijt een boeketje van bladeren en grassen – er bloeiden geen bloemen op dat moment – en bracht het naar Chris' graf. Het verbaasde me niet dat iemand me al vóór was geweest en een houten bloem had neergelegd, een onbeholpen, uit hout gesneden bloem. Ze hadden het allemaal gedaan kunnen hebben: Homer, Fi, Lee, Robyn.

Na al die weken schuilen en de depressies waar we doorheen waren gegaan, was onze energie afgezwakt. De zware bepakking leek in gewicht te zijn verdubbeld voordat we de eerste reusachtige rotstrede bereikten, waar het pad vanuit de Hel omheen slingerde. Het weer werkte in ieder geval mee. Het was koud, maar het regende niet. Het was een vochtige winterdag en tijdens het ademen leken we wel kettingrokers. Ik raakte niet uitgekeken op de witte wolkjes die oplosten in de lucht. Boven ons hing een dik wolkendek, de hele lucht was grijs en vlak. Als je ernaar keek, wist je meteen dat het de hele dag koud zou blijven en dat de zon zich niet zou laten zien. Maar het kwam ons goed van pas. Ik had niets te klagen.

We rustten een tijdje uit op de top, kwaad en teleurgesteld dat we zo moeizaam omhoog waren geklommen.

'Het komt door de bepakking,' zei Fi. 'We hebben nog nooit zo zwaar gesjouwd.'

'Het komt door ons vroegere leven,' zei Homer. 'Alleen maar de hele dag voor de buis hangen. Ik wist dat we dat op ons brood zouden krijgen.'

We liepen over de Kleermakerssteek. (Veel plekken in het gebied rond Wirrawee waren naar oude ambachten genoemd: Cobbler's Bay: Schoenlappersbaai, Tailor's Stitch: Kleermakerssteek, een heuvel die Brewer's Mark heette: Brouwerspunt, en een rotsformatie die Old Blacksmith heette: de Oude Smid.) We waren er steeds op gespitst of we vliegtuigen hoorden of zagen, maar die waren er niet. Halverwege Mount Martin sloegen we linksaf over het ruige zandpad dat op het dal uitkwam. We liepen vlak langs de Landrover, die in dicht struikgewas verstopt stond bij de top van de richel. We vonden allemaal dat het te gevaarlijk zou zijn om die te gebruiken, tot we meer op de hoogte waren van de toestand rond Wirrawee. Maar we liepen nu tenminste omlaag.

We kwamen het eerst bij mijn huis. Als je er via de Tailor's Road heen liep, was je tot ongeveer een kilometer van het huis niet te zien. Het was inmiddels een uur of twee. Toen we bij de rand van de bomenrij kwamen, gebaarde ik naar de anderen dat ze moesten blijven staan, terwijl ik naar voren sloop en naar een geschikte uitkijkpost zocht. Ik vond een enorme oude eucalyptus en klom erin. Het was een perfecte plek, behalve dat er uit een groot gat in de stam, ongeveer dertig centimeter boven mijn hoofd, een zwerm bijen heen en weer vloog. Ik had ze niet gezien toen ik de boom uitkoos. Maar op hetzelfde moment dat ik ze opmerkte, zag ik ook iets bewegen in de wei en was ik de bijen meteen vergeten.

Voor het eerst sinds de invasie zag ik vreemden in onze wei. Er stond een pick-up bij de westelijke omheining en ik zag twee mannen die aan de omheining bezig waren. Een van de oude dennen die oma nog had geplant, moest in een storm zijn omgevallen, op de omheining. De ene man had een kettingzaag vast en de andere sleepte de lichtere takken weg. Terwijl ik toekeek, gaf de man met de kettingzaag een ruk aan het koord om het ding te starten, en daarna deed hij een stapje naar voren om door te gaan met zagen.

Het zou een normaal, landelijk tafereel zijn geweest, op één ding na: de soldaat met het geweer over zijn schouder, die op een afstand van vijftig meter toekeek. Hij zat schrijlings op een motor, met een sigaret in zijn mond. Ik schatte hem op een jaar of veertien.

Ik keek een paar minuten aandachtig naar hen. De man met de kettingzaag scheen in ieder geval te weten hoe het ding werkte. Gelukkig maar, want het was een joekel. We hadden in onze jeugd allemaal gruwelverhalen gehoord over mensen die met kettingzagen hun armen of benen afzaagden. In ons gebied veroorzaakten ze meer ongelukken dan alle tractors en wapens bij elkaar.

Ik ging terug naar de anderen en vertelde hun wat ik had gezien. In het dichtere bos, waar zij zaten, klonk de kettingzaag als een verre mug. Maar nu konden we niet verder en zouden we een uur of langer moeten blijven waar we waren, totdat de mannen de omheining gerepareerd hadden. We spraken af dat we nog even gingen rusten. Het alternatief was dat we dwars door het bos zouden steken om eromheen te komen, maar geen van ons had zin in die moeite.

Terwijl de anderen op de grond gingen zitten met hun bepakking als steun in de rug, liep ik om de bomenrij heen om dichter bij de werklui te komen. Ik had er gemengde gevoelens over dat ze zich op ons land bevonden. Ik was natuurlijk kwaad en verdrietig om indringers aan te treffen, maar ik was opgelucht dat er tenminste voor ons bezit werd gezorgd. Op vorige expedities waren we allemaal geschokt geweest over de snelheid waarmee de boel aftakelde. Omheiningen waren neergehaald, schapen zaten onder de vliegen, paarden waren kreupel geworden, het krioelde van de konijnen en vossen. Ook de huizen vertoonden tekenen van verval en verwaarlozing. Nog een paar jaar en het hele land zou overwoekerd raken met bramen en distels.

Na een tijdje was ik vlak bij de mannen die de den in stukken zaagden. Ik kon ze goed horen. Ze hadden de kettingzaag weer uitgezet en ik besefte dat ze al werkend een geintje uithaalden met de jongen met het geweer.

'Hé, Wyatt, Wyatt Earp!' riep een van hen.

'Wat?' hoorde ik de jongen antwoorden. Zijn stem was veel zachter dan die van de mannen, maar hij klonk onwillig, nors bijna.

'Hopelijk besef je wat je doet, door onder die boom te blijven zitten.'

'Hoezo?'

'Nou, op dit uur van de dag worden de valberen actief.'
'Klopt,' zei de andere man. 'Link gebied voor valberen hier.'
'Ik zou voor nog geen miljoen onder die boom gaan zitten,' zei de eerste man.
'Gruwelijk, wat die valberen aanrichten. Ik heb 's gezien hoe ze bij 'n vent z'n hele gezicht eraf stroopten. Die klauwen, godsamme, daar krijg je de bibberaties van.'
'En je ziet ze nooit aankomen, hè.'
'Precies.'
'Hoezo, valberen?' vroeg de jongen.
Ik was een eindje verder geslopen, waar ik zijn gezicht kon zien. Hij wriemelde zenuwachtig met zijn handen, maar hij probeerde koel te blijven.
'Nooit van valberen gehoord? Jemig kremig, leren ze jullie dan niks? Onvoorstelbaar, dat ze een jongen hierheen sturen zonder hem over valberen te vertellen!'
'Je hebt toch wel 's van haaien gehoord?' vroeg de tweede man.
'Haaien wel, ja.'
'En krokodillen?'
'Krokodillen ook, ja.'
'En hoepelslangen?'
De jongen aarzelde even. 'Hoepelslangen, die ook, ja,' zei hij toen.
'Nou, ik zal jou 's wat zeggen, knul. Ik knok liever vijftien rondjes met een krokodil dan dat ik een valbeer op m'n hoofd krijg.'
'Hoezo, valberen?' vroeg de jongen weer. Hij maakte nu een echt nerveuze indruk, hij ging rechter tegen de motor

staan en zijn stem werd scherper. De mannen hielden op met werken en spraken hem direct aan.

'Luister, knul,' zei de eerste man, met dodelijke ernst. 'Het zijn mijn zaken niet of jij een valbeer als muts gaat dragen, maar als jij dat mooie smoeltje op je nek wilt houden, raad ik je aan om geen seconde meer onder bomen te zitten.'

De jonge soldaat keek ongemakkelijk om zich heen en tuurde toen tussen de takken omhoog. Na een tijdje zei hij: 'Zo is 't genoeg. We gaan.'

'Je zegt 't maar,' zei de eerste man. 'Jij bent de baas. Maar het is nog wat vroeg om te nokken.' Tegen zijn maat zei hij zachtjes: 'Hij is zeker bang voor gezichtsverlies.'

De twee mannen grinnikten. De jongen werd knalrood en zei kwaad: 'Genoeg. We gaan.'

Hij zwaaide met zijn geweer en trapte op het startpedaal van zijn motor. Maar hij was uit zijn evenwicht geraakt door het gezwaai met zijn geweer en hij viel opzij, zodat hij languit op de grond lag en de motor liet vallen. De mannen grijnsden alleen maar naar elkaar en liepen nonchalant naar de pick-up. Ze stapten in, startten de motor en schakelden, terwijl de jongen, vernederd, opnieuw begon te worstelen met de starter van zijn motor. Toen hij hem eindelijk aan de praat kreeg, was de truck al honderd meter verder en hobbelde langzaam over de weide naar het hek. De jongen scheurde erachteraan, waarbij zijn achterband een schuiver maakte toen hij schakelde. Ik was benieuwd of de mannen hem zouden dwingen om het hek open te doen.

Glimlachend liep ik terug naar de anderen. Er waren kennelijk meer manieren om de vijand klein te krijgen.

3

Het glimlachen was van korte duur. Toen we voorzichtig van boerderij naar boerderij liepen, waren we geschokt over de snelheid waarmee de bezetters te werk waren gegaan. Het land was geteisterd door een kolonistenplaag.

'Weet je hoe zij dit ervaren?' zei Homer. 'Net als vroeger, toen de eerste blanken kwamen en ze alleen maar dit gigantische land zagen waar niemand woonde waar ze om gaven. Dus na hun leven in benauwde stadjes of op kleine boerderijen in Engeland te hebben doorgebracht, konden ze plotseling hun vleugels uitslaan en zich ieder duizenden hectaren land aanmeten. Weten jullie nog iets van dat hoofdstuk dat we bij geschiedenis behandelden? Benoemingscommissies en pachters? Nou, we zijn nu een paar eeuwen verder en de geschiedenis herhaalt zich.'

Er viel een stilte, een gedeprimeerde, pessimistische stilte.

Het kostte ons een paar dagen om achter de organisatie van het geheel te komen. Voorzover we konden zien waren er in elke boerderij twee of drie gezinnen getrokken. Ook waren er op sommige plaatsen mini-gevangenkampen, met dertig of veertig mensen, die slavenarbeid deden in dat gebied. Ze werden 's nachts opgesloten in schuren of schapenscheerdershutten of in arbeidershuisjes, wat er ook maar

26

beschikbaar was. De meeste mini-kampen werden 's nachts door vier soldaten bewaakt, een op elke hoek, en ze werden door geïmproviseerde schijnwerpers verlicht. Het was niet zo moeilijk geweest om daaruit te ontsnappen, maar het probleem voor de meeste mensen was vermoedelijk dat ze niet wisten waar ze daarna heen moesten. Niet iedereen had zomaar zo'n handige schuilplaats als de Hel, met een voorraad eten en andere dingen. Het was gewoon weer mazzel, zoals het voor ons had uitgepakt. Ik was er nog steeds niet uit of dat nou gunstig was of niet.

Het vreemde was dat we geen enkele gevangene herkenden. Terwijl we hen vanaf verschillende uitkijkplaatsen beloerden, kregen we het idee dat de meesten van hen ervaren boeren waren: ze gingen zelfverzekerd met het vee om en waren handig met het gereedschap. Op sommige plaatsen waren ze zelfs schapen aan het scheren. Maar we zagen niemand die we kenden en besloten geen risico te nemen door vreemden aan te spreken. Misschien had het ons goed gedaan, maar het was te link.

Hieruit bleek vooral hoezeer we veranderd waren. We waren zo gehard dat we niet naar het welzijn van onze families vroegen als dat gevaar voor onszelf kon opleveren. Als iemand me een halfjaar daarvoor had verteld dat ik zo zou worden... Natuurlijk zouden die gevangenen, van wie we dachten dat ze uit een ander gebied kwamen, waarschijnlijk niet eens geweten hebben wie onze ouders waren, maar er was een tijd geweest dat we hen toch hadden aangesproken.

De derde dag waren we bijna uit het Wirrawee-district, we liepen door een zeer onvruchtbare, met struikgewas bedekte streek tussen Wirrawee en Fletcher East. Doordat we over onbebouwd land liepen, schoten we flink op. Hier was niets aantrekkelijks te vinden voor kolonisten, alleen allerlei soorten kaketoes en kangoeroes. Plus een mierenegel, waar ik bijna op trapte terwijl hij in de aarde wroette in een poging een weg naar China te graven. We zagen glimpen van akkers en de asfaltweg vol kuilen die als een verwarde slang door het dal kronkelde. Tegen lunchtijd zagen we iets wat al een vertrouwd tafereel was geworden: een groep gevangenen aan het werk, met een paar bewakers. Het duurde even voordat we erachter waren wat die gevangenen deden. Een van hen bediende een graafmachine en had een groot gat gegraven. De anderen reden vrachtjes met een kruiwagen heen en weer tussen het gat en een groot, laag, bakstenen gebouw, honderd meter verder. Het was tijd om wat te eten, dus stopten we en aten een klein hapje, terwijl we naar de hardwerkende mannen keken.

Na een paar minuten zei Homer ineens: 'Ik ben erachter.'

'Waar ben je achter?'

'Wat ze daar doen.'

Ik drukte mijn toastjes op elkaar zodat de Marmite door de gaatjes naar buiten kronkelde als kleine zwarte wormen. 'En wat doen ze dan?'

'Het is een varkensfokkerij en ze halen de kadavers weg. Of wat er nog van over is.'

'Fijn.' Ik kneep mijn ogen toe en tuurde scherper. 'Ja, je zou wel 's gelijk kunnen hebben.' Ik probeerde er niet aan te denken wat een stinkende troep een verwaarloosde varkensstal zou geven. De toastjes zagen er ineens niet meer zo lekker uit.

'Ach,' zei Fi, met spontaan medeleven. 'Dus zijn ze daar verhongerd? Arme beesten. Wat afschuwelijk.'

'Bij de laatste heeft dat vast niet lang geduurd,' zei Homer wreed.

'Hoezo?' vroeg Fi, die de toon in Homers stem niet opmerkte.

'Laat maar,' zei ik, te laat.

'Omdat ze elkaar hebben opgevreten in hun nood,' zei Homer.

'O!' zei Fi verontwaardigd.

'Daar gaat je lunch,' zei Lee.

'Gelukkig hebben we geen ham op brood,' zei Robyn.

'Zijn het dan kannibalen?' vroeg Fi.

'Niet speciaal,' zei Homer. 'Maar ze eten gewoon alles. Ze mogen graag hun hoeders opeten. Er was een gozer in Peppertown en daarvan weet niemand precies wat er gebeurd is, maar ze denken dat hij in de stal is flauwgevallen. Maar goed, toen ze hem vonden... nou ja, ze vonden hem dus niet, als je begrijpt wat ik bedoel.'

'Gétver,' zei Fi. 'Jij kent altijd van die walgelijke verhalen, Homer.'

'Ratten eten elkaar ook op,' zei Lee. 'Als je er te veel van in een kooi zet bijvoorbeeld.'

'Net als mensen,' zei Robyn.

Tijdens dit gesprek keek ik zo af en toe naar de gevangenen die zich in het zweet werkten bij de varkensstal. Plotseling hield ik op met eten, met een toastje halverwege mijn mond. En niet vanwege het gesprek dat de anderen voerden.

'Die jongen die nu naar buiten loopt,' zei ik snel, drin-

29

gend. 'Die met de bezem. Zeg dat ik droom.'

Ze keken, ze staarden.

Homer sprong overeind en liet zijn half opgegeten koekje op de grond vallen. 'Je droomt niet,' zei hij.

'Nee, je droomt niet,' zei Robyn, met een stem alsof ze gehypnotiseerd was.

'O god, ik geloof mijn ogen niet,' zei Fi.

Lee kon het slechtst zien van ons vijven, dus hij moest het als enige vragen om het zeker te weten. 'Bedoel je... zeg je... denk je dat het Kevin is?'

'Dat denk ik niet, dat weet ik zeker. Dat is Kevin. Dat is zo zeker als wat.'

We staarden in een soort trance. Ik weet niet hoe het de anderen verging, maar ik dacht aan de laatste keer dat ik Kevin had gezien, toen hij in een grote, mooie Mercedes wegreed die we ons hadden toegeëigend. We hadden nooit gedacht dat het een ziekenwagen zou worden, maar zo was het wel gegaan. Toen mijn beste vriendin Carrie in haar rug was geraakt door een kogel, afgevuurd door een soldaat die ze niet eens gezien hebben, bracht Kevin haar naar het ziekenhuis in Wirrawee. Het ziekenhuis, de hele stad eigenlijk, was overgenomen door de vijand, maar dat had hem niet tegengehouden. We hadden niet veel aanwijzingen over hun lot, behalve dat Carrie bewusteloos in het ziekenhuis lag en dat Kevin gevangenzat op het jaarmarktterrein. We hadden ook gehoord dat hij mishandeld was door de soldaten, omdat hij met iemand was binnengekomen met een schotwond. Vermoedelijk hadden de soldaten er het ergste van gedacht. Misschien hadden ze zelfs gedacht dat Kevin en Carrie iets te maken hadden met het opblazen van

30

de brug bij Wirrawee, de brug die de rest van ons de nacht ervoor had vernietigd.

'Wat is zo zeker als wat?' vroeg Lee, die mijn stroom van herinneringen verstoorde.

'Hè? O, toe nou, Lee. Ik weet wel wat het niet is.'

'Kevin,' hijgde Robyn. 'Het is een wonder.'

Ik kon dat niet tegenspreken. Ik was ontzettend opgewonden dat ik hem zag. Ik bleef met opengesperde ogen naar hem staren. Op afstand zag hij er goed uit en hij liep vrij rond. Hij was altijd al een grote jongen geweest, en sterk ook. Hij was wel vermagerd, maar hij zag er helemaal niet slecht uit. Niet zo slecht als in mijn dromen in ieder geval. We keken gespannen toe hoe hij zijn bezem achter in een pick-up zette en een schop oppakte. Toen tilde hij zijn hoofd op en keek om zich heen, alsof hij iets zocht. Hij keek zelfs even naar de lucht. We konden ons niet laten zien, dat was te riskant, maar ik wist dat we hier nog wel even zouden blijven.

We bespiedden ze de hele middag. De werkploeg hield er om een uur of vijf mee op. We hadden in Wirrawee al gezien dat dit leger normale werktijden aanhield. Of misschien werden de bewakers zenuwachtig van de valberen. De gevangenen slenterden in een rommelig groepje naar de boerderijen, die we konden zien toen we iets naar voren slopen. De boerderijen waren bijna een kilometer verder. De soldaten reden erachteraan, een achter het stuur van de pick-up en een in de laadbak. Zoals de meeste bewakers die we nu zagen, had hij zijn geweer niet afgedaan: het hing over zijn schouder.

Met z'n vijven liepen we met hen op, maar beschut door

de bomen. We droegen de laatste tijd niets van metaal, voor het geval de weerkaatsing van het zonlicht ons zou verraden. We waren extreem voorzichtig. Maar we hielden hen makkelijk bij: ze reden niet bepaald snel en het was duidelijk waar ze heen gingen.

Ik weet niet hoe de boerderij heette, we kenden dit gedeelte niet, maar het was duidelijk een van de oudste, waarschijnlijk uit 1860, toen veel van het land van Wirrawee en Fletcher werd verdeeld. De Fletchers hadden feitelijk het grootste deel in bezit genomen, maar dit was niet hun boerderij. Ik had op school een excursie gemaakt naar hun huis: het was een groot, oud, zandstenen landhuis, dat eigendom was van de National Trust.

De gevangenen liepen naar een laag, stenen boerenhuis, omgeven door een groot aantal schuren. Er stonden zes hoge palmbomen omheen en een grote, witte vlaggenstok aan de voorkant. Erachter was veel water, een meer, waarschijnlijk natuurlijk ontstaan doordat de rivier zich had verspreid over een paar hectaren. Het was een mooi gezicht, met de paarszwarte winterse stapelwolken erboven. Het moest door de jaren heen een geweldige plek zijn geweest voor veel mensen. Nu was het een plek voor een nieuwe groep geworden: we zagen kolonisten om het huis heen lopen, ze bekeken iets in de tuin, ze keken naar een stel kinderen dat een balletje trapte. 'Zij hebben 't goed,' dacht ik bitter. 'Zij hoeven niet te werken. Misschien wel nooit.'

Ze hadden het in ieder geval voor het uitkiezen wat personeel betreft. Kevins groep bestond uit acht mensen en die zagen er vanuit de verte redelijk fit uit. Mager, maar fit. We keken toe hoe ze naar het zuiden afbogen, tot vlak voor de vlaggenstok. Ze liepen verder over een zijpaadje naar een andere groep gebouwtjes, een stel vervallen hutjes en schuren. Daarin verdwenen ze. De pick-up stopte achter hen en de twee soldaten stapten uit. De een bleef voor de schuren staan, de ander liep achterom. Omdat ze aan twee kanten honderd meter afstand hielden, hadden ze een goed schootsveld als iemand wilde ontsnappen. Ze konden het geheel makkelijk bewaken met z'n tweeën.

Tien minuten later kwam een oude brandweerwagen bij dezelfde schuren aanrijden. Achterop stonden twee soldaten met geweren in de aanslag. Vier gevangenen stapten uit en liepen meteen de hutjes in. De soldaten hielden even een babbeltje met hun maat die vóór de wacht hield en liepen toen naar de boerderij. Een halfuur later kwamen ze terug en losten de twee bewakers af.

We waren reuze opgewonden over wat we hadden gezien. We popelden om met Kevin te kunnen praten. We wilden hem vertellen wat er allemaal was gebeurd en we wilden horen wat er allemaal met hem was gebeurd. We hoopten dat hij op de hoogte was van de situatie van al onze bekenden, niet alleen onze families, maar ook onze vrienden, en speciaal Carrie. Maar het liefst wilden we dat hij weer bij ons kwam. Onze groep zou nooit meer voltallig zijn na de dood van Chris, maar als Kevin terugkwam zou dat fantastisch zijn. Ik had me in het verleden wel eens aan hem geërgerd, maar in mijn opwinding was ik dat helemaal vergeten. En hij zou zich trouwens ook vaak genoeg aan mij hebben geërgerd.

Eerst dachten we dat we makkelijk in contact met hem zouden kunnen komen. De bewaking leek erg licht vergeleken met wat we in het verleden hadden bevochten en verslagen. Maar terwijl we de hele nacht maar wachtten op een gelegenheid, drong het tot ons door dat het niet zo'n makkie was. Er waren maar twee soldaten, maar die waren erg wakker. Ze werden om middernacht door twee soldaten afgelost die net zo alert waren. Na een ijskoude nacht moesten we het opgeven en in het eerste daglicht slopen we door de bomen weg om een veilige slaapplaats te zoeken.

We beseften dat we zelf actie moesten ondernemen. Lee sliep kort en ging daarna terug om te kijken waar de werkploegen heen gingen. Hij volgde hen naar een dam in een verre weide, en daarna kwam hij bij ons terug en zei dat ze de damwand repareerden. Het was een vrij nieuwe, aarden dam, die blijkbaar niet zo goed afsloot. We lieten hen verder met rust en zaten een trage dag uit in het kille bos, wachtend op hun terugkomst.

Het voornaamste doel was natuurlijk om Kevin te laten weten dat we er waren. Ook dat had niet zo moeilijk hoeven zijn. Om een uur of halfvier kwamen ze aangesjouwd, maar deze keer namen ze niet het pad naar de oude schuren waar ze sliepen, maar een ander, dat naar het meer leidde. Daardoor kwamen ze vrij dicht bij ons in de buurt, dus liepen we achter hen aan, binnen de bomenrij. Na een kwartier waren ze niet meer te zien vanaf het hoofdgebouw, en op dat moment stopte de pick-up en stapten de bewakers uit. 'Hier is 't oké,' hoorde ik een van hen roepen. Ze leunden lui tegen de pick-up en haalden sigaretten tevoorschijn, terwijl ze lachend naar de gevangenen keken. De gevangenen lachten ook en maakten opmerkingen tegen elkaar die ik niet helemaal kon verstaan. Toen werd ik een beetje rood, omdat ik doorkreeg wat ze gingen doen.

'Jemig,' giechelde Fi naast me. Het was ook net tot haar doorgedrongen wat er aan de hand was. Ik keek haar even van opzij aan. Ik bloosde, maar zij was zo rood als een kreeft. De helft van de mannen stond al in hun onder – . Kleren vielen als rozenblaadjes op de grond en overal verscheen roze huid. Maar niet zo roze als die van Fi en van mij. Ik durfde niet naar Kevin te kijken. Ik wist dat als ik ook maar één glimp van hem zou zien, ik hem nooit meer recht zou kunnen aankijken. Ik zou namelijk te verlegen zijn om hem weer onder ogen te komen.

Achter me hoorde ik Robyn giechelen en Homer en Lee opgewonden geluiden maken: 'Dit is voor boven de achttien,' siste Homer. 'Doe je hand voor je ogen.' Daar reageerden we niet op en plotseling werd er een grote verscheidenheid aan mannelijke vormen en maten onthuld. Het was erg boeiend. Daarna zagen we een heleboel bleke billen, toen de mannen het meer in stormden, schreeuwend en vloekend door het koude water. Sommigen waren er binnen een halve minuut weer uit, nadat ze snel even wat water over zich heen hadden gesprenkeld. Anderen doken er helemaal in. De soldaten gooiden een stuk zeep in het water en een groot aantal mannen maakte daar gebruik van, terwijl ze het als een voetbal doorgaven. Maar niemand bleef langer dan tien minuten in het water.

Het was een hele troost dat ze ondanks alles wat er was gebeurd nog steeds konden lachen.

Er waren geen handdoeken. Ze moesten zich afdrogen met hun kleren. Dat vond ik sneu voor ze: ik háát natte kle-

35

ren. Het voetbalspel met de zeep dat in het water begonnen was, ging op het land verder als een spel met een schoen, in een poging weer warm te worden. Toen hoorden we een man vragen aan de soldaat, en zijn woorden dreven naar ons toe: 'Mogen we terugrennen? Om warm te worden?'

De soldaat keek naar zijn maat, en daarna weer naar de gevangene. 'Met z'n hoevelen?'

De gevangene riep naar de anderen: 'Wie wil er naar huis terugrennen?'

Vier handen gingen de lucht in. Een van hen was van Kevin.

'Wegwezen,' fluisterde Homer. Dat hoefde hij geen twee keer te zeggen. We gingen terug, dringend en duwend door het dikke struikgewas. Toen we op veilige afstand van het meer waren, draaiden we ons om en renden zo hard we konden naar het huis en de schuren, waar de gevangenen woonden. Robyn ging voorop. Ze was niet de snelste op de korte afstand, maar ze had een lange adem. Ik hield haar vrij goed bij, daarna kwam Fi, dan Lee en dan Homer, die te zwaar was voor lange-afstandsrennen. Robyn zette er goed de vaart in, maar toen we de boerderij in het zicht kregen, was ze niet eens buiten adem. Ze had een betere conditie dan ik.

Ze bleef achter een braambos in een greppeltje staan en we keken nerveus rond of we Kevin en de anderen al zagen. 'Daar heb je ze,' zei Fi, toen ze ons had ingehaald. Ik zag hen ook. Ze gingen langzamer lopen toen ze bij hun schuur waren, drie draafden nog een beetje, maar Kevin en een andere man liepen gewoon. Even later waren ze tussen de schuren uit het gezicht verdwenen.

36

'We gaan erop af,' hijgde Homer. 'Anders duurt het misschien weer eeuwen.'

'Niet met z'n allen,' zei ik.

'Ga jij maar,' zei Robyn. 'Met Lee.'

De anderen zeiden niets, dus ik nam aan dat het goed was. Toen, met een angstige blik in de richting van het meer, rende ik ineengedoken naar de schuren, die ik als dekking gebruikte voor iedereen die zich in de boerderij ophield. We kwamen via een opening tussen een schuur van gegalvaniseerd ijzer en een garage binnen en toen waren we er, hijgend van angst, trillend als werkhonden die hun baas zien aankomen. We stonden op een klein erf, heel oud, met muurbloemen en lavendel die hoog opgroeiden rond een enorme waterput. Het steen van de put was aan het afbrokkelen, maar het was een mooi plekje. Lee pakte mijn arm. 'Kom mee,' fluisterde hij. Ik liep met hem mee en besefte terwijl ik dat deed dat ik hun stemmen hoorde. We renden een paar meter om een oud muurtje heen en kwamen bij een half openstaande deur. Ik hoorde iemand zeggen: 'Ja, maar hij had een gemiddelde van zestig bij het cricket in de Sheffield Shield-competitie,' en toen duwde Lee de deur open.

4

Eerst zag ik Kevin niet. Ik zag vier verbijsterde gezichten, vier wijd opengesperde ogen, vier openvallende monden. Eén man, klein, van middelbare leeftijd, met een dun snorretje, stamelde: 'Wat krijgen we...'

Toen deed Lee de deur dicht en ik zag Kevin, die erachter stond.

Ik zal de blik op Kevins gezicht nooit vergeten. Soms is het leven net een film. Deze keer in ieder geval wel. Kevin speelde zo'n domme, vertraagde reactie die je altijd in komische films ziet, en hij deed het geweldig. Hij wilde nonchalant vragen: 'Wat is er aan de hand?' – alleen kwam hij niet ver. Zijn kin zakte naar beneden en het leek alsof zijn ogen uit hun kassen zouden springen. Zijn mond probeerde een nieuw woord te vormen, maar zijn onderlip kon het niet bijhouden en bibberde zonder ophouden. Het enige geluid dat hij kon uitbrengen klonk ongeveer als: 'Wa, wa, wa...'

Ik vloog op hem af. Even was hij te verbijsterd om iets te doen, maar uiteindelijk wist hij weer hoe hij iemand moest omhelzen. Lee kwam erbij en daarna waren we een klomp van drie, armen om elkaar heen, en dansten op en neer. Mijn oude ruzies met Kevin waren op dat moment helemaal vergeten.

Toen we uitgeknuffeld waren, keek ik naar de andere mannen. Ze keken glimlachend toe, maar toen ik mijn haar weer naar achteren streek en mijn tranen afveegde, begon de kleine man met de snor weer te praten.

'Ik wil de pret niet bederven, jongens, maar jullie moeten hier wegwezen. Ze kunnen elk moment terugkomen.'

'Mogen we Kevin meenemen?' vroeg ik.

Iedereen keek plotseling erg verschrikt. 'Nee, geen sprake van,' zei een van hen.

'Ze hebben gelijk,' zei Kevin. 'Ik kan niet met jullie mee.'

'Maar we... we hoopten...' zei ik.

'Hé, jullie moeten weg,' zei Kevin. 'Morgen werken we bij de varkensstal. Die is bij de...'

'We weten al waar die is.'

'Oké, ga in het bos erachter zitten, boven op dat heuveltje, om een uur of twaalf. Ik zorg wel dat ik even weg kan en jullie kan ontmoeten. En dan praten we verder.'

'Oké.'

Hij duwde ons haastig de deur uit en we renden terug langs de put en de schuur van gegalvaniseerd ijzer. Kevin liep het modderbruine pad op en gaf ons toen een teken. 'Rennen,' riep hij. Toen we hem passeerden, gaf hij me een klap op mijn rug. 'Pas goed op, Ellen,' fluisterde hij. Het raakte me wel dat hij dat zei. Ik zwaaide naar hem toen ik bij de bomen was. Toen kwam de kleine stoet gevangenen vanuit de richting van het meer aanzetten en Kevin draaide zich meteen om en liep nonchalant naar de schuren terug.

Lee en ik slopen terug naar de anderen, die stonden te popelen om te horen wat we hadden meegemaakt. We waren allemaal door het dolle heen. Ik denk dat we elkaar zo de strot uit kwamen dat het idee om Kevin weer in ons midden te hebben iedereen geweldig aanstond.

'Wat zei hij? Kunnen we hem vrij krijgen? Hoe klonk hij? Hoe zag hij eruit? Hij is wel flink afgevallen, hè? Wat zeiden de anderen?'

Het duurde een uur voordat we gekalmeerd waren en we bleven tot diep in de avond plannen maken. Daardoor werden we in ieder geval een beetje warm, want die nacht was nog kouder dan de vorige. Om middernacht begon het te regenen. We slopen naar een hooischuur en maakten daar een holletje voor de nacht, maar dat betekende wel dat iemand een oogje in het zeil moest houden. Erg vervelend. Ik hield als eerste de wacht, maar daarna kon ik niet meer zo goed slapen. Toen het licht werd, ging ik naar Homer, die de wacht hield. 'Ga maar weer slapen,' zei ik. 'Ik ben klaarwakker, dus kan ik net zo goed de wacht houden.'

'Ik kon ook niet slapen. Laten we dan maar wat kletsen. Misschien kletsen we elkaar wel in slaap.'

En zo zaten we te praten, voor het eerst sinds lange tijd. We waren altijd al bevriend – we waren zowat samen opgegroeid – maar de laatste maanden vond ik dat hij te dicht op mijn huid zat, dus had ik afstand gehouden. Soms had ik gewoon zin om zelf te ademen. Overal waar Homer was, was geen ruimte meer voor iets anders. We hadden blijkbaar geen tijd meer voor relaties. Nee, geen energie meer. Daar hadden we gebrek aan. We waren meer op onszelf, dat weet ik wel. Ik was vroeger altijd erg met Homer bezig, maar nu was ik voornamelijk met mezelf bezig, om mezelf op te peppen.

Maar we praatten samen, voornamelijk over hoe onze wereld eruit zou zien als we ons land weer in handen hadden. We gingen ervan uit dat we zouden winnen. Maar nu we zagen hoe de kolonisten zich overal zo lekker gevestigd hadden, moesten we toegeven dat die kans steeds kleiner werd. Homer werd daardoor strijdlustiger. 'Als dit allemaal voorbij is,' zei hij, 'moeten we dit land tot een fort ombouwen. Iedereen moet leren met wapens om te gaan, en leren vechten. Als we weer bezet dreigen te worden, moeten we er klaar voor zijn. En als ze komen, moeten we elk huis, elke straat, elke centimeter bevechten. Dat is onze plicht.'

Ik had juist een tegenovergestelde reactie. Ik vertelde Homer mijn lievelingsverhaal.

'Er was eens een dorpje bij een rots. De weg naar het dorp was gevaarlijk en veel auto's reden van de rots af en sloegen beneden te pletter. De passagiers braken dan alle botten in hun lichaam als dat gebeurde en sommigen kwamen zelfs om. Maar eindelijk kreeg het dorp geld van de regering om er iets aan te doen. Het probleem was alleen dat het dorp in twee groepen verdeeld was: de ene groep wilde een hek om de rots maken en de andere wilde beneden een ambulance neerzetten om de gewonden naar het ziekenhuis te kunnen brengen.'

'Ja, ze hadden niet op dat geld moeten zitten wachten,' zei Homer, die slim wilde zijn. 'Ze hadden er allang zelf iets aan moeten doen. Goed verhaal, zeg.'

'Hè, Homer! Doe niet zo debiel. Je zit niet meer op school, hoor.'

'O, heb ik dan iets niet begrepen? Wat voor hek wilden ze dan maken?'

'Ha, ha. Ik denk gewoon dat het geen zin heeft om eerst de vijand in je land toe te laten en er dan nog eens tegen te gaan vechten. Wat we moeten doen is andere landen helpen om meer geld te krijgen, zodat ze geen behoefte meer hebben om naar ons toe te komen.'

'Dat is gemakkelijker gezegd dan gedaan.'

'Hoe weet je dat nou? We hebben het nooit geprobeerd. Maar goed, om van dit land een fort te maken is een hopeloze onderneming. We hebben niet genoeg mensen om dat goed uit te voeren, ook al zouden we het willen, en ik wil dat niet.'

'Ik dacht altijd dat er te véél mensen in dit land waren. En moet je nou zien.'

'Ja, ze halen ons makkelijk in. "Bevolken of uitsterven", dat was het motto in oma's generatie. En die lui voeren dat voor ons uit.'

'Jij en Lee doen anders ook reuze je best.'

'Wát? Wat zei je nou?' Ik begon hem met mijn in handschoenen gestoken handen op zijn hoofd te timmeren. 'Dat neem je terug.'

'Hoezo? Heeft-ie dan nog condooms over?'

'Homer!' Ik timmerde nog even door. Toen ik hem helemaal tot moes had geslagen, zei ik: 'Trouwens, volgens mij staat Fi ook te popelen tot je haar vraagt.'

Hij keek opgelaten. 'Ik wil niet te serieus worden,' mompelde hij.

'Nou ja, het is zij of Robyn. Zoveel keus heb je niet.'

'Aan Robyn heb je niet veel, vind je niet? Ze is de hele tijd zo perfect. Ze vindt zichzelf zo vreselijk geweldig.'

'Niet waar,' zei ik loyaal.

'Nou ja, ik zou nooit iets met haar willen. Dan speelt ze de hele tijd de baas over je. Daar word je gek van als man.'

Ik was geschokt dat iemand kritiek had op Robyn. Ze was een van mijn grote voorbeelden, samen met Marilyn Monroe en Emily Dickinson. Maar Homer had altijd problemen met wilskrachtige mensen. Behalve met mij. Nee, zelfs soms met mij.

We hoorden Robyn en Fi praten in het hooi, dus ik ging bij hen zitten.

'Dat hooi prikt zo erg,' klaagde Fi. 'In kinderboeken liggen mensen altijd in hooibergen te slapen en dat klinkt echt lekker. Maar hier is niks lekkers aan.'

We hoefden pas om elf uur op pad, dus kroop ik weer in mijn slaapzak en kletste een tijdje met ze, en daarna doezelde ik even weg. We probeerden het bij twee maaltijden per dag te houden om eten te sparen, en meestal liet ik het ontbijt schieten. Dus er was geen reden om de slaapzak uit te komen.

Omdat het nog steeds regende en het bijna vroor, wisten we niet of de gevangenen wel aan het werk gingen. Maar ja hoor, klokslag negen uur zagen we een kleine, sjofele stoet mannen over de weide sjokken, gevolgd door de soldaten in de pick-up. We lieten hen gaan, blij dat we tenminste droog bleven. Het leven van een gevangene leek me nog erger dan werken voor m'n vader.

Toen het tegen lunchtijd liep, speelden mijn zenuwen steeds meer op. Kevin had de antwoorden op veel vragen die ons al lange tijd bezighielden. Als hij een paar minuten van de groep weg kon, zouden we ons eerste ongestoorde gesprek hebben met iemand die op het jaarmarktterrein was geweest. Ik was zo opgewonden dat ik op een hoekje van mijn slaapzak bleek te kauwen. We hoopten natuurlijk allemaal dat hij bij ons terug kon komen, zodat we weer met z'n zessen waren, maar we beseften dat ontsnappen niet zo eenvoudig was, anders had hij het gisteren wel gedaan. We wilden hem vragen hoe het daarmee zat.

We waren ruim op tijd boven bij de varkensstal. De pick-up stond er geparkeerd, dus we namen aan dat ze allemaal binnen waren, hoewel we pas na twintig minuten iemand zagen. Eén van de gevangenen kwam naar buiten en haalde een stel kwasten uit de achterbak van de pick-up. Hij keek onderzoekend naar ons omhoog – iedereen moet geweten hebben dat we daar zaten – maar we durfden ons niet te vertonen. Kort daarna ging hij weer naar binnen.

De volgende die tevoorschijn kwam was Kevin. Hij rende met een schop over zijn linkerschouder naar buiten. Hij kwam recht op ons af, met zijn hoofd naar beneden, als een man op weg naar een belangrijke afspraak. Toen hij dichterbij kwam, besefte ik wat die afspraak inhield. Hij had een rol toiletpapier in zijn hand. Ik begon te lachen.

Toen hij nog maar een paar meter van me vandaan was, riep ik zachtjes: 'Niet hier, alsjeblieft.' Hij grijnsde, maar hij rende gewoon door met zijn hoofd naar voren, totdat hij tussen de bomen was en uit het gezicht van de varkensstal.

Toen kregen Robyn, Homer en Fi de kans die Lee en ik de vorige dag hadden gehad. Er werd ontzettend geknuffeld. Alleen door de angst dat het te lang zou duren hielden ze op, maar de hele tijd dat Kevin aan het praten was, stond Fi naast hem en hield zijn hand vast en streelde die. We waren erg blij om hem te zien. Maar algauw werd hij overspoeld door zo veel vragen dat hij zijn hand moest opheffen om er een eind aan te maken.

'Ho, ho, jongens, rustig aan, één tegelijk.'

'Hoe is het met Carrie?' vroeg ik snel, voordat iemand iets anders had kunnen vragen.

'Dat hangt ervan af wie je spreekt. Ik heb haar niet meer gezien sinds ze neergeschoten werd in die nacht. Ik hoorde trouwens dat jullie haar hebben gezien. Tja, het is nog hetzelfde met haar, zeg maar, nog steeds in een soort coma. Volgens sommigen gaat het slechter met haar, omdat ze nog steeds magerder wordt, maar volgens anderen kan ze wel geluiden horen. Ik weet het niet. Iedereen denkt er het zijne van. Niemand weet precies hoe het zit.'

'En hoe is het met onze families?'

'Niet slecht, de laatste keer dat ik ze zag. Ik loop al een tijdje mee met de werkploegen, maar een paar weken geleden was het met iedereen goed. Jullie zien er een stuk gezonder uit dan de mensen op het jaarmarktterrein, maar nu we weer buiten komen en werken, krijgen we meer conditie.'

Kevin zag er op een bepaalde manier ouder en volwassener uit, intelligenter zelfs. Hij had nooit 'het is allemaal betrekkelijk' gezegd of: 'iedereen denkt er het zijne van', als hij bij ons in de Hel had gebivakkeerd. Door de oorlog waren we veranderd, en niet per se in ons nadeel.

'Hoe is het allemaal gegaan?' vroeg Homer.

Op deze simpele vraag leek Kevin plotseling in te storten. Zijn gezicht verfrommelde en hij kon even niets uit-

45

brengen. Fi greep zijn hand steviger vast en ik gaf klopjes op zijn rug. Hij hoefde nauwelijks iets uit te leggen, hij had de vraag al beantwoord.

'Sorry,' stamelde hij. 'Sorry.'

'Is het heel verschrikkelijk geweest?' vroeg Robyn zachtjes.

Kevin knikte alleen maar. 'Ze zijn best aardig zolang je maar doet wat ze zeggen. Maar als je iets tegen hun zin doet...'

Ik dacht eraan hoe erg Kevin mishandeld was toen hij met Carrie in het ziekenhuis van Wirrawee kwam. Ik wist er niet het fijne van, maar ik kon me er genoeg bij voorstellen.

'Ik moet zo weer terug,' zei Kevin.

'Kan je niet weglopen?' vroeg Homer dringend. 'Wat houdt je tegen?'

Kevin schudde zijn hoofd. 'Ze gijzelen mensen. Familieleden van je. Als je ontsnapt, worden ze geëxecuteerd. Ze hebben ons in de tang. De enige reden dat ze ons bewaken is om te verhinderen dat we sabotage plegen of dingen stelen, en om ons achter onze vodden aan te zitten. Niemand kan weg.'

Hij draaide zich om en liep weg. Ik had vreselijk met hem te doen. Hij zag er zo eenzaam en verdrietig uit, omdat hij weer terug moest naar dat ellendige rotleven.

'Als het geregeld kan worden, zou je dan willen ontsnappen?' vroeg ik. 'Zou je dan bij ons terug willen komen?'

Hij keek geschokt. 'Natuurlijk wel. Maar als je een manier kan verzinnen, ben je geniaal, Ellen. En dat zal ik zelfs op schrift bevestigen.'

46

Ik grijnsde. Ik dacht bij mezelf: haal je pen maar vast tevoorschijn. Toch zei ik niets, omdat ik geen valse verwachtingen wilde wekken. Maar er begon al een plan te dagen.

5

'Dus ik ben geniaal?' vroeg ik aan de anderen. We zaten weer in de hooiberg om te schuilen tegen nog meer regen. Het was pikdonker – waarschijnlijk een uur of tien – na ons gesprek met Kevin. Ik zag geen gezichten, behalve dat van Fi. Maar ik voelde de opwinding. Ik was ook opgewonden. Ik vond het een goed plan.

'Geniaal is wat overdreven,' zei Homer nors. 'Maar het is geen slecht idee.'

'Hoe laten we het Kevin weten?' vroeg Robyn.

'Dat weet ik nog niet. Gewoon wachten tot het kan. Dat lijkt me niet zo moeilijk.'

'We zouden het op een papiertje kunnen schrijven,' zei Fi, 'en als we even alleen met hem zijn, geven we dat snel aan 'm.'

Ikzelf vond dat een beetje riskant, omdat het misschien in verkeerde handen kon vallen, maar ik zei dat ik het zou doen. Ik schreef het de volgende ochtend vroeg, terwijl de anderen om de paar minuten met nieuwe suggesties kwamen. Sommige suggesties waren behoorlijk slim, dus die zette ik erin. Maar ik werd zenuwachtig van het geschrijf. Het voelde alsof we voor het eerst in lange tijd weer iets gingen ondernemen. Het was een ander soort gevecht dan we tot nu toe hadden geleverd, het was meer een geestelijk gevecht, maar er hing veel vanaf. Als het misging, voorspelde het niet veel goeds voor Kevins familie op het jaarmarktterrein. Zij liepen eigenlijk, zonder het te weten, het grootste risico.

Nadat we anderhalve dag hadden gewacht en nog steeds geen contact met Kevin hadden kunnen maken, leverden we het briefje uiteindelijk op een andere manier af. Toen de werkploegen in de weiden waren met hun bewakers, slopen Fi en ik het bos uit en gingen stiekem het huis binnen waar de gevangenen woonden, waarbij we weer dekking zochten tegen de kolonisten in het boerenhuis bij de oude schuren. Kevins bed was gemakkelijk te vinden: het was het rommeligst. We pakten een van zijn sokken en stopten het briefje erin, daarna maakten we het bed provisorisch op en verstopten de sok onder de dekens. We dachten dat de soldaten niet zouden merken dat het bed 's ochtends was opgemaakt, maar Kevin wel. Hij zou beseffen dat er iets bijzonders aan de hand was.

Wat ik ook moest doen was de oude put inspecteren die midden op het kleine erf stond. Het was een van de grootste putten die ik ooit had gezien, maar zoals de meeste oude putten, was deze erg gevaarlijk geworden. Het steen om de rand was aan het afbrokkelen en instorten. Er was een deksel op gelegd: een grote stalen overkapping die in het midden geopend kon worden door twee hendels naar twee kanten omhoog te trekken. Terwijl Fi me achter bij mijn hemd vasthield, probeerde ik met moeite de twee hendels los te trekken totdat het deksel langzaam en knarsend openging. Een vlaag muffe, vochtige lucht sloeg me in mijn gezicht. De vrijkomende gassen waren precies zoals ik dacht:

ik werd meteen misselijk toen ik even snoof. Terwijl ik mijn adem inhield, leunde ik naar voren en tuurde de schacht in. Het was geweldig donker en diep, ik kon de bodem niet zien. Ik liet een steentje vallen en moest bijna zes seconden wachten voordat het in het water plonsde: perfect. Ik schuifelde achteruit. Ik was zo duizelig geworden van de smerige lucht dat Fi het deksel weer op zijn plaats moest zetten. Ik wilde er niet meer heen.

Er gebeurde verder niets tot de volgende morgen, toen Kevin het teken gaf dat we in ons briefje hadden voorgesteld. We hadden hem gevraagd om iets groens aan te trekken als hij het ermee eens was, iets roods als hij weigerde en geel als hij er met ons over wilde praten. Ik had gewed dat Kevin, altijd de voorzichtigheid zelve, helemaal in het geel gekleed zou zijn. Maar dat pakte anders uit. Hij kwam naar buiten met een groene pet op, een felgroen hemd en een olijfgroene broek. Het zag er niet uit, maar toen besefte ik pas, als ik het al niet eerder had beseft, dat hij stond te trappelen om te ontsnappen en terug bij ons te komen.

We zaten in het struikgewas te loeren en toen we al dat groen zagen, keken we elkaar met een mengeling van angst en opwinding aan. We hoefden nu eens een keer niet veel te doen. We moesten vooral blijven zitten en kijken. We moesten alleen ingrijpen als de soldaten erachter kwamen dat er iets niet klopte en naar ons zouden gaan zoeken. Ergens had ik liever gehad dat het wat actiever was geweest. Zitten en kijken was niets voor mij.

Maar er was wel één ding: we moesten een schaap vangen. Of een varken, een kangoeroe of kalf. Maar een schaap leek ons het makkelijkst. We wachtten tot de werkploegen aan de slag gingen en gingen daarna de andere kant op. In een verre weide vonden we een kleine kudde jonge schapen. We bleven tot een uur of vier hangen en daarna kozen Homer en ik een schaap uit en dreven het, van de wal in de sloot geholpen door de anderen, in een hoek. We besloten het niet ter plekke dood te maken, omdat het sporen zou achterlaten in de weide. Dus bonden we zijn poten vast en Homer gooide het na wat geworstel over zijn schouder en wankelde ermee het bos in. Soms is het best handig om een sterke man bij je te hebben. Toen we diep in het bos waren, liet Homer het schaap op de grond vallen en samen doodden we het. Ik sneed het zijn keel af en hij brak zijn nek, terwijl Fi erbij stond en jammerende geluidjes maakte van walging, alsof iemand vlekken had gemaakt op het prachtige tapijt in de salon bij haar ouders.

'Sorry, Fi,' zei ik grinnikend.

We lieten het bloed liggen voor de vliegen. Homer gooide het karkas over zijn schouder en ging voorop naar de boerderij. De spanning werd me bijna te veel. Het is veel erger als het je eigen plan is: de verantwoordelijkheid is te groot, veel te groot. Ik besloot dat ik nooit meer iets zou opperen, terwijl ik tegelijkertijd wist dat ik me niet aan dat besluit zou kunnen houden. Tijdens het lopen had ik een interessant gesprek met Robyn. Ze had een fantastische religieuze theorie dat het schaap een offerlam was, geofferd om Kevins leven te redden. Daar wist ik niets van.

Terug bij de boerderij, moesten we oppassen. Het was een hele opgave voor Homer om het schaap naar de put te dragen. Lee liep naar een boom van waaruit hij de boerderij goed kon zien en hij zwaaide naar ons toen de kust veilig was. Het duurde wel twintig minuten voordat hij dat deed, wat betekende dat de tijd begon te dringen. Het was al vijf voor halfvijf. Homer werd gek van de vliegen. Het is verbazingwekkend hoe snel ze bloedende en dode kadavers in de gaten krijgen, zelfs in de winter. Maar eindelijk kon hij met een sprint het karkas optillen en naar de put dragen. Robyn en ik maakten het deksel open en Homer gooide het beest met een zucht van verlichting erin, met zijn kop naar beneden, zodat het helemaal naar de bodem zou vallen. We gooiden het deksel weer dicht en renden naar onze schuilplaats terug. Vanaf dat moment konden we alleen maar toekijken.

Om tien voor halfzes kwamen de mannen terug. Ze gingen direct naar binnen; vanavond gingen ze blijkbaar niet in bad. Verbeeldde ik het me of keken ze nerveus? Liep Kevin niet een beetje stijfjes, norsig? Ik had haast geen adem meer. Mijn borst trok zich samen. Maar er gebeurde niets tot vijf over halfzes. Toen ging Kevin zijn Oscar-nominatie verdienen.

Eerst slenterde hij langs de schuur van gegalvaniseerd ijzer en beklopte het ding alsof hij nog nooit zo'n schuur had gezien. Hij bekeek de hoekpaal die het dichtst bij ons was – en het dichtst bij de bewaker – en daarna inspecteerde hij het gootwerk. De soldaat riep iets naar hem, kennelijk om te vragen wat hij aan het doen was, en Kevin mompelde iets en slenterde weg. Hij moest eruitzien als een verveelde puber die zich in de nesten gaat werken, maar ik vond dat hij dat een beetje te schutterig deed.

Daarna zagen we hem tien minuten lang niet, maar we wisten wat er ging gebeuren. Kevin zou naar de put lopen, het deksel openwrikken en naar beneden kijken. Het afbrokkelende steen zou instorten en Kevin zou te pletter vallen. De val of de gassen zouden zijn dood worden. Dat maakte ons niet uit, zolang hij maar dood was. We wachtten gespannen af.

En ja, hoor, na vijf minuten klonk er een indringende kreet. Hij duurde maar heel even en leek halverwege gesmoord te worden, maar de gebeurtenis was zo ongebruikelijk dat het de aandacht van de soldaat trok. Hij ging rechterop staan en draaide zijn hoofd in de richting van de kreet, toen draaide hij zich helemaal om en keek behoedzaam om zich heen. Hij was niet gek. Hij had in het boek 'Hoe bezet ik andere landen?' duidelijk twee keer het hoofdstuk 'Afleidingsmanoeuvres' gelezen. Maar even later kwam een van de gevangenen de schuur uit rennen, die wanhopig iets riep naar de soldaat. Zonder af te wachten of de soldaat wel achter hem aankwam, rende hij meteen weer terug. Het was goed gespeeld en de soldaat scheen eindelijk overtuigd te zijn. Hij aarzelde even, maar liep toen snel achter de gevangene naar binnen.

We wachtten zeer gespannen af. We hoorden een hoop geschreeuw en zagen vaag hoe mensen heen en weer renden. Het duurde ongeveer een halfuur, daarna leek het wat rustiger te worden. Maar pas na een uur ging de soldaat weer op zijn post staan. Daarmee kwam er een eind aan de nachtelijke opwinding. Het werd doodstil en dat bleef het. We gingen ervan uit dat het plan gelukt was, maar zeker wisten we het niet. Het was weer een goeie nacht voor de slapelozen.

De volgende morgen gingen de werkploegen laat op pad.

Toen ze naar buiten kwamen, zagen ze er bedeesd en terneergeslagen uit. Kevin was natuurlijk nergens te bekennen. Maar plotseling schoot er een afschuwelijke gedachte door me heen. 'Mijn god,' zei ik tegen Homer. 'Ik hoop niet dat hij er echt in gevallen is.'

Er ging nog een traag uur voorbij. Toen zag ik iets bewegen bij de hoek van de schuur. Ik riep het zachtjes naar de anderen, maar dat was niet nodig. Ze hadden het ook al gezien. We rekten onze halzen. Het was een vreselijk spannend moment. Kevin of geen Kevin? Succes of mislukking? Leven of dood?

Hij sprintte naar ons toe, met een grijns van oor tot oor. Het leek wel alsof hij maanden van ellende ontlaadde met die ene korte sprint naar de vrijheid. Ik had zin om te juichen, maar dat was niet zo handig geweest. We waren nog steeds in levensgevaar door daar rond te hangen en, wat nog belangrijker was, Kevins familie was in levensgevaar. Ik liep naar voren om hem te begroeten.

De soldaat leek uit het niets te komen. Dat was natuurlijk niet zo. Er stond een oude regenwatertank, zonder klep, die tussen de schuren en het bos was neergezet. Hij stond er al zo lang dat hij overwoekerd was met onkruid. Hij was opgegaan in de omgeving, zodat we hem niet eens hadden gezien. Maar de soldaat moest zich daar in de vroege ochtend hebben verstopt. De slimmerik.

Hij stond met zijn rug naar ons toe. Kevin was stokstijf blijven staan, met open mond, terwijl alle kleur uit zijn gezicht wegtrok. De soldaat had een geweer op Kevin gericht, met zijn vinger op de trekker. Het enige dat in ons voordeel sprak, was dat hij kennelijk niet wist dat we achter hem waren.

Ik wist niet wat we moesten doen, kon niets verzinnen dat zou helpen. Ik besefte alleen maar dat ik de zaak had verklooid en dat er doden gingen vallen. Ik hoorde de soldaat zeggen: 'Je denkt ik dom. Zij denken ik dom. Maar ik niet dom. Jij dom.'

Ik wist nog steeds niets te zeggen of te doen. Achter me bewoog iets, een sluipend geluid. Ik draaide mijn hoofd een eindje om, zonder mijn lichaam te bewegen, voor het geval de soldaat het zou merken. Homer had zijn bepakking opengemaakt en maakte aanstalten om zijn geweer eruit te pakken. Het was er al half uit. Een eindje verder zag ik Lee, die iets in zijn bepakking zocht. Ik stuurde heftige signalen naar Homer met mijn gezicht, ik sperde mijn ogen open en liet mijn wenkbrauwen op en neer gaan. Ik wist geen oplossing, maar dat geweer was het in ieder geval niet. Er waren een stuk of tien kolonisten in de boerderij en die waren vast beter bewapend dan wij. Ik hoorde de soldaat tegen Kevin zeggen: 'Naar huis.' Op dat moment begon Lee naar voren te sluipen. Misselijk van wat ik al wist, dwong ik mezelf te kijken wat hij in zijn handen had. Ik verwachtte een mes te zien, zo eentje waarmee hij de jonge soldaat in het Holloway-dal had gedood. Maar het was geen mes. Hij had niet gevonden wat hij zocht, en nu waren zijn handen bij zijn middel. Wat hij snel lostrok, was erger dan een mes. Het was zijn leren riem.

Lees ogen waren wijd open, als schijnwerpers. Hij sloop als een wilde kat, zo geruisloos dat ik alleen maar bij elke voetstap een heel zacht geknisper hoorde. Hoe het kan, weet ik niet, maar ik had de tijd om jaloers te zijn op zijn elegantie en lichtvoetigheid. Maar toen besefte ik dat ik meer moest doen dan alleen maar toekijken.

Lee had op een bepaalde manier het perfecte wapen. De riem liep door twee kleine ijzeren ringen en was er dan dubbel tussen gestoken om hem strak te houden. Zo'n riem hadden we allemaal, de meesten van ons hadden hun eigen riem gemaakt bij Leerbewerking. Maar alleen Lee dacht eraan om die als wapen te gebruiken. Met een afschuwelijk, misselijkmakend besef bedacht ik dat het waarschijnlijk nog zou lukken ook. Maar er was één groot probleem: Lee ging die kerel met een riem wurgen, terwijl die een geweer in zijn handen had. Het was, denk ik, de dapperste, stomste actie die ik iemand ooit heb zien proberen uit te voeren. Ik besefte dat ik hem te hulp moest komen.

De soldaat verloor snel zijn geduld. 'Omdraaien!' schreeuwde hij tegen Kevin. 'Slechte jongen! Omdraaien!'

Kevin had de doodsangst in zijn ogen. Hij had gezien dat Lee naar de soldaat toe sloop en ik weet niet waar hij angstiger van werd: van Lee of de soldaat. Maar die kerel was er in ieder geval van overtuigd dat hij er de oorzaak van was dat Kevin zo bleek werd en dat zijn lippen trilden. Hij had nog niet bedacht dat er iemand achter hem zou kunnen zijn, had er nog niet aan gedacht zich om te draaien. Ik sloop met Lee mee. Ik wist wat me te doen stond: de arm van de man grijpen waarmee hij het geweer vasthield. Ik deed mijn uiterste best om net zo zachtjes te bewegen als Lee. Kevin draaide zich om, zoals hem was opgedragen, langzaam, maar toch. 'Hand omhoog, hand omhoog!' krijste de soldaat. Lee en ik waren nu nog maar een paar passen van hem vandaan, en ik bedacht dat we moesten toeslaan terwijl de man aan het krijsen was. De kans was groot dat hij ons minder zou horen als zijn eigen stem zo hard was. Eén afschuwelijk moment aarzelde ik, omdat ik dacht dat ik het niet zou kunnen. Ik wilde stokstijf blijven staan, maar wist dat dat gewoon niet kon. De enige manier om te blijven bewegen was aftellen en ik zei heel snel 'een, twee, drie' bij mezelf en nam een duik.

Lee dook een fractie van een seconde later. Kevin liet zich opzij vallen, in een wanhopige poging uit de schietbaan te komen. Maar de man schoot niet in een reflex op Kevin, waar ik het bangst voor was geweest. Hij schoot helemaal niet. Hij haalde de trekker niet eens over. Hij deed wat de meeste mensen in zijn situatie hadden gedaan: hij draaide zich met een ruk om om te zien wat er zich achter hem afspeelde. Zo werkten zijn reflexen. Ik gaf hem een zo hard mogelijke karateklap op zijn arm, greep het geweer en richtte het de lucht in. Ik had gehoopt dat hij door de klap het geweer zou laten vallen, maar dat gebeurde niet. Wel verloor hij zijn greep erop. Op dat moment mepte Lee de pet van de man af en gooide de riem over zijn hoofd. Nu hij twee gevechten tegelijk moest leveren, raakte de man in de war. Hij probeerde mij weg te duwen en draaide zich tegelijkertijd om naar Lee om hem aan te vallen. Toen kwam Homer aanrennen en samen wrongen we het geweer uit zijn klauwende vingers. Toen wist hij dat het fout ging. Lee haalde de riem strak aan. De man probeerde de riem vast te pakken, maar Homer en ik grepen ieder een arm vast en duwden ze naar beneden. Lee hing met zijn volle gewicht aan de riem. De soldaat probeerde om hulp te roepen. Te laat. Ik werd zelf ook hysterisch, maar ik vond op de een of andere manier de kracht om door te gaan. De soldaat liep wankelend naar rechts. Ik moest zijn arm loslaten en hij bracht hem naar zijn keel, maar dat hielp niet: Lee was onvermurwbaar. Het gezicht van de man werd vlekkerig, donkerrood met witte plekken, en werd steeds donkerder. Er kwam een afschuwelijk, rochelend geluid uit zijn mond, als iemand die probeert te gorgelen maar dat in zijn mond doet in plaats van zijn keel. Ik keek niet meer, kon niet meer kijken, maar richtte mijn blik op de prachtige bomen, de bomen waar ik zo van hield. Gebeurden dit soort dingen ook in het bos? Doodden dieren en vogels elkaar in koelen bloede, om hun territorium te verdedigen? Wedden van wel.

Ik had de arm van de soldaat weer vast en voelde hoeveel kracht erin zat: zijn wanhopige strijd, maaiend, kronkelend, vechtend. Het duurde allemaal veel langer dan ik had gedacht, ik voelde de aderen opzwellen in de gemartelde arm. Toen was het ineens voorbij. De arm viel slap omlaag. Een vreselijke stank steeg op en ik besefte dat de man in zijn broek had gepoept. Ik keek even naar zijn gezicht, maar keek even snel weer weg. Zoiets walgelijks had ik nog nooit gezien. Zijn tong hing naar buiten als een reusachtige, dikke worst. Zijn huid was paarszwart. En zijn ogen… die ogen zullen me tot mijn dood achtervolgen, en nog daarna. Het waren de ogen van een starende duivel, een man die in de laatste minuut van zijn leven gek is geworden doordat hij wist dat hij ging sterven, en door de manier waarop. Iedere keer dat ik mijn ogen sluit, gaan die van hem in mijn gedachten open.

6

'Wat doen we nu?'

Robyn en Homer waren kennelijk de enigen van ons die nog konden functioneren. Ik trilde over mijn hele lichaam en kon daar niet mee ophouden, hoezeer ik dat ook probeerde. Kevin lag op de grond. Zijn gezicht was grijs. Ik had die gelaatskleur nog maar één keer eerder gezien: toen ik mevrouw O'Meara in het ziekenhuis bezocht, vlak voordat ze doodging. Ze was achtentachtig jaar.

Fi zat achter ons in het bos met haar armen om een boom heen en huilde zachtjes. Lee zat op de grond met zijn hoofd tussen zijn knieën. Ik kon zijn gezicht niet zien, maar ik wist niet zeker of ik dat wel wilde. Vergeleken bij de rest van ons maakten Homer en Robyn tenminste de indruk dat ze nog konden bewegen en nadenken.

Robyn had de vraag gesteld, maar Homer gaf antwoord.

'De put in.'

'Hè?'

'We hebben geen keus, het is onze enige kans. Allemaal luisteren nu. Dit moet goed gaan. Kevin, heb je een pop gemaakt, zoals we zeiden?'

Kevin had blijkbaar vijf minuten nodig om de vraag te begrijpen en nog eens vijf minuten om te antwoorden. Toen knikte hij langzaam. 'We hebben kussens in m'n werkkleren gepropt.'

'En toen?'

Kevin sprak als een oude man, een vermoeide, oude man. Hij kwam moeilijk uit zijn woorden. 'Het werkte. Ze keken met een zaklantaarn, dus ze hebben het goed kunnen zien. Toen wilden ze een van m'n maten met een touw naar beneden laten zakken, maar die begon te schreeuwen dat er gassen waren en hij ging helemaal door 't lint, dus moesten ze hem weer naar boven halen.'

'Mooi,' zei Homer. 'Perfect. Helpen jullie even snel die kerel weg te dragen. Fi, neem z'n geweer mee, kom dan hier terug en maak 't hier schoon, zodat er geen sporen meer zijn van het gevecht.' Omdat we erg traag reageerden, werd hij kwaad op ons. 'Kom nou, verdomme. Schiet op!'

We sloften naar het lijk en probeerden het op verschillende plaatsen vast te pakken. Kevin wilde helpen, maar wendde zich walgend af en liet de voeten die hij vasthad, weer vallen. Met z'n vieren sleepten we het stinkende lichaam naar het kleine erf. Op instructies van Homer brachten we het met veel pijn en moeite naar de put. Die stond nog open, maar het punt was om het de schacht in te gooien zonder er zelf achteraan te vallen. Hij was een stuk zwaarder en veel onhandiger van vorm dan het schaap. Toen we het bijna in de juiste stand hadden, gleed Homer uit, zodat hij het hoofd van de man moest loslaten. Het viel met een afschuwelijk gekraak op het brokkelende steen, waardoor zijn schedel zowat moet zijn opengebarsten. De morbide gedachte schoot door me heen dat als hij niet al dood was geweest, we hem hiermee nog een keer om zeep hielpen. Robyn snikte en liet even los. Homer was razend. Hij schreeuwde tegen haar. 'Geeft niets,' zei ik. 'Pak hem maar weer goed vast.' Toen we allemaal stevig stonden, gaven we het lichaam een hijs. Het schoof over de rand van de put, bleef even haken vanwege een kledingstuk, maar toen was het los en met een zacht geruis gleed het over de rand en viel in de diepte.

Ik wachtte op de plons, maar die kwam niet.

'Misschien is hij halverwege blijven steken,' zei ik.

'Weet jij ergens een zaklantaarn te vinden?' vroeg Homer aan Kevin. Kevin dacht even na en knikte toen. 'Oké, ga maar halen. En snel!' schreeuwde hij, toen Kevin met een slakkengangetje wegliep. Toen sprak Homer weer tegen ons. 'Zo,' zei hij commanderend. 'We moeten de indruk wekken dat hij er per ongeluk in is gevallen. Fi, leg z'n geweer hier op het gras, zodat het lijkt alsof hij het weggooide toen hij voelde dat hij ging vallen. Ga daarna terug en maak de plek schoon waar... waar we... waar we met hem hebben gevochten. Lee, ga de weg na waarlangs we hem gesleept hebben. Verwijder alle sporen, alle rommel die we misschien hebben achtergelaten.'

'We doen net alsof het hier is gebeurd,' zei ik, wijzend op een plek waar het steen bijzonder brokkelig was. 'Als we expres een paar stenen in de put gooien, zodat het lijkt alsof ze zijn afgebroken toen hij erop ging staan...'

'Ja, prima.'

Kevin kwam met de zaklantaarn terug. Ik pakte die van hem aan en ging languit op mijn buik liggen om langs de schacht naar beneden te kunnen kijken. Het was een diepe schacht, veel dieper dan welke put ook in Wirrawee. Zelfs met deze sterke lantaarn zag ik in de verre, donkere diepte alleen een paar vage, massieve vormen, die een mens hadden kunnen zijn. De gassen waren niet meer zo sterk als eerst, maar ik werd er alweer duizelig van. Ik ging terug.

'Heb je iets gezien?' vroeg Homer.

'Ien, ien, ien,' echode ik, om een grapje te maken.

Waarom was ik nou weer de enige die op zo'n moment grappig uit de hoek wilde komen? Ik was nog gestoorder dan ik al dacht. Homer keek me alleen maar aan, alsof ik écht gestoord was.

'Het is niet zo erg,' zei ik snel. 'Ik denk dat de soldaat op Kevins kussens is gevallen. Het is moeilijk te zien, maar ik denk dat het schaap daar weer onder ligt.'

'Schaap?' vroeg Kevin en hij staarde me aan.

'We hebben er gisteren een dood schaap in gegooid,' legde ik uit, 'zodat het de komende dagen lekker gaat stinken. Anders zouden ze niet in die kussens trappen. En bovendien zouden ze niet zo'n trek hebben om je eruit te halen.'

Hij grijnsde even, waarschijnlijk het zwakste grijnsje dat ik ooit heb gezien, maar toch moest ik erom glimlachen.

Lee en Fi kwamen terug. 'Klaar,' zei Lee zachtjes. 'We hebben deze nog gevonden.' Hij haalde de soldatenpet tevoorschijn.

'Goed,' zei Homer. Hij legde de pet op het gras, een eindje voorbij het vervallen steen. 'Denk je dat ze erin tuinen?' vroeg hij aan Kevin.

Kevin knikte even. 'Ik denk van wel. Die gozer was een ontzettende lul. Typisch iets voor hem, om gewoon voor de lol in de put te kijken. En omdat de andere soldaten hem ook een lul vonden, zullen ze niet veel tijd verspillen om de zaak te onderzoeken. Ze hadden allemaal een bloedhekel aan 'm.'

'Het is nu toch onze zaak niet meer,' zei Homer dof. 'We kunnen verder niets doen. Leg de zaklantaarn weg, dan smeren we 'm.'

Dat lieten we ons geen twee keer zeggen. Het was pas kwart voor elf. Ik kon niet geloven dat er zo veel in zo'n korte tijd was gebeurd. De hele dag lag nog voor ons. Jemig, als we ons even kwaad maakten, zouden we om vijf uur nog tien andere mensen vermoord kunnen hebben.

Kevin wilde een paar van zijn dierbaarste spullen meenemen, maar dat weigerden we unaniem. Het was hard, keihard, maar we durfden geen risico te nemen. 'Als ze merken dat er iets weg is, ben je er gloeiend bij, of je familie,' zei Homer.

'Of wij allemaal, als ze ons gaan zoeken,' zei ik.

'Je mag alleen maar hopen dat je maten ze voor je bewaren tot na de oorlog,' zei Lee. Dat was niet echt een troost, voor niemand, maar meer konden we niet verzinnen. Het was in mindere mate ook hard voor ons, omdat we kostbare dingen zouden moeten delen, zoals eten en warme kleren. Daar hadden we toch al het hoognodige van. Trouwens, had Kevin ons niet tegengehouden om extra voorraden mee te nemen naar de Hel, toen we net doorkregen dat we bezet waren? Nee, dat was Homer. Soms was ik bang dat mijn geheugen als los zand aan elkaar hing.

Met onze bepakking op de rug – alleen Kevin droeg niets – gingen we op weg. Homer liep voorop. Hij zette er flink de vaart in, maar we begrepen waarom, dus niemand morde. We hadden geen tijd om geschokt te zijn, er was geen gelegenheid voor afgrijzen of verdriet over de moord. We moesten alleen maar zorgen dat we een heel eind hier van-

63

daan kwamen, als we tenminste heelhuids terug wilden komen, en dat wilden we allemaal. Daar ging ik in ieder geval van uit. Een paar van ons maakten de indruk alsof het ze allemaal geen bal meer kon schelen, wat er ook gebeurde.

We stopten niet om te lunchen, maar sjouwden stug door, zonder te praten, met gebogen hoofd, menselijke pakezels op een lange tocht. Achter in ieders hoofd, dat wist ik zeker, zat Kevins familie, die we in gevaar hadden gebracht door onze actie. Niemand had voorgesteld dat we daar zouden blijven om te kijken hoe de soldaten reageerden toen ze ontdekten dat er eentje weg was. Misschien hadden we wat meer rust gehad als we gezien hadden dat ze het inderdaad als een ongeluk beschouwden. Maar het was een te groot risico. Bovendien hadden we al lang geleden de hoop op rust opgegeven.

Laat in de middag hielden we stil om een hapje te eten en onze behoefte te doen. Ik had reuze honger en ik was kwaad op Kevin, omdat hij niet eens had aangeboden om iemands bepakking over te nemen. Goed, hij was gedeprimeerd – in shocktoestand, denk ik – maar dat waren we allemaal, en die bepakking was loodzwaar. Dus liet ik af en toe iets doorschemeren, waarop hij dan een paar sarcastische opmerkingen maakte, en dan zei ik weer tegen hem dat hij mijn bepakking niet eens mócht dragen, ook al kreeg ik geld toe, en zo ging dat nog even door. Typisch vermoeidheidsverschijnselen. Ik was heimelijk dankbaar dat Robyn tussenbeide kwam en zei dat we niet zo kinderachtig moesten doen, en vervolgens een provisorisch rooster opstelde, wat inhield dat we allemaal zo nu en dan geen bepakking hoefden te dragen.

64

Het bos werd dunner en we beseften dat we op gecultiveerd terrein kwamen. Dat was ongunstig voor ons, omdat het nu veel moeilijker was om niet gezien te worden, vooral nu zich overal in snel tempo kolonisten vestigden. Overal scheen weer elektriciteit te zijn, dat was een probleem. Elk huis was 's nachts een eiland van licht.

Om een uur of zeven kwamen we plotseling bij de rand van het bos. Zwijgend legden we onze bepakking neer. We stonden op een glooiend stuk land. In het laatste daglicht zagen we prachtige, weelderig groene velden zich voor ons uitstrekken. Het soort land waar het water je van in de mond loopt. Het soort aarde dat je zou kunnen eten. Maar juist omdat het zo vruchtbaar was, waren er natuurlijk overal groepjes huizen, allemaal verlicht. We zagen de weg die door het dal liep waar we geweest waren. Zo'n twee kilometer verderop kwam hij uit op een grote asfaltweg, die aan onze linkerhand dwars door het land liep. Waar de twee wegen samenkwamen was een dorpje met niet meer dan een tiental huizen en een pompstation. Er reed af en toe een auto langs: twee personenauto's en een vrachtwagen in de tijd dat we ernaar keken. In vredestijd was het verkeer waarschijnlijk niet veel drukker geweest.

'We gaan deze oorlog verliezen,' zei Homer dof.

'Maar dat wisten we al,' zei Kevin.

Ik begreep wat ze bedoelden. Alles zag er zo normaal uit, zo karakteristiek, precies zoals het altijd was geweest. Het leek alsof er niets was veranderd. Nou ja, er was wel een klein probleempje geweest, een kleine verandering in de gang van zaken en inderdaad werden die zaken door andere mensen gedaan, maar er was niets fundamenteels veranderd. De vogels vlogen nog, de wind waaide nog, de rivieren stroomden nog steeds naar zee. Het land zelf was niet veranderd.

'We moeten door,' zei Robyn.

Ik begreep ook wat zij bedoelde. We moesten het grootste deel van de nacht doorgaan, misschien wel de hele nacht. In dit landschap konden we niet overdag reizen. Het donker was de enige veilige tijd voor mensen als wij. We moesten een schuilplaats zoeken om overdag te kunnen slapen. Dat zou moeilijk worden, en gevaarlijk. Maar we hadden geen keus.

En omdat Robyn nu eenmaal Robyn was, zei ze dat we moesten doorgaan, maar niet hoe láng we moesten doorgaan.

In zekere zin beviel dat nachtwandelen me wel. Ik voelde me 's nachts veel meer op mijn gemak, naarmate de oorlog verderging. Ik had het donker altijd geassocieerd met griezelige dingen. Het was de tijd waarin de vossen en dingo's en wilde katten uit hun holen kwamen. Het was de tijd van de heksen en kobolden, van vampiers en weerwolven en spoken. Het was de tijd van het kwaad.

Daarom kwam het ons goed uit.

Aan de andere kant kwam het me op deze avond helemaal niet uit. Ik was zo ontzettend moe, zo volkomen uitgeput. Ik had het gehad. Ik wist dat ik geen stap meer kon verzetten. Ik haatte Robyn, omdat ze zei dat het moest. Maar ik wachtte tot er iemand anders ging klagen: ik was te trots om dat te doen. Toen drong het tot me door dat niemand ging klagen. Of ze waren net zo trots als ik, óf ze waren minder moe dan ik. Grimmig, vol haat jegens iedereen, hees ik mijn bepakking op mijn schouders.

'Nog niet, Ellen,' zei Homer vriendelijk. 'Het is nog te vroeg.'

'Je bent ongelooflijk, Ellen,' zei Fi op bewonderende toon. 'Ik snap niet hoe je het kan. Ik kan geen stap meer verzetten. Ik moet uitrusten.'

'Ellen zou de hele week kunnen doorlopen,' zei Lee, op dezelfde toon als Fi.

Daar knapte ik wel een beetje van op. Ik liet me niet kennen. Laat ze maar denken dat ik superwoman was. Ik wist hoe het werkelijk zat.

We wachtten nog een uur, zwijgend, ieder in zijn eigen gedachten verzonken. Het was geen geheim waar we aan dachten. Ik keek vanuit mijn ooghoek naar Kevin. Hij staarde voor zich uit, zijn lippen trilden, alsof hij elk detail van het gebeurde nog eens meemaakte. Ik was verbaasd over zijn reacties. Wat voor indruk had hij nu van ons? Waren we erg veranderd? Ik wist natuurlijk best dat we een beetje veranderd waren, maar na het zien van zijn gezicht toen we de soldaat doodden, begon ik me af te vragen of we misschien meer veranderd waren dan we zelf wisten. Hij keek naar ons alsof we wezens van een andere planeet waren. We waren gewoon wezens uit de Hel.

Uiteindelijk was ik het die de anderen in beweging bracht. Dat kwam door die domme opmerkingen dat ik zo sterk was, dus dat moest ik nu bewijzen. Maar er was nog een andere reden. Ik vond het altijd vervelend als Homer te veel of te lang de leiding had. Ik moest mezelf dan altijd laten gelden. Zo is het altijd geweest, ook toen we klein waren.

Lee en Robyn sliepen, maar ze stonden op toen ik ze

wakker porde. Dat was wel een voordeel van onze levens-
wijze: we waren eraan gewend geraakt om korte dutjes te
doen en uit onze slaap gehaald te worden om de wacht te
houden. Iedereen behalve Lee droeg een bepakking en weg
waren we.

Dat was het begin van een vreselijke nacht. Logisch eigenlijk, na zo'n vreselijke dag. Ik kon me niet herinneren
dat ik ooit zo moe was geweest. We zetten gewoon de ene
voet voor de andere. Minuut na minuut, uur na uur. Eerst
gingen mijn voeten zeer doen, toen mijn kuiten, daarna
mijn rug en nek. Mijn hoofd zakte steeds verder omlaag.
Algauw gaf ik de sporadische pogingen tot een gesprek op.
Sjok, sjok, sjok. Mijn spieren deden zeer, mijn gewrichten
deden zeer, mijn botten deden zeer. Ik moet een uur lang
bedacht hebben wat ik uit mijn bepakking kon opofferen,
zodat die wat lichter werd. Het werd een heerlijke droom,
de gedachte aan een bepakking die twee kilo lichter was.
Er was geen zoetere belofte in dit leven, geen grotere hoop.
Ik woog de voor- en nadelen van elk voorwerp dat ik droeg,
en probeerde te besluiten wat ik kon achterlaten. Ik wist
zeker dat ik wel iets zou kunnen bedenken, maar eigenlijk
was er niets. Alles had zijn nut. Ik moest er niet aan denken dat ik zonder een bepaald voorwerp verder zou moeten. Dus sjouwde ik door.

Het werd elf uur en later. We liepen door. Uren later
keek ik op mijn horloge. Het was twaalf minuten over elf.
Ik had wel willen huilen van teleurstelling. Ik voelde me
ontzettend belazerd. Eindelijk werd het middernacht en we
strompelden een nieuwe dag binnen. Drie uur van mijn leven naar de maan, dacht ik. Drie uur die ik nooit meer kan

inhalen. Ik ben drie uur dichter bij mijn dood en ik heb in die drie uur alleen maar gelopen.

Ik besefte dat ik steeds kleinere passen nam en dat het gunstig zou zijn om grotere passen te nemen. Als ik bij elke stap twintig centimeter won, zou ik minder moe worden. Dat wist ik. Maar ik kreeg het niet voor elkaar. Mijn passen werden niet groter, nee, ze werden juist steeds kleiner. Het begon zachtjes te regenen en eerst vond ik dat lekker, omdat het fris was. Maar toen werden mijn kleren klam en kleverig en zwaar. Ik kreeg het koud. De eerste druppel koud water in mijn nek was afschuwelijk, alsof een ijskoude slak over mijn naakte huid kroop waar ik niet bij kon. Ik geloof dat ik begon te huilen van moeheid, maar dat wist ik niet zeker vanwege de regendruppels. Wel hoorde ik Fi achter me snikken, maar ik deed net alsof ik het niet hoorde, omdat ik alle energie voor mezelf nodig had. Die durfde ik niet in iemand anders te stoppen.

Tegen één uur keek ik steeds hunkerend op mijn horloge. Het was genoeg verlicht om de cijfers te kunnen zien. Ik dacht dat als ik het tot één uur volhield, er iets bijzonders zou gebeuren. Maar nee.

Mijn laarzen begonnen te soppen, omdat de waterdichte voering het begaf. Ik probeerde in gedachten 'Ten Thousand Green Bottles' te zingen, maar raakte er snel op uitgekeken. Op een gegeven moment probeerde Robyn iedereen aan het zingen te krijgen; ze deed een solo uit 'Are You Lonesome Tonight', wat veel te droevig was, en toen 'Smoke Curls up Around the Old Gum Tree Trunk', en daarna zette ze 'Not for the First Time' in, en toen gaf ze het op. Kort daarna stopten we, omdat Fi moest poepen, en toen bedacht ik dat ik de wc-rol had, maar niet wist waar die in de bepakking zat. Het leek een halfuur te duren voordat we hem hadden gevonden. Ik zocht steeds dieper in de bepakking, zodat alles in de war raakte en het naar binnen regende, toen ik me realiseerde dat hij in een zijvak zat. Dat was de druppel en ik gooide mijn hoofd achterover en brulde van ellende. Niemand scheen geïnteresseerd, niemand scheen het te kunnen schelen. 'Kunnen we niet hier ergens slapen?' jammerde Kevin, die om zich heen tuurde in het donker.

'Geen sprake van,' zei Homer. 'We zijn nog op onbeschut terrein. We moeten verder.'

Er viel een grimmige stilte. Toen Fi terugkwam, pakten we onze bepakking en sjouwden verder.

Hoe verder we liepen, hoe kouder ik het kreeg. Mijn voeten werden gevoelloos. Ik besefte alleen dat ze ontzettend zwaar waren en dat het steeds meer moeite kostte om ze op te tillen en naar voren te zetten. Mijn hoofd deed zeer en mijn neus liep voortdurend. Snuiven had geen zin en het snot vermengde zich met de regen die over mijn gezicht stroomde. Mijn benen waren ook gevoelloos. Ik had niet de energie om mijn arm op te tillen en op mijn horloge te kijken, wat trouwens niet te zien zou zijn. Hoe verder we liepen, hoe moeilijker het werd om in een rechte lijn te lopen. Ik was me er vaag van bewust dat ik aan het zwalken was, maar ik kon er blijkbaar niets aan doen. Ik had geen idee wie er vooropliep, maar nam aan dat het Homer was, omdat hij een kompas had. Voor het eerst – bijna voor het eerst in mijn leven – kon ik niet tegen hem op.

Toen we stopten was ik te moe om opluchting te voelen, te moe om ook maar iets te voelen. Ik stond als een mak schaap te wachten op instructies. Wie weet waren we tegen een patrouille aan gelopen, maar dat kon me niets meer schelen. Na een paar minuten kwam Homer uit het donker tevoorschijn en pakte mijn hand. Ik gaf hem dat natte, koude, zware ding. Het moet gevoeld hebben alsof je een dooie vis oppakte. 'Kom op, Ellen, ouwe makker,' zei hij vermoeid. Ik liet mezelf leiden als een hulpeloos kind. We liepen vijf minuten door tot we bij een gebouw kwamen. Ik besefte ineens dat het een graansilo was, zo'n grote van beton. Het kon me niet schelen wat het was, maar ik weet nog dat ik dacht dat het een goede schuilplaats was, omdat kolonisten er pas in de oogsttijd, midden in de zomer, gebruik van zouden maken.

7

Een nadeel van de oorlog was dat we geen medicijnen hadden. We hadden wel allerlei potjes en tubes gehad, maar die waren heel snel opgebruikt. Nu hadden we alleen nog een half pakje pleisters en een potje maagtabletten. Na die vreselijke tocht over de velden waren we moe, neerslachtig en doornat; we hadden druipende haren en laarzen vol water.

We waren een schoolvoorbeeld uit het medische handboek. We vroegen erom om ziek te worden. En dat werden we ook.

Robyn, Kevin, Fi en ik werden meteen geveld. Toen bleven alleen Homer en Lee over, en met hen ging het ook niet zo best. Het begon met een verkoudheid, niezen en loopneuzen, daarna begonnen we te hoesten en toen werd het menens. We hadden geen thermometer, maar dat was niet nodig. Je hoeft niet altijd een rookmelder te hebben om te weten dat je huis in brand staat. Eén blik op de vuurrode blosjes op Fi's witte wangen was genoeg. We gloeiden, we rilden, we hijgden, we woelden en draaiden. Ik ijlde zo erg dat ze me moesten vastbinden. Ik dacht dat ik de Grote Snoeier was of zoiets. Ik was me ervan bewust dat ik een enorme snoeischaar in mijn handen had en dat ik van populier naar populier moest rennen om ze in vorm te snoeien. De bomen waren beneden aan mooi van vorm, maar hogerop werd het een probleem. Ik moest de hele tijd op mijn tenen staan of zelfs met mijn armen boven mijn hoofd omhoogspringen om de takken met de schaar te kunnen pakken en ze naar beneden te halen. Het besef drong steeds meer tot me door dat de delen die gesnoeid moesten worden op mensen leken, sommige hadden prachtig gebeeldhouwde, menselijke vormen. Het was niet prettig om ze in tweeën te knippen, maar ik wist dat het mijn plicht was, dus dwong ik mezelf. Maar dan leidden ze me af door in echte mensen te veranderen en dan keek ik een tijdje naar ze, voordat ik weer terugging naar de bomen.

Op de momenten dat ik de Grote Snoeier was, hadden Homer en Lee het meest met me te stellen. Ze zeiden dat het op een soort wilde fitnesstraining leek, zoals ik op en neer sprong, in het niets grijpend, en daarna worstelend en jammerend door hen terug naar bed werd gebracht. Ze hadden zelf zo weinig energie dat ze touw moesten halen om me vast te binden.

'Dat was zeker jouw idee,' zei ik tegen Homer.

'Zo leuk was het niet, hoor.'

'Nee, vast niet.'

Ik moet toegeven dat de twee jongens heel goed voor me zorgden. Als ik gloeiend van de koorts wakker werd, stonden ze meteen aan mijn bed, of het nou drie uur 's nachts was of drie uur 's middags. Niet dat ik enig besef van tijd had.

Misschien waren we er met antibiotica in vierentwintig uur vanaf geweest: waarschijnlijk wel. Maar die hadden we niet, dus moesten we erdoorheen en moesten onze lichamen zichzelf genezen, met een beetje hulp van de twee jon-

gens. Ze depten ons af met koele, vochtige doeken, zorgden dat we genoeg dronken en zelfs een paar keer aten,
kleedden ons warm aan, praatten met ons, veegden onze
koortsige voorhoofden af.

Op een dag werd ik zo slap als een dweil wakker, maar
volkomen helder in het hoofd. Ik wist dat het vroeg in de
ochtend was en ik herinnerde me vaag dat er die nacht een
moment was geweest dat ik mijn lichaam had voelen ontspannen. Daarna kwam er een soort zalige rust over me en
sliep ik diep en warm. Homer kwam binnen met een blik
en een veldfles en ik keek hem lui aan.

'Hoe is het buiten?'

'O, ben je weer terug in het land der levenden?'

'Mmm. Ik voel me best goed.'

'Mooi zo.'

'Hoe is het met de anderen?'

'Fi is sinds gisteren al op de been. Ze zit achter te ontbijten met Lee. Robyn en Kevin zijn nog even ziek.'

Ik keek even naar hun bedden. Ze zagen er zeker niet
best uit. Ze sliepen allebei, maar Kevin lag te murmelen en
te woelen en Robyn zag lijkbleek.

'God, zag ik er ook zo uit?'

'Nog erger.'

'Hoe lang duurt dit al?'

'Vier dagen.'

'Ja, ja.'

'Echt waar. Lee en ik hebben ongeveer een uur geslapen
in de afgelopen vier dagen.'

Ik stond voor het eerst met mijn mond vol tanden. Ik
was zwaar onder de indruk van het idee dat ik vier dagen

van mijn leven kwijt kon zijn zonder dat ik dat had geweten. Misschien was dit een voorproefje van de dood: voortdurende visioenen en dromen en vage doorkijkjes van de werkelijkheid. Behalve dat als je dood bent je nooit meer wakker wordt: dan blijf je altijd van die bizarre beelden zien. Ik dacht veel na over de dood en hoe het zou zijn, natuurlijk. Dat doe ik nog steeds.

Toen ik probeerde op te staan, besefte ik dat dat niet zo'n goed idee was. Mijn armen en benen waren slap en mijn geest was te krachteloos om ze tot gehoorzaamheid te dwingen. Dat had ik nooit eerder ervaren, maar ik was te moe om me er druk over te maken. Ik ging maar weer slapen.

Toen ik weer wakker werd, was er een dag voorbij. Daar was ik nog verbaasder over. Homer en Fi hadden een halfuur nodig om me dat duidelijk te maken. Ik had genoeg van het liggen. Bovendien moest ik ontzettend nodig en had schreeuwende honger. Ik wankelde naar buiten en deed een plas en daarna at ik een paar biscuitjes en begon voor het eerst in bijna een week weer naar de omgeving te kijken.

We waren nu dicht bij de kust. Ik kon de zee ruiken. Ik vermoedde dat we na deze tocht ongeveer twintig kilometer van Cobbler's Bay waren. We moesten ooit weer serieus gaan nadenken over Cobbler's Bay. Het idee alleen al maakte dat ik meteen weer koorts kreeg. We waren nog steeds op onbegroeid terrein, maar wel heel anders dan de vlakten waar we vijf nachten geleden doorheen hadden gelopen. Het gras was stugger en de bomen zagen er verwaaid en armoedig uit. Er waren geen huizen te zien, maar vijftig meter verder stond een rij bomen, wat op een weg duidde. Het regende niet meer, maar het was koud en er waaide een kille wind. Een paar wolken joegen door de lucht, alsof ze snel ergens heen moesten.

Ik liep naar de silo terug en hielp Lee met wat huishoudelijk werk, silowerk eigenlijk. 'Waar is hier water?' vroeg ik, terwijl ik lege veldflessen onder mijn arm stopte.

'Kom maar mee.'

Hij zag er moe en nerveus uit. Logisch, na al dat werk dat hij en Homer hadden verstouwd.

We liepen naar de weg en wandelden een paar honderd meter verder. Het gaf me een vreemd gevoel, om zo onbeschermd in het volle licht te lopen.

'Komen hier nooit auto's langs?'

'Vier in vijf dagen. En je kunt je goed verstoppen. Je hoort ze altijd komen.'

'Hoe voel je je?' vroeg ik, al kon me dat niet zo erg schelen. Ik was te moe, te zwak en misschien nog steeds te veel van streek over wat er bij de put was gebeurd.

'Gaat wel. Alleen totaal uitgeput door het verzorgen van jullie.'

'Ga lekker slapen als we terug zijn. Fi en ik nemen het wel over, dan kan jij uitrusten.'

'Ja, bedankt, dat zal ik doen.'

Ik besefte plotseling, met een schok, dat mijn relatie met Lee voorbij was. Ik voelde niets meer voor hem. Hij was een vreemde voor me en het gesprek dat we hadden was het soort beleefde conversatie dat je met vreemden hebt. Hoewel ik het op dat moment niet wilde erkennen, denk ik achteraf dat het deels kwam door het doden van de soldaat toen we Kevin gingen redden. Het was natuurlijk niet de eerste keer dat we iemand doodden, het was ook niet de eerste keer dat Lee iemand in koelen bloede vermoordde, maar deze keer was het te gruwelijk geweest, te walgelijk. Ik wilde Lee niet aanraken, wilde zelfs niet met hem praten. Ik werd misselijk zodra hij me met zijn lange vingers aanraakte.

Het is oneerlijk, dat weet ik. Eerst Lee het vuile werk laten opknappen en het hem daarna in z'n schoenen schuiven. Maar eerlijk en oneerlijk is iets verstandelijks: gevoelens kennen geen eerlijk en oneerlijk.

We vulden de flessen bij een brede, ondiepe rivier. We hurkten in het grind en keken hoe het water met kleine draaikolkjes snel voorbijstroomde. Het was wel koud en de flessen voelden koud aan toen we ze terugdroegen.

Tegen de avond had Kevin het ergste gehad en was Robyn weer zo ver bij dat ze begreep wat er aan de hand was. Het stonk vreselijk in de silo, omdat er bijna een week mensen in hadden gebivakkeerd. Er stonden drie betonnen silo's op een rij en twee ijzeren. Ik bekeek de andere twee van beton en overwoog of we daar misschien naartoe zouden kunnen verhuizen voor wat frisse lucht, maar ze roken allebei sterk naar chemicaliën. Pesticiden waarschijnlijk. De ijzeren silo's roken lekker naar droog graan, maar daar kon je niet prettig in wonen.

Ik liep naar onze silo terug. De eerste ruimte was niet slecht. Blijkbaar had de opzichter die als kantoor gebruikt en kon hij vandaar door het tralierooster in het diepe gat naar beneden gluren en kijken hoe het langzaam volliep met graan. Er stonden een archiefkast, een bureau en een stoel, waar Homer en Lee lang hadden zitten kaarten. Behalve een ruimte waar de zieken sliepen, waren er een paar betonnen cellen, als in een middeleeuws klooster.

Ik ging achter het bureau zitten en speelde een tijdje patience.

Omdat Kevin aan de beterende hand was, kwamen we eindelijk toe aan het belangrijke gesprek dat we allemaal zo graag wilden voeren. Het was de volgende dag, na het ontbijt, in het kantoor. Robyn nam haar slaapzak mee en ging erin liggen, en keek en luisterde, en de rest van ons ging lui tegen de muren zitten en dronk koude Isostar als tractatie. Homer mocht op de stoel.

'Kevvy, nou willen we een verhaaltje,' zei Homer, die het initiatief nam.

'Een verhaaltje,' zeurde ik, en Robyn en Fi deden ogenblikkelijk mee. 'Een verhaaltje, een verhaaltje.'

'Waar moet ik beginnen?' vroeg Kevin.

'Bij het begin,' riepen we in koor.

Na verschrikkelijke tijden, na moorddadige tijden vervielen we vaak in dit soort regressiegedrag. Ik denk dat we op dat moment een jaar of zeven waren. Maar Kevins verhaal dwong ons om snel volwassen te worden. Het was niet een erg leuk verhaal, maar het was de eerste gedetailleerde beschrijving die we van het leven van de gevangenen kregen.

'Oké, dan ga ik helemaal terug. Nadat Carrie en ik bij Ellens huis waren weggereden… mijn god, dat lijkt wel jaren geleden. Die nacht: alles werd anders na die nacht. Eén kogel veranderde ons hele leven.'

Hij keek in zijn mok zonder eruit te drinken.

'We kwamen om een uur of twee 's nachts bij het zie-

78

kenhuis. Ik reed heel langzaam. Ik was bang dat ze op de achterbank zou sterven, dus ik keek steeds achterom om te zien hoe het met haar ging. Ze zag er steeds slechter uit, alle kleur trok uit haar gezicht weg. Maar steeds wanneer ik gas gaf, begon ze te kreunen, van die afschuwelijk, zware kreunen, zoals ik nog nooit van iemand gehoord had. Het was echt verschrikkelijk.

Eenmaal bij het ziekenhuis aangekomen, dacht ik niet eens meer aan de oorlog en de soldaten. Dat klinkt stom, maar het is waar. Ik was bijna vergeten dat het oorlog was. Het enige wat me bezighield was Carrie naar binnen krijgen en haar laten behandelen. Ik reed toeterend naar de hoofdingang, met groot licht en de knipperlichten aan. Dan wisten ze dat ik eraan kwam. En als ik zo binnenreed, wisten ze waarschijnlijk ook dat ik geen gevaar vormde. Ze kwamen allemaal naar buiten gerend: een verpleger, een dokter, een vent met een brancard en een paar soldaten. Toen ik die zag, besefte ik ineens weer dat het inderdaad oorlog was.

Eerst viel het best mee. De soldaten wisten dat er nog steeds mensen vrij rondliepen in het gebied, dus ze keken er niet echt van op dat ik er was. En het ziekenhuispersoneel waren onze mensen, gevangenen, dus dat zat wel goed. Het werd pas problematisch toen de soldaten ontdekten dat Carrie een schotwond had. Het personeel probeerde het geheim te houden. Ze deden net alsof ze van een rots was gevallen, maar het vervelende was dat een van de soldaten Engels sprak en dat aan niemand had verteld. Hij hield zich expres van de domme, zodat hij mensen kon afluisteren. De hulpverleners spraken vrijuit waar hij bij was, en zo kwam hij erachter.'

Kevin zweeg even. Hij keek op van zijn Isostar en staarde naar het gat van de liftschacht.

'Nou, toen had je de poppen aan het dansen. Carrie was een "slecht meisje, slecht meisje" en ze probeerden ons meteen het opblazen van de brug in de schoenen te schuiven. De twee soldaten duwden me in een hoek op de grond en sloegen me op m'n rug met de kolf van hun geweer. Ze mikten op m'n nieren en dat was goed raak, kan ik je vertellen. Ik heb twee weken bloed gepist. Iedere keer dat ik naar de wc ging, moest ik aan die kerels denken. Toen haalden ze drie bewakers van de brug, die jullie het scherpst hadden kunnen zien, en die moesten ons identificeren. Het enige wat ons toen redde was dat ze pertinent zeker wisten dat wij het niet waren. Pure mazzel dat ze zo eerlijk waren. Daardoor hielden de soldaten even op met slaan.

Maar ze waren nog niet tevreden. Ze zeiden tegen de vrouwelijke arts dat Carrie meteen door moest naar het jaarmarktterrein. Ze mocht haar niet meer behandelen. Ze waren ontzettend opgefokt. "Niet meer, niet meer," schreeuwden ze maar. Ze zwaaiden met hun geweren en probeerden de brancard naar buiten te rijden. Maar die dokter, man, die mag een medaille krijgen. Ze weigerde gewoon, zo van: "Vraag me niets, verspil niet m'n tijd, laat me met rust." Ik geloof niet dat ze wisten wat ze met haar aan moesten. Toen volgde er een getouwtrek om Carrie, die daar maar middenin bewusteloos lag te wezen. Best komisch, als je in de stemming was voor grapjes.'

'Was dat soms dokter Crassini?' vroeg ik.

Kevin knikte. 'Ja, precies, zo heette ze.'

'Dacht ik al.' Ik had meegemaakt hoe dokter Crassini m'n

vader behandelde. Ze was een imponerend persoon. Jong, maar sterk.

'Daarna kwamen er nog twee soldaten binnen,' ging Kevin verder. 'De twee kerels die er al waren, hielden zich nu weer met mij bezig, omdat ze inzagen dat ze bij de dokter geen poot aan de grond kregen. Ze duwden me weer op de grond en begonnen me te schoppen. De verpleegster schreeuwde tegen ze, terwijl ze ondertussen met Carrie bezig was, en ik raakte buiten westen. Ik was doodsbang dat ze me zouden doodschoppen. Ik had ze de waarheid verteld, dat we beschoten werden toen we de fretten van m'n oom probeerden te vangen, maar daar trapten ze niet in. Ik zat onder het bloed en ik voelde dat m'n neus was gebroken. Bij iedere ademhaling leek het wel alsof ik alleen maar bloed inademde. Ik dacht dat ik erin zou stikken. Ik dacht echt dat m'n laatste uur geslagen had.'

Ik keek even om me heen en ik zag vier bleke gezichten die allemaal aan Kevins lippen hingen. Kevin keek weer in zijn mok. Ik weet niet of hij besefte wat hij allemaal teweegbracht.

'Maar goed, die andere twee soldaten kwamen dus binnen. Ik had nauwelijks door dat ze er waren, maar dat hoorde ik later van de zaalwacht. Dat was een beetje een sul en hij had geen poot uitgestoken om me te helpen toen ik in elkaar werd geslagen, maar hij was geen klootzak. Dus die twee soldaten kwamen binnen en eentje was gewond, en daardoor moest de dokter bij Carrie weg en hem behandelen. Hij had zijn enkel verstuikt en hoe was dat gebeurd, denk je? Hij had twee mensen achternagezeten door het bos bij het huis van m'n oom en toen was het gebeurd. Jemig, kwamen die even van pas, zeg. Dat redde m'n leven. De arts riep de twee soldaten die me zo mishandelden en liet de andere twee hun verhaal nog eens vertellen. Toen ze zeiden dat ze een paar schoten hadden gelost op een paar donkere gedaantes in het bos, drong het tot de soldaten door dat ik een eerlijk, respectabel iemand was. We waren weliswaar erg stout geweest, zeiden ze, maar we waren niet aan het saboteren en daar ging het om. We waren gewoon gemiddeld stout, in plaats van hoogopgeleid professioneel stout.

"Stout" is een van hun favoriete woorden. "Slechte jongen" en "Stoute jongen" noemden ze me altijd.

Maar luister, jongens, als we ooit gepakt worden, draai dan niet de bak in voor de dingen die jullie hebben gedaan, de brug en de grasmaaier en Lee uit Wirrawee halen. Daar zijn ze nog steeds laaiend over.'

'En het opblazen van Turner Street?' vroeg Homer, met een klein beetje leedvermaak.

Kevin ging recht overeind zitten. Hij werd helemaal opgewonden. 'Waren jullie dat? Waren jullie dat echt? Ongelooflijk! Sommige mensen zeiden al dat jullie het waren, maar ik kon het niet geloven. Dat moet ongeveer een ton TNT zijn geweest! Hoe hebben jullie dat gedaan? Mijn god, wat was dat een klap, zeg. Ik dacht dat er een atoombom op Wirrawee was gevallen. Wow, nou, als ze jullie daar ooit voor pakken, zijn jullie er geweest.'

'Bedankt.'

Maar we waren trots en opgewonden door Kevins reactie. Het was leuk om een beetje te kunnen opscheppen. Dat was een van de naarste bijkomstigheden van onze geïso-

leerde leven: we hadden het gevoel dat niemand de gevechten die we leverden en de risico's die we namen, waar-
deerde of zelfs maar opmerkte – risico's waarvan ik elke keer
dat ik eraan dacht weer draaierig werd. Het enthousiasme
van Kevin maakte dat we ons, een paar minuten althans,
voelden alsof we het Vreemdelingenlegioen, de Groene Ba-
retten en de Ratten van Tobruk bij elkaar waren.

'Hoe hebben jullie dat in godsnaam gedaan?'

We vertelden het in tien minuten, waarbij we struikelden over onze woorden, onszelf steeds verbeterden of te-
genspraken en het heerlijk vonden om de held te spelen.
Maar het was van korte duur, want toen moesten we hem
vertellen dat Chris dood was. Dat werkte heel snel erg ont-
nuchterend. Maar Kevin leek er niet zo ondersteboven van
te zijn. Ik denk dat hij aan het afstompen was als het over
de dood ging.

'Maar goed,' zei ik uiteindelijk, 'vertel nou maar wat er
met je gebeurde na het ziekenhuis, en dan vertellen wij de
rest van óns verhaal.'

'Oké. Waar was ik gebleven? Dat ik verrot werd geslagen? Oké. Dus uiteindelijk mocht Carrie in het ziekenhuis
blijven, wat erg aardig van ze was, maar ze moest naar het
gevangenblok, waar je niet bepaald een vijfsterrenbehande-
ling kreeg. Daar hebben jullie haar gezien. Ik hoorde van
mevrouw Slater dat jullie daar geweest waren en dat ze een
goed gesprek met jullie had gehad.'

'Ja, dat klopt.'

'Tja, ik heb haar sinds die nacht dat ik haar daarheen
bracht niet meer gezien. Ik mocht er niet blijven; ik werd
achter in een stationwagen geduwd en naar het jaarmarkt-

terrein afgevoerd. Ik voelde me helemaal kapot. En dat was ik ook. We hadden een grote familiehereniging, maar daar weet ik niet zo veel meer van. Ik werd verpleegd en uiteindelijk knapte ik op. Dat duurde zo'n drie weken. Het was niet gemakkelijk allemaal, ik denk dat de schrik er wel een beetje in zat, dus een tijdlang was ik niet veel waard.

Het was een akelige toestand op het jaarmarktterrein. De mensen waren ontzettend gespannen. Eerst waren de omstandigheden best redelijk, maar dat duurde niet zo lang. Ik geloof niet dat het ooit bedoeld was als woonplek op de lange termijn voor duizend mensen. De meeste gebouwen zijn van gegalvaniseerd ijzer, dus daar wordt het bloedheet. Het eten was redelijk, meestal dan. Jemig, er is genoeg eten in het gebied rond Wirrawee om een miljard mensen te eten te geven. Maar die zakkenwassers werden een beetje lui, ze hadden geen zin meer om driegangenmaaltijden te maken. Logisch, denk ik. Maar het eten was niet echt het probleem.'

'Wat dan?'

Kevin dacht diep na en probeerde te bedenken wat de gespannenheid van de mensen had veroorzaakt. 'Het was eigenlijk een combinatie van dingen,' zei hij langzaam. 'Dat massale, dat was vreselijk. Niet kunnen douchen. Vooral als we dagen met vijfendertig graden hadden. En al die lulhannesen die je de hele tijd commanderen. Kennen jullie meneer Rodd en meneer Nelson en Troy South? En mevrouw Olsen? Jezus, daar werd ik gek van. Iedereen was gestrest, denk ik, en daarom waren er zo veel ruzies. Maar sommige mensen lieten het er gewoon bij zitten. Die lul van een Rodd, die zat me de hele dag op m'n huid. Daar kickte hij op, denk ik. Ik snap nu waarom z'n twee vrouwen bij 'm zijn weggelopen.'

Kevin zweeg weer en dacht na. We wachtten stilletjes, we wilden hem niet onderbreken.

'Nee, dat was het niet,' zei hij na een tijdje. 'Het was de verveling, dat was het ergst van alles. Dag in, dag uit niets te doen. Helemaal niets, nada. Er werden wel pogingen gedaan om iets te organiseren, maar daar had ik nooit zo'n trek in. Er werd bijvoorbeeld een school opgezet, en dat was prima voor de kleintjes, maar voor mensen van onze leeftijd – nou ja, school leek niet zo zinvol. Toen werden er lessen voor volwassenen georganiseerd. Hoe je koeien moest keuren, en je kon Chinees en Indonesisch leren. De ouwe Robbo deed een EHBO-cursus. Dat was best oké.'

Hij leunde tegen de muur met zijn handen achter zijn hoofd. 'Maar ik heb eigenlijk maar één interessant ding geleerd in al die tijd.'

'Wat dan?'

'Omgaan met explosieven.'

8

'Explosieven?' vroeg Homer beleefd. 'Zei je explosieven?'
'Mmm. Ik dacht dat jullie dat misschien wel interessant
zouden vinden.'
'Explosieven.' Homer liet het woord in zijn mond rollen, alsof hij de smaak ervan wilde uitproberen. 'En hoe ver
ben je wat dat betreft gekomen?'
'Nou, een heel eind. Jock Hubbard was onze leraar. Hij
heeft z'n brevet, z'n schietmeestersbrevet. Hij had het idee
dat er wel eens een moment zou kunnen aanbreken waarop we een beetje kennis goed konden gebruiken. Hij maakte losse flodders en daar oefenden we mee. Het was natuurlijk beter geweest met echte patronen, maar de soldaten
waren er niet zo tuk op om ons die uit te lenen.'
'Oké,' zei Homer. 'Ik weet dat je een bom kan maken
van kunstmest en dieselolie, omdat ik me herinner dat m'n
vader boomstronken opblies. Het vervelende is dat ik nooit
de moeite heb genomen om te vragen hoe hij dat deed. En
daar heb ik vaak spijt van gehad.'
'O, maar dat is heel simpel. Ammoniumnitraat. Voor ons,
in onze situatie is dat waarschijnlijk de makkelijkste en de
beste manier.' Kevin was plotseling een ander mens. Zo
kende ik hem niet. Het was interessant om te zien hoe iemands deskundigheid hem veranderde. 'We zullen vast een

86

heleboel andere materialen kunnen vinden op boerderijen, zoals kruit en dynamiet. Maar de soldaten hebben het meeste daarvan zeker al meegenomen. Dus ANFO is het beste.'

'ANFO?'

'Ja, *Ammonium Nitrate Fuel Oil*, een mengsel van kunstmest en dieselolie. Daar had Homer het zojuist over. Het is voor ons perfect spul, omdat de meeste boerderijen veel ammoniumnitraat gebruiken als kunstmest. Het produceert zuurstof, dus het is nog beter dan benzine, want hoe meer zuurstof, hoe groter de knal.'

'Dus dat is alles wat we nodig hebben? Ammoniumnitraat en diesel?' vroeg Homer.

'Het hoeft geen diesel te zijn. Elke brandstof is goed. Zelfs houtskool.'

'Maar meer hebben we niet nodig?'

'Nou ja, wel een ontsteker natuurlijk. Maar als we de boerderijen doorzoeken, zullen we wel ergens een voorraad vinden. Jock werkte voor Imperial Chemical Industries en hij zei dat ze elke maand alleen al in Wirrawee ruim duizend ontstekers verkochten. Ik kan dus een kleine bom maken met ANFO, met een ontsteker, en als we die in een grote berg losse ANFO stoppen en daar iets omheen doen, nou, dan krijg je een grotere ontploffing dan in Texas Harbour.'

'Wat is Texas Harbour?' vroeg Fi.

'Texas Harbour was een explosie, waarbij een haven werd opgeblazen en vierhonderd doden vielen. Er lag een schip vol ammoniumnitraat en ze hadden de ruimen met kerosine besproeid, dat was de brandstof. Toen gooide iemand een sigaret naar beneden en de vracht vatte vlam. Ze deden de ruimen dicht met de gedachte dat de zuurstof dan werd afgesneden, maar ze wisten niet dat kunstmest zelf zuurstof produceert. In die begrensde ruimte werd er zoveel druk opgebouwd dat toen de boel knalde, zowat de hele stad werd weggevaagd. Oklahoma City, dat was ook ANFO. Een halve ton, en dat gooide een gebouw van negen verdiepingen in de puin.

We luisterden aandachtig. 'Het is namelijk zo,' zei Homer uiteindelijk, 'dat we dus op weg zijn naar Cobbler's Bay. We weten nog niet wat we daar gaan doen, misschien hebben we helemaal de kans niet om iets te doen. Maar het is waarschijnlijk het belangrijkste doel dat je kan verzinnen. We weten alleen zeker dat er geen olietankers op ons liggen te wachten. Als we zelf een bom maken, hebben we in ieder geval één probleem minder. Dan hoeven we het ding alleen nog maar neer te leggen en hem af laten gaan.'

'God,' zei Fi, 'ik weet het niet, hoor. We zijn geen beroepssoldaten, zeg. Ik denk niet dat we te ver moeten gaan. Zo'n griezelig gesprek hebben we nog nooit gehad.'

'Misschien gebeurt het wel nooit,' zei Homer.

Fi keek bedrukt. 'We hebben het prima gedaan in ons eigen gebied, we hebben gedaan wat we konden. Maar we kunnen niet alles. Dit lijkt me te hoog gegrepen.'

'Ik weet gewoon niet of het wel zin heeft,' mengde ik me in het gesprek. 'Deze oorlog ziet er hopeloos uit. Ik denk niet dat wij daar verandering in kunnen brengen, wat we ook doen.'

'Ja, we hebben geen schijn van kans,' zei Lee. Het was niets voor Lee om zo weinig strijdlustig te zijn, maar hij had weer eens een depressie. Vroeg of laat moest de moord op de soldaat bij de put hem bij z'n kladden pakken, en dat was

nu het geval, denk ik. Bovendien was hij nog steeds doodmoe van het verpleegstertje spelen.

'Ik weet nog dat jullie het daar laatst over hadden,' zei
Kevin. 'Ik denk niet dat het zo erg is.'

Daar wilde ik meer over horen.

'Wat weet jij dat wij niet weten?' vroeg ik.

'Nou ja, er is goed nieuws en slecht nieuws, dat is logisch. Maar er komt nu meer goed nieuws. Deze oorlog is
nog lang niet voorbij.'

'Ga verder,' zei Homer enthousiast. We raakten allemaal
opgewonden. Dit moesten we horen.

'Luisteren jullie niet meer naar de radio?' vroeg Kevin.
'Wat is er met Carries transistor gebeurd?'

'We hadden geen batterijen meer. Hij staat nog in de Hel.
Maar goed, er was bijna geen nieuws over de oorlog en wat
er wél was, klonk allemaal slecht. En overal waar we keken
zagen we kolonisten. We hebben bijna geen verzet gezien.
Behalve dat van ons.'

'Nou, er is wel veel gebeurd. Ze hadden op het jaarmarktterrein een radio, een geheime. Niet iedereen wist
daarvan. Maar m'n vader luisterde ernaar en hij gaf me berichten door. Je hebt namelijk niet alleen de internationale
radiostations, maar ook een heleboel guerrilla-zenders en
dan heb je nog de zenders in de vrije zones.'

'Wat zijn de vrije zones?'

Kevin keek stomverbaasd. 'Jemig, jij weet ook niks. Er
zijn een paar vrije zones.'

'In het binnenland?'

'Nee, niet echt. Dat hebben ze nu ook in handen, omdat er zo weinig groeit dat ze iedereen die beweegt meteen

kunnen pakken. Ze gebruiken daar radar en vliegtuigen. Nee, de belangrijkste vrije zones zijn Cape Martindale, waar de troepen uit Nieuw-Guinea landden en van Newburn tot de bergen, waar een troepenmacht van het leger was gestationeerd. En Newington en de hele Burdekin-delta, waar de Nieuw-Zeelanders binnenvielen. Dat gebied hebben ze nu helemaal in handen.'

Het was even stil, terwijl we het lieten bezinken.

'Wat is er nog meer voor goed nieuws?' vroeg ik.

'De aanval op Cobbler's Bay bijvoorbeeld. Wisten jullie dat al?'

'Ja, vertel,' zei ik opgewonden. 'We hebben er iets van gezien. Dat wil zeggen, Robyn en Lee hebben het gehoord en ik zag de rook.'

'Ja, er is zwaar gebombardeerd. Volgens de radio hebben ze zeven schepen tot zinken gebracht, maar de gewonden die naar het ziekenhuis van Wirrawee zijn gebracht, gevangenen die daar aan het werk waren, zeiden dat het er drie waren. Nou ja, het was toch een geslaagde actie.'

'Dat maakt het misschien wel gevaarlijker voor ons,' zei Robyn.

'Zou kunnen. Het gerucht ging op het jaarmarktterrein dat ze meer grondluchtwapens zouden inzetten, maar dat zou wel eens gunstig voor ons kunnen zijn. Dan verwachten ze geen aanval over land.'

'Maar gebruiken ze de haven nog?' vroeg Fi.

'Ja, blijkbaar wel. Het is een belangrijk deel van hun operatie.'

'Laten we ons niet gaan opfokken,' zei Homer. 'We zitten nergens aan vast. Als we bij Cobbler's Bay komen en besluiten dat het te veel voor ons is, gaan we gewoon rustig weer weg.'

'Klinkt in theorie goed,' zei ik. 'Maar jou kennende, Homer… Kijk, op elke verjaardagspartij stak jij altijd spelden in alle ballonnen. Ik kan me ergens niet voorstellen dat jij rustig weg zou gaan zonder iets te proberen.'

'Vertel nog 's wat meer over onze families,' zei Robyn haastig, voordat ik Homer nog verder op de kast zou jagen.

Kevin zuchtte. 'Tja, jemig,' zei hij, 'zoals ik al zei: het gaat best goed. En Ellen, over het stukprikken van ballonnen gesproken, jouw vader, hè, echt hoor, die kon niet langs een stier lopen zonder hem in z'n achterste te prikken. Als er een soldaat bij 'm in de buurt komt, gaat-ie op tilt. Wat bezielt die man toch? Daar krijgt hij mot mee, hoor.'

'Ik weet niet wat hem bezielt,' zei ik. 'Als jij het weet, wil ik dat graag horen. Ik snap niets van die man.'

'En jouw broer zit ze ook te stangen,' zei Kevin tegen Homer.

'Ja, die ouwe George heeft niet zo'n gevoel voor humor.'

'Hoe is het met Tori?' vroeg Fi.

Victoria, Fi's kleine zusje, had zwaar astma.

Kevin trok een grimas. 'Er is geen Ventolin meer, dus ze heeft een paar zware aanvallen gehad. Ze kregen toestemming om haar en een paar anderen te verplaatsen naar het kantoor, omdat ze beseften dat ze in de koeien- en paardenpaviljoens ergens allergisch voor waren.'

'Mmm, paardenhaar en stro en graspollen,' zei Fi. 'Tori is overal allergisch voor.'

'Daarna ging het beter,' zei Kevin. 'Maar iedereen op het jaarmarktterrein wordt ziek. Vreselijk. Je wil het niet weten. Om de dag houdt de diarree huis. Ziektes steken de kop op als sprinkhanen in het graan. We hebben de bof gehad, de mazelen, noem maar op. Daarom heb ik me opgegeven voor de werkploegen.'

'Ja, hoe zit het met die werkploegen?' vroeg ik.

'Hoe het zit? Het is gewoon een manier om daar weg te zijn. Eerst was het een zootje, maar nu is het strak georganiseerd. Je moet familie hebben, zodat ze die in gijzeling kunnen nemen als je probeert te ontsnappen. Je moet een beetje handig zijn en redelijk gezond. Dat is het ongeveer.'

'Waarom zijn we geen bekenden tegengekomen in de buurt van Wirrawee? Jij was de eerste die we kenden, en je was een heel eind van Wirrawee vandaan.'

'Ja, dat doen ze expres. Zoals ik al zei, ze zijn nu goed georganiseerd. Ze houden je bij je eigen streek vandaan. Het is een veiligheidsmaatregel. En ook misschien, denk ik, omdat mensen te emotioneel worden als ze zien dat er kolonisten in hun huis wonen.'

We vertelden Kevin alle andere dingen die er met ons gebeurd waren en gingen wat dieper in op de dood van Chris. Het was naar om dingen op te halen die aan het slijten waren en die ik dolgraag wilde vergeten. Maar het was wel goed om over Chris te praten, denk ik. We hadden het er onderling nooit zo over gehad. Zijn dood was zo dom en zinloos. Dronken in een auto gaan rijden: dat soort dingen doe je in vredestijd en dan is het al erg genoeg, maar het was helemaal zonde, omdat we al zo veel doorstaan hadden. Bovendien voelden we ons allemaal een beetje schuldig dat we hem alleen hadden achtergelaten in de Hel, ook al wilde hij dat zelf.

Dus daarover praatten we zo'n beetje. En dat bracht ons op het verhaal van Harveys Helden: die troep oudere volwassenen, die rondzwalkte in het bos en heldhaftig probeerde te zijn, en ons bijna uit de wereld hielp. Naderhand begrepen we dat hun leider, majoor Harvey, met de vijand heulde.

Toen werd Kevin ineens geagiteerd.

'Die majoor Harvey, hoe ziet die eruit?'

'Als een olievat,' zei Homer snel.

'Met een hoofd erop,' zei Lee.

'Als een tuinkabouter,' zei Robyn.

'Als een walgelijk balletje schapendrek,' zei Fi. Ik was onder de indruk. We hadden Fi in ieder geval één ding bijgebracht over het boerenleven: hoe schapendrek eruitzag.

'Hij heeft zwart haar,' zei ik tegen Kevin. Ik huiverde even toen ik aan mijn eerste ontmoeting met de majoor dacht. We waren bij toeval zijn groep tegengekomen en ook al waren we opgelucht om weer onder volwassenen te zijn, ik had meteen in de gaten gehad dat er iets mis was met de hele bedoening daar. 'Hij heeft een nogal plomp gezicht. En een grote neus. En hij houdt zijn hoofd nogal vreemd, alsof hij een stijve nek heeft of zo.'

'Ja, dat is 'm,' zei Kevin. Hij leunde achterover en knikte.

'Hoezo? Ken je hem?'

'Nou, hij is geen persoonlijke vriend, niet m'n beste maatje, nee. Ik heb hem één keer ontmoet, voor de oorlog. Maar achteraf heb ik heel veel over hem gehoord en ik heb hem een paar keer op afstand gezien.'

'Wat? Dat kan niet,' zei Fi.

'Wanneer zag je hem voor het laatst?' vroeg Homer dringend.

'Tja, eh, ongeveer drie weken geleden.'

'O nee!' riep ik.

'Weet je het zeker?' vroeg Homer.

'Ja, waarschijnlijk iets langer geleden dan drie weken. Hij kwam met een groep hoge offcieren langs om te kijken hoe we werkten. We moesten allemaal opzitten en pootjes geven.'

'We dachten dat we hem allang uit de weg hadden geruimd,' legde ik uit. 'Toen we Turner Street opbliezen, dachten we dat hij ook de lucht in was gegaan. Die aanval was, onder andere, bedoeld om hem om zeep te helpen.'

'Mmm, maar weet je nog dat je zei dat zijn auto er die nacht niet stond?' zei Fi tegen Homer.

'Ja, dat is inderdaad waar.'

'Dus hij leeft nog,' zei ik. Ik was verbijsterd. Ik wilde het niet geloven, maar het moest wel. 'Wat weet je van hem?' vroeg ik uiteindelijk aan Kevin.

'Nou, dat het een klootzak is. Wat wil je nog meer weten?'

'Alles.'

'Jemig, waar moet ik dan beginnen? Hij kwam in april aan, geloof ik. Hij komt uit Risdon. Hij is leraar, dat weet ik zeker. Hij was zelfs onderdirecteur op de Risdon Highschool. Ik weet nog dat we voetbalden tegen ze. Hij liep in de rust naar me toe en viel tegen me uit omdat ik een van hun spelers had aangevallen. Ik had m'n been te hoog opgetild, vond hij. Echt waar, ik dacht dat hij me een lel wou geven. Ik vond hem toen al een ontzettende lul, en dat vind

94

ik nu nog steeds. Dat was de enige keer dat ik hem voor de oorlog heb gezien. Toen hij op het jaarmarktterrein verscheen, riepen ze ons bij elkaar en gaf hij ons een lesje over dat de invasie niet zo slecht was als we misschien dachten en dat dit land een schop onder z'n kont moest hebben en als we met deze idioten samenwerkten in plaats van tegen ze, we allemaal een betere toekomst zouden krijgen.

De soldaten waren wild enthousiast, ze stonden te glunderen. Maar jemig, Ellen, je had het gezicht van je vader moeten zien! Gelukkig zag Harvey hem niet, anders zou hij er als eerste uit zijn gehaald. Want, o ja, je weet niet wat Harvey gedaan heeft: na die toespraak pikten ze mensen op die hij wilde ondervragen. Het werd een tijdje heel grimmig. Harvey schijnt veel van Wirrawee te weten. Hij haalde er iedereen uit met een militaire opleiding, plus alle politieagenten. Sommigen mochten terugkomen, als ze de juiste antwoorden gaven, denk ik, maar sommigen zijn gewoon verdwenen. Pas een paar weken later hoorden we dat ze ergens naar een zwaarbeveiligde gevangenis zijn gebracht. Maar het gerucht gaat dat een paar van hen zijn doodgeschoten, geëxecuteerd, zeg maar.

Ze denken dat Harvey gouverneur wil worden of zoiets, dat hij bezig is een klein dictatortje te worden. Waarschijnlijk is dat ook zo. Als je hem met die gozers bezig had gezien: hij deed net alsof het allemaal z'n beste vrienden waren, z'n maten. Het was geen prettig gezicht.'

'Als we klaar zijn met Cobbler's Bay, gaan we hem vermoorden,' zei Lee tegen me.

Ik werd niet meer kwaad op Lee als hij zo praatte. Dat deed hij nu heel vaak, altijd wanneer hij van streek was over

iets ergs dat er was gebeurd. Hij flapte er dan ineens dingen uit alsof hij een robot was, geprogrammeerd om te doden, terwijl ik wist dat hij dat helemaal niet was.

Maar goed, ik reageerde net zo toen ik Carrie in het ziekenhuis had gezien.

Kevin had niet veel meer te zeggen. We bleven nog een
uur of zo zitten, eindeloos pratend over de problemen en
zoekend naar mogelijke oplossingen. We waren terneergeslagen over het bericht dat Harvey nog vrij rondliep. Lee's
directe benadering kreeg best veel steun. Na een tijdje was
ik het zat; ik liep weg en begon de lunch klaar te maken.

9

Cobbler's Bay leek net een locatie uit een oorlogsfilm. Oké, ik ben dus een eenvoudige boerenlullin, die in haar hele leven nooit verder dan Stratton is geweest. Stoplichten, bijvoorbeeld, vond ik machtig om te zien. Elke keer dat we naar Stratton gingen, bedacht ik allerlei smoesjes om de roltrap op en neer te gaan, als een zesjarige. Dus ik keek mijn ogen uit toen ik in de baai een vliegdekschip zag liggen, een olietanker, twee kleine patrouilleboten en drie containerschepen. Er waren twee lange steigers gebouwd, waar alle schepen, behalve het vliegdekschip en de patrouilleboten, aangemeerd lagen. De andere lagen verankerd aan boeien in open zee. Langs de kust waren geprefabriceerde loodsen neergezet en gigantische laadplatformen van asfalt gemaakt. Overal waren auto's en vrachtwagens en mensen die alle kanten uit liepen. Het hele gebied was omgeven door een omheining van prikkeldraad, wat erg modern aandeed, en er stonden drie tanks. Er waren ook andere dingen, zoals grote geweerlopen die uit aarden heuveltjes staken. Kevin dacht dat het de grondluchtwapens waren waarover hij had gehoord.

Maar één ding stond vast: die luchtaanval was een kraker geweest. We zagen bij de rotsen aan onze linkerhand een lange romp, een torpedojager misschien, die volkomen aan flarden was en ondersteboven lag. Lee wees naar een vorm die we bij de landtong onder water zagen glimmen. Dat leek ons ook een groot schip dat helemaal gezonken was. Links van de loodsen waren kapotgeschoten gebouwen: alleen nog geblakerde spanten en een paar platen gescheurd metaal klapperden in de wind. Verder naar links, in het bos, waren twee enorme kraters van uiteengespleten aarde en verspreid liggende bomen. Daar hadden ze dus naast geschoten. Je zou er mooi een nieuwe houtsnipperindustrie kunnen beginnen.

De enige manier om de nieuwe haven in Cobbler's Bay te bereiken was een hek met een bewakershuisje en een slagboom die ze met de hand omhoog en omlaag deden. De Amerikaanse marine had dat vast veel beter gedaan, met elektrische hekken en laserstralen en elektronische veiligheidscontroles, maar dat was hier allemaal ver te zoeken. Het leek alsof het allemaal heel snel in elkaar was geflansd voor zo min mogelijk geld. Dit was absoluut geen hypermoderne technologie.

Toch was het indrukwekkend genoeg. Ik kreeg er de bibbers van. Vroeger schoten we wel eens een wespennest stuk voor de lol, wanneer m'n vader er niet was. Je ging op hopelijk veilige afstand zitten en dan schoot je er een .22-magazijn of een paar patronen op leeg. Soms was dat best link. Maar hier was het veel dreigender en gevaarlijker dan een wespennest, dus ik had niet zo'n haast om de rust te verstoren.

Het maakte me wel kwaad. Cobbler's Bay was een van de mooiste plekken op de wereld. Nou ja, omdat ik nooit verder dan Stratton was geweest, ben ik misschien niet de aangewezen persoon om dat te zeggen. 'Ja, dames en heren, met mijn rijke internationale reiservaring, na elke hoekje van deze aarde ontdekt te hebben, kan ik u gerust zeggen dat Cobbler's Bay een van de zeven wereldwonderen is.'

Het was prachtig. Zo'n plek waar de heuvels overgaan in de zee, zodat je ze allebei in hun glorie kunt bekijken. Er was behoorlijk veel beschutting op het strand, omdat het tot aan de weg dichtbebost was en de weg om de baai heen liep. Als je de weg oversteekt en vijf passen doet, sta je op het zand: fijn, wit zand dat door je vingers heen glijdt en tussen je tenen kriebelt. Dan loop je rechtdoor naar het water, of je kunt rechtsaf of linksaf over het strand, langs de rotsen. In alle gevallen waan je je in een soort paradijs, met het geheimzinnige groene bos op de achtergrond, de felblauwe lucht boven je en de dansende blauwe zee voor je.

Het weer is blijkbaar altijd stralend in Cobbler's Bay.

Ik weet dat het hebberig van me is om het helemaal voor mezelf te willen, maar ook in vredestijd, als we naar de baai reden om te zwemmen en te picknicken, vond ik het vervelend als er al andere mensen waren. Die zagen ons net zo min zitten, dat weet ik heus wel. Maar om er in oorlogstijd te komen en overal van die lelijke gebouwen te zien en enorme monsterlijke schepen in het ongerepte water, als grote metalen bloedzuigers, maakte me kwaad en ongelukkig. Ik wilde er iets aan doen, maar kon niet eens bedenken wát. Ten eerste leek dit vijandelijke fort me veel te hoog gegrepen voor ons. Die schepen en steigers en zelfs de geprefabriceerde loodsen zagen er solide en onwrikbaar uit, en wat waren wij nou helemaal? Gewoon een stelletje pubers, een stelletje amateurs.

'Ik heb tot nu toe maar één idee,' zei Homer onverwachts.

Ik was zwaar onder de indruk. Terwijl ik negatieve, neerslachtige en boze dingen zat te denken, was Homer al mogelijkheden aan het onderzoeken.

'Wat dan?'

'Omdat de gebouwen zo dicht bij het bos staan, zouden we een bosbrand kunnen veroorzaken om ze af te leiden. Ze moeten dan uit alle macht proberen die te blussen, want als de wind gunstig is, komt die daar over de heuvel aanrazen en komt precies boven op ze.'

'Dat is geen slecht idee,' zei Robin bedachtzaam. 'De kans is groot dat het meer dan alleen een afleiding wordt. Het zou een hoop werk schelen. Die gebouwen gaan in een mum van tijd tegen de vlakte. Als het vuur eenmaal de weg oversteekt, is het niet meer te houden.'

'Als we zelf maar niet verbranden,' zei Fi nerveus.

'Wat willen we eigenlijk vernietigen?' vroeg ik. 'Ik bedoel, we kunnen niets aan die schepen doen, hè?'

'Niet aan de schepen die voor anker liggen,' zei Lee. 'Maar die aan de steiger kunnen we wel pakken.'

'Dat is een olietanker, Ellen,' zei Homer. 'Jij bent toch de benzinegek hier?'

'Mmm, heerlijk. Wijs maar waar ik moet zijn en geef me een doosje lucifers mee.'

Maar toen ik dat zei, voelde ik mijn maag even samentrekken. Ik voelde me nooit prettig als er grapjes werden gemaakt over onze acties.

We bekeken de zaak van alle kanten. Het idee van de bosbrand was aardig, maar ik wist niet zo goed hoe het verder moest. Een bosbrand zou de schepen niet beschadigen, tenzij we de mazzel hadden dat er toevallig een paar vonken op de tanker belandden. Hij zou als afleiding kunnen dienen om binnen te komen, maar de kans was even groot dat dat niet lukte. Bovendien moesten we ook weer zien weg te komen. Dat was het belangrijkste en misschien wel het moeilijkst van alles.

'Heb je ook van Jock geleerd hoe je onderwaterbommen moet maken?' vroeg Homer aan Kevin. 'Dieptebommen en zo?'

'Nee, zeg, het was geen ingenieursopleiding, gewoon een paar snelle lessen.'

Ik hoorde een rommelend geluid en keek op. Er kwam een konvooi de heuvel af rijden. Twee groene legertrucks reden voorop, gevolgd door een bonte verzameling verhuiswagens, pick-ups, opleggers en tankwagens. Veel daarvan droegen de namen van plaatselijke bedrijven en zelfs van grote nationale concerns. Het geheel werd afgesloten door nog een legertruck.

We keken gespannen toe welke handelingen er werden verricht om door het hek te komen. Ze stopten bij de ingang en een groep soldaten, acht in totaal, kwam uit het dichtstbijzijnde huisje en liep de wagens langs. Ze inspecteerden elke wagen waar mensen in verstopt hadden kunnen zijn en keken alleen niet in de pick-ups en de tankwagens. Het was geen grondige inspectie, maar dat was een schrale troost, omdat we er geen flauw idee van hadden hoe we überhaupt aan boord van die wagens zouden kunnen komen. Ze hoefden niet zo grondig te zoeken, omdat ze wisten dat het konvooi nergens was gestopt.

Toen het schemerig werd, gingen we naar buiten. We zochten een schuilplaats in de heuvels. Zoals we die eerste nacht opereerden, zouden we de volgende zes dagen het ook aanpakken. Voor de veiligheid sliepen we iedere nacht op een andere plek en een van ons hield de wacht, maar overdag bespiedden we Cobbler's Bay en bespraken de tactiek. Ik moet alleen wel toegeven dat de voornaamste reden dat we daar bleven, de onuitgesproken reden, niets met de aanval op de vijand te maken had. Het was omdat Lee zonder iemand iets te zeggen in een vakantiehuisje had ingebroken en met een arm vol visgerei terug was gekomen.

Nou, dat was lachen. De kleine verzameling lijnen, haken en dobbers bezorgde ons de grootste lol die we sinds de invasie hadden gehad. Het leek alsof we op vakantie aan het strand waren. We konden nauwelijks wachten tot het donker werd en we onze vistochtjes konden beginnen. We visten aan de monding van de rivieren en algauw gingen we steeds naar dezelfde plek, die mooi was en visrijk, en veilig. De vissen rukten de lijnen zowat uit onze handen. Als aas zochten we overdag wormen, larven en kevers, en daarmee vingen we platvissen, brasems, ponen en een paar andere soorten die we niet kenden. Omdat er waarschijnlijk al maanden niet gevist was in dit gebied, hadden we de vissen voor het uitzoeken.

Het vissen op zich was leuk, maar het leukste was dat we plotseling weer volop te eten hadden en het doorbrak de sleur die we al zo lang hadden moeten verduren. Onze voedselvoorraad was schrikbarend aan het slinken. We waren allemaal veel minder gaan eten en daardoor lekker slank, behalve Robyn, die té mager was, hoewel ze nu weer wat dikker werd. Om een uur of twee, drie 's nachts maakten we een vuurtje en dan grilden we onze vangst meteen of wachtten watertandend tot het hout tot gloeiende kooltjes was verbrand, zodat we de vis daarin konden braden. Na maanden verstoken te zijn geweest van vers vlees, konden we er blijkbaar geen genoeg van krijgen. Het ging ons nooit tegenstaan. Ik vergeet nooit dat sappige, witte, verse visvlees, dat zo van de graat af viel, die warme, vochtige geur die me nieuwe kracht en energie gaf.

Als je bent wat je eet, had ik na een paar dagen de Stille Oceaan over kunnen zwemmen.

We grilden altijd extra vis, zodat we die overdag koud konden eten.

Zo hadden we vier dagen doorgebracht, toen we de zwakke plek ontdekten in het veiligheidssysteem in Cobbler's Bay. Homer had altijd gezegd dat er ergens een zwakke plek moest zijn. We moesten gewoon geduld hebben. Hij had gelijk, hoewel het puur toeval was dat we erachter kwamen. We zochten een nieuwe visplek en om een uur of tien 's avonds wilden we de weg oversteken naar de baai. Robyn ging vooruit om te kijken of de kust veilig was. Ze riep ons niet, zoals we verwachtten, maar kwam sluipend terug met een verschrikte uitdrukking op haar gezicht. 'Er staat een vrachtwagen op de hoek,' siste ze.

'Wat doet die?'

'Niets. Hij heeft z'n lichten niet aan. Hij staat er gewoon.'

We slopen er allemaal heen om te kijken. We konden hem goed zien, afgetekend in het maanlicht. Het was een soort bestelwagen. Omdat we getuige waren geweest van een verschrikkelijk bloedbad toen Harveys Helden tegen wil en dank een verlaten tank moesten aanvallen, gingen we niet als gekken op het ding af. We lieten het lekker staan en gingen naar een andere rivier om te vissen.

Maar tegen de ochtend slopen Homer en ik terug om te gaan kijken. De wagen stond er nog, koud en eenzaam. We besloten een tijdje te blijven zitten en te kijken wat er ging gebeuren, en ja hoor, om halftien hoorden we een voertuig met knarsende koppeling de heuvel opkomen. We verstopten ons tussen de struiken terwijl de wagen voorbijreed. Het was een sleepwagen met een paar soldaten achterin met geweren in de hand. We schoven iets dichterbij om te kijken hoe de sleepwagen naar de bestel reed en probeerde te draaien, waar hij zes keer voor nodig had op de smalle weg.

Toen hij vóór de bestelwagen stond, stapte iedereen uit: de twee soldaten en twee mannen uit de cabine, gekleed in overalls met smeervlekken en met koffertjes in hun hand. Ze zagen er beiden uit als heuse monteurs. Ik denk dat het de slome manier van lopen is waardoor je een monteur er zo uithaalt. De soldaten slenterden een eindje weg en kwamen weer terug, terwijl de monteurs in de motor van de bestelwagen frunnikten.

Maar het interessante was dat niemand eraan dacht om in de achterbak te kijken.

Na een halfuur, toen de monteurs tevergeefs hadden geprobeerd om de wagen aan de gang te brengen, haakten ze hem aan de sleepwagen vast. Een soldaat ging achter het stuur zitten en daar gingen ze.

Ze hadden nog steeds niet achterin gekeken.

We stonden te trappelen om terug te gaan naar Fi en Kevin, die de basis bespioneerden, om te horen wat er met de sleepwagen was gebeurd in Cobbler's Bay.

10

'Ja, ze mochten gewoon doorrijden,' zei Kevin.

'Zeker weten?' vroeg ik.

'Nee, ik zat te slapen, nou goed?' Kevin werd kwaad, zoals vaker de laatste tijd. Hij had veel meegemaakt, zei ik steeds bij mezelf. Wij ook, maar misschien had hij het zwaarder gehad dan wij. Of misschien kon hij er niet zo goed mee omgaan als wij. Dat was geen schande, iedereen was anders. Het was alleen moeilijk voor te stellen dat iemand er nog slechter mee omging dan ik, omdat ik vind dat ik dat al helemaal niet zo goed deed.

'Ze reden gewoon door,' zei Fi kalm. 'Toen ze bij de slagboom kwamen, zwaaiden ze even naar de dienstdoende soldaat en die deed hem omhoog. Ze sleepten de bestel naar de grote loods aan de rechterkant, waar die benzinetanks staan. We denken dat het een onderhoudswerkplaats is en dat daarnaast de generatoren staan.'

'Dus dat zou een manier kunnen zijn om binnen te komen,' zei Homer peinzend.

'We kunnen niet een halfjaar wachten tot een wagen er toevallig mee ophoudt,' zei Lee.

'We kunnen wel zórgen dat er eentje mee ophoudt,' zei Robyn. 'Toch?'

'Hoe dan?'

Die vraag werd door drie van ons tegelijk gesteld, maar niemand wist daar een antwoord op. Een lekke band was niet genoeg en we konden moeilijk iets anders bedenken. Toch was het misschien een stap vooruit.

Ik nam Kevin mee op explosievenjacht. Deze keer moesten we misschien een echte bom maken en volgens Jock zouden we genoeg spullen kunnen vinden in schuren en boerderijen. Ik hoopte dat hij gelijk had en tegelijkertijd hoopte ik dat hij ongelijk had. Als hij ongelijk had, hadden we een excuus om de hele zaak af te blazen. Het scheen in recordtijd tot een gigantische operatie uit te groeien. Ik weet zeker dat een held niet denkt: hopelijk kan ik een goeie smoes bedenken om me hier uit te werken. Ik wilde een held zijn, maar kennelijk lukte me dat nooit helemaal.

We gingen naar een ander deel van het land. In dat gebied waren nog niet zo veel kolonisten. Er stond nog een aantal lege huizen. Alleen de beste huizen waren bewoond. Je kon makkelijk zien welke dat waren, zodat je er met een wijde boog omheen kon lopen. Het mooie was dat er voor de oorlog in dit gebied veel ontbost was, zodat er zeker heel veel explosies hadden plaatsgevonden. Boeren zijn gek op explosieven en elke grote, in de weg staande boomstronk werd door hen opgeblazen. Het is ongelooflijk dat er geen duizenden boeren rondlopen met afgerukte vingers, maar ik heb nooit gehoord dat iemand zichzelf opblies. Mijn vader experimenteerde een paar keer met gelatinedynamiet toen ik klein was, maar mijn moeder haalde hem over om dat maar te laten. Nu wou ik dat hij me had geleerd hoe je dat moest gebruiken, maar omdat ik bedacht dat ik iemand was die altijd naar een excuus zocht, was ik blij dat hij dat niet had gedaan.

We hadden een afwisselende ochtend. In de eerste boerderij was niets, in de tweede lagen tien zakken ammoniumnitraat en een paar vaten dieselolie. We besloten ze daar te laten en op andere plaatsen te kijken. De derde boerderij was helemaal leeggehaald. De vierde was groot, maar oud en vervallen. We liepen meteen naar de schuren, zoals we steeds hadden gedaan. Met walging zag ik dat we recht in een miniatuur-slagveld liepen. Er lagen drie skeletten in de machineschuur. Hun kleren waren hier en daar aan flarden gereten door kogels. Er was niet veel meer over van de lichamen, voornamelijk wat botten.

Er had kennelijk een serieus schietgevecht plaatsgevonden. We zagen veel lege hulzen op de grond liggen en de grote, donkere schuur was zwaar beschadigd. Gaten in de muren, stukgeschoten planken, zelfs de stalen platen van de oude tractor en maaimachine zaten vol gaten. Het was angstaanjagend om te zien hoeveel schade er was aangericht. Eén persoon had zich achter de maaier verschanst, de tweede achter een zware, houten werkbank, maar het andere lichaam was onbeschermd.

Ik huilde een beetje. Dat deed ik blijkbaar veel de laatste tijd. En je moet Kevin één ding nageven: als een meisje van streek is, echt van streek, is hij op z'n best. Hij was natuurlijk ook aangedaan door de skeletten, maar toen hij mij in tranen zag, wist hij zich te vermannen en me een beetje liefde en aandacht te geven. We hadden altijd redelijk goed voor elkaar gezorgd, denk ik, ook in moeilijke tijden.

'Kom op, Ellen,' zei hij, en sloeg een arm om me heen. 'Je hebt wel ergere dingen meegemaakt. Je redt het wel.'

'Ja, dat weet ik,' zei ik snuffend. 'Maar je raakt er nooit

aan gewend. Die arme mensen probeerden alleen maar hun land te verdedigen.'

'Ja, het is verschrikkelijk.'

'En ze hebben niet eens een behoorlijke begrafenis gehad of een dienst of zo.'

'Misschien kan dat nog, als de oorlog voorbij is.'

Ik gaf geen antwoord, maar snufte nog wat door. Na een tijdje maakte ik me van hem los en zei: 'Kom, we gaan. We kunnen hier toch niets doen en ik krijg er de zenuwen van.'

'Nee, wacht,' zei Kevin. 'Dit is precies de plek die we zoeken. Laten we nog even verder kijken.'

Ik had niet veel zin, maar hij drong aan. Zo nu en dan had Kevin van die krachtsuitbarstingen. We doorzochten snel de machineschuur, maar vonden niets en gingen nogal opgelucht naar de andere schuren. We liepen langs een paar betonnen rennen die pas waren gebouwd en omheind voor werkhonden. We keken expres niet naar de skeletten van de arme, wanhopige honden die daar waren doodgegaan en gingen vijftig meter verderop een oude, donkere hut binnen. En daar vonden we wat Kevin zocht.

'Joepie!' riep hij. 'Moet je kijken!' Hij had een houten kist in zijn handen, ongeveer even groot als een doos geweerpatronen, en pakte er een klein, glimmend aluminium buisje uit, van zo'n drie centimeter lang en vijf of zes millimeter doorsnede. Aan het ene eind was het dicht, maar open aan het andere.

'Wat is dat?' vroeg ik.

'Dat is nou een slagpijpje. Ik zei toch dat we die zouden vinden? Kijk, er zijn er tientallen.'

Ik pakte er een op en liet het nieuwsgierig door mijn handen gaan. Er stond GEVAAR en EXPLOSIEF op de zijkant, maar het zag er nogal onschuldig uit.

'Is dit alles wat we nodig hebben?' vroeg ik.

'Nou ja, dan nog ammoniumnitraat en dieselolie natuurlijk. Maar die zijn zo te krijgen. En de lont.'

'Die kunnen we zelf maken.'

'Dat dacht je maar. Maar goed, die zijn hier ook wel te vinden. Die spullen horen eigenlijk in aparte schuren te worden opgeslagen, maar de meeste boeren geloven het wel. Er ligt vast wel ergens een veiligheidslont, en dat is altijd beter dan als we die zelf maken. Hier zo bijvoorbeeld.'

Hij trok een rol grijswit touw omlaag, ongeveer even dik als het touw in mijn surfbroekje, maar met zwart, teerachtig spul erdoorheen.

'Is dat er een?'

'Ik geloof van wel. Het is kruit in een watervast omhulsel, zoiets. Dat stop je in de ontsteking en dan pak je een stuk buis en heb je een miniatuurbom. Er liggen wel stukken buis in de machineschuur. En een ijzerzaag om het door te zagen.'

Toen we die boerderij van de dood verlieten, hadden we genoeg materiaal, voorzover ik dat kon overzien, om de doden die daar waren gevallen te wreken. We hadden niet alleen buis en ontstekingen en lont, maar we hadden ook nog zes zakken ammoniumnitraat gevonden. Dat was samen driekwart ton. Als we een manier konden verzinnen om de boel in Cobbler's Bay op te blazen, zouden we volgens Kevin een vloedgolf veroorzaken.

Ik beschouwde het nog steeds als een droom. Ik kon me niet voorstellen dat we het echt konden uitvoeren. Maar opgewonden als we waren door alles wat we die dag hadden gezien – zelfs de skeletten, op een soort perverse manier – kwebbelden Kevin en ik aan een stuk door toen we naar de anderen teruggingen.

'Hé,' zei ik uiteindelijk, 'stel dat we een vrachtwagen volgeladen met dit spul op de steiger zetten en die opblazen. Lijkt je dat wat?'

'Weet ik niet. Het zal natuurlijk een grote ontploffing geven, waarschijnlijk genoeg om schepen in de buurt te beschadigen en de steiger te vernielen. Maar als je die vrachtwagen aan boord van het schip kan krijgen, in het binnenruim van het schip, dan blaas je dat ding helemaal aan flarden, omdat hij in een begrensde ruimte staat.'

'Echt? Het hele schip?'

'Ja, wat dacht jij dan? Die explosie in Texas Harbour, daar heb je geen idee van, joh. Dat ene schip blies de hele haven op, met de hele stad en alle andere schepen in de haven erbij. Dit is wat anders dan een scheet in het bad, hoor.'

'Dat begin ik te begrijpen.'

Het plan begon vorm te krijgen, maar er waren een paar essentiële zwakke plekken in. Ik zette het, voorzover ik het in mijn hoofd had, uiteen aan Kevin: 'Oké, een vrachtwagen krijgt panne. Hij staat de hele nacht op één plek en wij laden hem vol met driekwart ton ANFO. Een paar van ons verstoppen zich erin. Dat is niet riskant, omdat je bij zo'n grote vrachtwagen niet merkt dat er extra gewicht in zit. Bovendien weten monteurs waarschijnlijk niet of zo'n vrachtwagen leeg of vol is. Ze slepen de vrachtwagen naar de haven. Er ontstaat een bosbrand. Godzijdank is het de laatste tijd droog geweest. Het vuur raast de heuvel af en leidt iedereen af. Wij zorgen dat de vrachtwagen op een schip komt, ontsteken de lont en smeren 'm. Boem! Einde verhaal, we zijn legendarische helden geworden en verkopen de filmrechten zodra de oorlog voorbij is.'

Kevin zei niets. Misschien klonk het hem ook nog steeds als een dagdroom in de oren.

'Heb je de zwakke plekken ontdekt?' vroeg ik.

Hij lachte. 'Een paar maar. Hoe zorgen we dat de vrachtwagen panne krijgt? Hoe krijgen we de wagen aan boord van het schip? Hoe komen we daarna weg? Dat zijn er al drie.'

'Ik denk dat we in ieder geval erna kunnen wegkomen. Als Homer en ik met de vrachtwagen meegaan, nou, we kunnen goed zwemmen. We duiken de baai in en zwemmen naar de andere kant.'

Kevins gezicht klaarde een beetje op. Ik wist natuurlijk wel waarom. Voor het eerst had hij een sprankje hoop, de hoop dat hij niet degene was die het gevaarlijkste deel zou doen. Ik wou dat ik dezelfde hoop had, maar ik kan heel goed logisch denken. Door te zwemmen hadden we de meeste kans er levend uit te komen, en alleen twee van ons konden grote afstanden zwemmen.

Toen we bij de anderen terug waren, hoorden we (waar ik stiekem al bang voor was geweest) dat er misschien ook een oplossing was voor het tweede probleem. Twee konvooien met containerwagens waren die dag de haven binnen gereden en de containers waren meteen in het ruim van een groot vrachtschip geladen, dat die ochtend was binnengelopen. Het lag nu bij een steiger aangemeerd, naast de olietanker.

'Ik weet zeker dat er nog meer konvooien komen,' zei Homer opgewonden. 'Dat schip slokte die containers op als een olifant die pinda's eet. En er ligt een olietanker naast. Jemig, Ellen, daar ga je toch van kwijlen?'

'Kwijlen, ja,' zei ik bot. 'Maar niet van plezier.'

'Maar hoe maken we in godsnaam een vrachtwagen onklaar?' sprak Lee zijn bezorgdheid uit. Hij liep steeds heen en weer tussen de bomen. We zaten in een dichtbegroeid stuk bos, van waaruit we glimpen van Cobbler's Bay konden opvangen. Robyn lag op haar rug en at oude snoepjes die ze in een vakantiehuisje had gevonden, Fi staarde naar de haven, Homer zat tegen een boom en keek naar Lee, en Kevin en ik probeerden ons te concentreren op een spelletje patience.

'Wat kan er allemaal misgaan met een auto?' vroeg Lee aan een vriendelijk eucalyptusboompje. 'Lekke band, kokende radiator, geen olie meer, benzineproblemen, accu, ontsteking, dynamo, carburateur, remmen. Wat frustrerend allemaal. Waarom verzint niemand iets, in plaats van het allemaal aan mij over te laten?'

Dat was zo onredelijk dat niemand de moeite nam daarop te antwoorden.

Kevin legde een twee op een vier en keek even heimelijk opzij, om te zien of ik het had gemerkt. Dat had ik inderdaad. Dat stiekeme gedoe maakte me razend. Ik smeet mijn kaarten in een braamstruik, schold Kevin verrot, schopte zijn kaarten uit zijn hand en stormde weg tussen de bomen.

We waren allemaal behoorlijk geprikkeld, denk ik.

I I

We begonnen de nacht met ons eigen kleine konvooi, een zeer bizar konvooi, mag ik wel zeggen. Hoewel we nog bij lange na geen uitvoerbaar plan hadden bedacht, besloten we om in ieder geval de volgende stap te zetten.

'Elke reis begint met de eerste stap,' zei Lee ernstig, in zijn poging als een oude filosoof te klinken.

Deze reis begon eigenlijk met een rolbeweging. We wilden het ammoniumnitraat en de dieselolie verplaatsen en die in het bos bij de weg verstoppen, zodat we als er iets gebeurde meteen tot actie konden overgaan. Dus verzamelden we een partij kruiwagens, een voor elk, om de zakken te versjouwen. Het duurde een tijdje voordat we zes kruiwagens bij elkaar hadden en toen nog wat langer voordat we een fietspomp hadden gevonden, omdat alle banden lek waren. Toen begon het zware werk. We moesten niet alleen de zakken die Kevin en ik hadden gevonden inladen, maar ook een andere vangst die Robyn en Lee hadden gedaan op hun speurtocht naar kruiwagens. Dat waren twintig zakken, nog eens driekwart ton, zo ongeveer. Elke zak woog veertig kilo. Daar kwamen we zeker een heel eind mee.

's Nachts kruiwagens duwen door het bos is een uitputtend karwei. Er zijn geen kruiwagens met vierwielaandrijving, dat is het probleem. We durfden niet over de weg te gaan. We hadden geen patrouilles in dit gebied gezien, maar dat kwam waarschijnlijk doordat we er niet op hadden gelet. We bleven meestal uit de buurt van de weg. Algauw verspreidde ons konvooi zich en bleek iedereen in zijn eigen tempo te gaan, terwijl we elkaar zo nu en dan passeerden of inhaalden.

Om aan iets anders te denken terwijl ik met mijn kruiwagen voortploeterde, dacht ik aan ons vrachtwagenprobleem. Dat leidde me tenminste af van het zware karwei. Alleen wanneer de kruiwagen omkieperde, en dat gebeurde nogal eens, moest ik even naar de realiteit terug. Hoezeer ik mijn hoofd ook pijnigde, ik kon niets bedenken dat ook maar enige kans van slagen had. Olie spuiten over de voorruit? Een kogel door de motor jagen? Achter op een tankwagen springen en de luchtremmen eruit halen? Er waren tíg goeie redenen te bedenken waarom dat allemaal niet zou lukken en geen enkele goeie reden waarom het wel zou lukken.

Oké, dacht ik. Stel: ik graaf een gat in de weg en ga erin liggen en als er dan een vrachtwagen overheen rijdt, grijp ik het onderstel vast, hijs mezelf op, snij een paar draden door en dan laat ik me weer vallen. Dat móét lukken, geen probleem. Ik legde het voor aan Fi, die achter me liep met haar kruiwagen, en heel even dacht ze dat ik het serieus meende. Soms weet ik 't niet met Fi, hoor.

Toen liet Kevin me een paar minuten alleen bij een van de boerderijen en kwam terug met een wit ding in zijn handen, zo groot als een tennisbal. Ik kon in het donker niet goed zien wat het was.

114

'Wat heb je daar?' vroeg ik.

'Ovenklokje.'

Ik was een beetje verbaasd, maar liet dat niet merken. 'Hoezo, zijn je eitjes te zacht voor het ontbijt?'

'Precies. Hé, er stonden hier toch een paar rijdende dingen?'

'Mmm, ik dacht van wel. De tractor en een paar mountainbikes in die groene schuur. En er stond toch ook een terreinwagen bij de tank?'

'We gaan even kijken. Laat de kruiwagens maar even staan.'

'We kunnen het ammonium niet per auto vervoeren, als je dat soms dacht. Te veel herrie.'

Kevin gaf niet eens antwoord. Ik begreep helemaal niet waar het over ging. Hij bracht me naar de terreinwagen. Het was een oude Falcon pick-up, wit, maar met veel roest, zoals alle auto's die voornamelijk aan de kust werden gebruikt. En zoals bij alle terreinwagens zaten de sleutels in het contact. Kevin draaide ze om, maar kreeg alleen een vermoeid gekreun van de slaperige accu, die daarna meteen weer in slaap viel.

'Help even duwen,' zei hij. Hij had het portier aan zijn kant open en begon te duwen. Ik wist nog steeds niet wat de bedoeling was, maar ik boog mijn hoofd en duwde. Het terrein helde niet bepaald naar beneden, dus het viel niet mee. Maar na vijftig meter reed het ding en een paar seconden later sprong Kevin in de auto en gaf gas. De motor kwam hoestend tot leven. Kevin trapte op de rem en toen ik bij het raampje was, zei hij: 'Stap in. We gaan een eindje rijden.'

'Kevin! Dat is veel te gevaarlijk. We kunnen niet rond gaan scheuren. Als iemand het hoort...'

'Doe niet steeds alsof ik achterlijk ben, Ellen,' zei hij alleen maar.

Ik beet op mijn onderlip en liep naar de passagiersplaats. Het portier ging niet open, ook al probeerde Kevin het van binnenuit. Dus ging ik in de laadbak zitten. We maakten een U-bocht en reden over de weide de heuvel op, langs het stille huis, door een hek (dat ik moest opendoen) en verder over een oud zandpad, tot we zo ongeveer halverwege de heuvel waren. Daar draaide Kevin weer, zodat de voorkant naar beneden wees, en stapte uit, nadat hij de motor had uitgezet. Hij tilde de kap op, toen ik naar voren liep. Hij had een combinatietang bij zich en hij had zo geparkeerd dat hij het meeste profijt had van het maanlicht. Met de tang knipte hij de voedingsdraad tussen de spoel en de stroomverdeler door. Ik keek geboeid toe. Hij was duidelijk niet in de stemming om vragen te beantwoorden, maar dat vond ik niet erg. Toen de draad doormidden was, stak hij de twee einden aan weerskanten achter in de oventimer, om zodoende de voedingsdraad om te leiden. Toen zette hij de schakelaar op vijf minuten.

'Oké,' zei hij. 'Starten maar.' Hij sprong de auto in en startte de motor, maar de accu was nog steeds te leeg. Nu de wagen met zijn neus naar beneden stond, hoefden we hem maar een klein duwtje te geven voordat hij snel in beweging kwam. Kevin stapte elegant in, zette hem in de tweede versnelling en liet de koppeling opkomen. De motor ging aan.

Ik hoorde een geluid achter me en draaide me in een

plotselinge paniek met een ruk om. Homer doemde op uit het duister.

'Wat doen jullie?' vroeg hij geïrriteerd, terwijl Kevin de motor van de pick-up liet draaien en ernaast ging staan, terwijl hij naar de motorkap staarde. 'Laten jullie ons lekker met die kruiwagens sjouwen? Wat een herrie maken jullie trouwens.'

'Rustig aan,' zei ik kwaad. 'We zitten niet te niksen, hoor. Kevin werkt een idee uit voor onze aanval op de haven.'

Homer raakte iets meer geïnteresseerd. 'Wat dan?'

'Dat weet ik niet. Hij heeft een oventimer tussen de spoel en de stroomverdeler gezet.'

'Een oventimer? Serieus? Is-ie soms een taart aan het bakken? Kevin, wat doe je allemaal?'

Hij beende de heuvel af naar de pick-up. Ik liep achter hem aan. Toen we er waren, zei Kevin zonder ons aan te kijken: 'Wacht. Jullie zien 't wel. Hoop ik.'

We wachtten twee minuten. Op het moment dat Homer zei: 'Ik denk echt niet dat we zo veel lawaai moeten maken…' hield de motor ermee op. Zomaar ineens. Het ene moment was hij lekker aan het snorren, en het volgende moment was het doodstil in de koude nacht. Homer en ik keken Kevin stomverbaasd aan. 'Hoe heb je dat voor elkaar gekregen?' vroeg Homer. 'Alleen met een ovenklokje?'

'Toen jij zat te klieren bij natuurkunde, lette ik goed op,' zei Kevin trots. Hij had een stralend gezicht. 'Ik heb gewoon een ander circuit gemaakt, samen met wat er al was. Het circuit dat ik heb gemaakt wordt door dat klokje geregeld, snap je? Dus als het klokje op nul komt, wordt dat circuit onderbroken en daarmee de hele motor.'

Ik was verbijsterd. Ik staarde Kevin vol bewondering aan. 'Wat ontzettend simpel,' zei ik uiteindelijk. 'En wat ontzettend slim.'

'Maar hoe krijgen we dat in een vrachtwagen?' vroeg Homer. 'Want dat is toch de bedoeling? Een motorstoring imiteren?'

'Ja, precies. Er is een manier. We moeten een versperring bedenken voor een konvooi, zodat ze een paar minuten moeten stoppen. Tijdens dat oponthoud kom ik stiekem tevoorschijn, monteer dat klokje in een vrachtwagen en zet het op een tijd die we van tevoren afspreken: vijf minuten, tien, twintig. Ik moet alleen zeker weten dat het een benzinemotor is en geen diesel. Twintig minuten daarna, als de vrachtwagen ermee ophoudt, zullen ze dat niet wijten aan het oponthoud van daarnet. Het is nacht en als de chauffeurs niet veel van auto's weten, denk ik dat ze het aardig snel opgeven. Ik denk niet dat ze erachter kunnen komen en ze zullen er ook geen uren aan willen besteden. Het moet lukken.'

'Ja,' zei ik. 'En terwijl wij de kunstmest inladen, halen we dat klokje weg en doen het voorkomen alsof iets anders die motorstoring heeft veroorzaakt.'

'Ja, precies,' zei Kevin.

Een golf van angst overspoelde me toen ik besefte dat we alle zwakke plekken langzamerhand uit de wereld hielpen. Dat betekende maar één ding: we gingen het doen. Ik werd er duizelig van. Lieve god, ging het echt gebeuren? We waren al zo ver gegaan, hadden al zo veel risico's genomen. En we stopten niet tijdens de rit, maar deden juist het tegenovergestelde. Maar ik zei niets tegen de jongens, kon het niet. Ik liep de heuvel af, pakte mijn kruiwagen, laadde hem opnieuw vol en duwde hem terug naar onze ammoniumopslag. Kevin had mooi praten. Hij zou de baai helemaal niet in gaan. Waarom moest ik het altijd zijn die de grootste risico's nam? Ik was bang en dat maakte me kwaad.

Bij de hoop kunstmestzakken kwam ik Fi tegen. Ze zat in haar kruiwagen.

'O Ellen,' zuchtte ze, 'waarom is het allemaal zo zwaar? Ik krijg dit ding geen centimeter meer vooruit, ik zweer 't.'

'Puh. Denk je soms dat jij het alleen zo moeilijk hebt?'

Ik kieperde de kruiwagen om en plofte naast haar in die van mij, en daarna vertelde ik haar wat Kevin van plan was. Toen we daarover praatten, hoorden we weer een konvooi aankomen en algauw zagen we de grote opleggers door de bomen, ze reden behoorlijk snel, ook al hadden ze alleen hun dimlichten aan. Ze vervoerden bijna allemaal containers, maar de snelheid waarmee de wagens reden gaf me het idee dat die leeg waren. Het waren er veertien, met voorop en achteraan een legerwagen.

'Hoe houden we die stil om de klok te bevestigen?' vroeg Fi.

'Weet ik veel?' zei ik boos. 'Ik wil het niet weten. We zijn gestoord. Dit is veel te groot voor ons.'

'Och, dat weet ik zonet nog niet,' zei Fi, alsof ze naar een moeilijke regel in *Macbeth* keek, dat we vorig schooljaar behandelden.

'Oké, toe maar, haal me maar over om mee te doen en jammerlijk om te komen, zodat je je de rest van je leven schuldig voelt.'

Het was wreed om dat te zeggen en bijna meteen daarna zei ik dat het me speet. Maar ik had Fi echt gekwetst en het kostte me tien minuten om haar weer aan het praten te krijgen.

'Ik wou net zeggen dat kleine mensen grote daden kunnen doen,' zei ze verontwaardigd.

'Ja, ja,' zei ik nederig.

'Het líjkt groot,' zei ze, iets vriendelijker, 'omdat die schepen en vrachtwagens en steigers zo groot zijn. Maar het zijn gewoon mensen, en die gedragen zich net zoals alle andere mensen. Ze zijn onzorgvuldig en lui en ze maken fouten. Maar jij bent er met je volle aandacht bij, dus je bent in het voordeel.'

'Mmm.' Ik wilde dolgraag dat ze vergat wat ik had gezegd, maar ik wilde ook dolgraag geloven wat ze zei.

'Het is een goed plan, Ellen, echt waar. We kunnen die lui inpakken, en meer hoeven we niet te doen. Denk niet meer na over die explosie, dat heeft er niets mee te maken. Het gaat er gewoon om dat we een stuk of twintig, dertig soldaten te slim af zijn.'

Een paar honderd kwam dichter in de buurt, maar ik klemde mijn lippen op elkaar. Op dat moment kwamen Homer en Kevin eraan, samen met Lee en Robyn, die ze tijdens het versjouwen van de laatste zakken kunstmest waren tegengekomen. We waren allemaal uitgeput, maar dat kon Homer niets schelen.

'Ik vind dat we het vannacht moeten doen,' zei hij.

'Jemig, Homer, het is twee uur 's nachts.'

'Ja, maar dat schip waar die containers in geladen worden, is perfect voor ons, en misschien is het nu bijna vol. We moeten het doen als ze de containers inladen in de rui-

120

men, want als die vol zijn worden ze boven op de dekken gezet. Als Ellie en ik met al die zakken in een container kunnen komen en in een ruim worden geladen, hebben we de bom der bommen. Hoe kunnen we beter aan boord komen dan in een container?'

'Misschien komt er vannacht geen konvooi meer.'

'Ja, maar misschien ook wel. Ze rijden kennelijk dag en nacht.'

Er viel een lange stilte.

'Heb je bedacht hoe we de vrachtwagens laten stoppen?' vroeg ik.

'Robyn wel.'

Ik keek naar Robyn. Blijkbaar was zij degene die het doodvonnis over me ging uitspreken.

'Oké, hoe dan?'

'Het moet iets natuurlijks lijken, niet iets verdachts,' zei ze. 'Een boom over de weg is bijvoorbeeld te drastisch. Dan verwachten ze een hinderlaag.'

'Mee eens.'

'Dus, Ellen, wordt het niet tijd dat je de kans krijgt om je allerbeste vrienden weer eens te ontmoeten?'

12

Het was een grote weide met veel schapen, zo'n honderd-
vijftig. Voor de invasie waren het er waarschijnlijk té veel
geweest, want de weide lag bezaaid met treurige dotjes wol
en botten. Vossen, wilde honden, roofvogels, ziekten: allemaal factoren die daar zeker toe hadden bijgedragen. De
overgebleven schapen waren in erbarmelijke conditie en
sjokten zielig rond. Er was in ieder geval niet veel meer te
eten voor ze. Van een afstand leek het nog wel aardig, maar
het was dor en droog gras zonder enige voedingswaarde.
  Maar omdat de weide zo groot was, waren de schapen
moeilijk bijeen te drijven. Ze hadden allang geen mensen
meer gezien en waren zelf ook een beetje wild geworden.
De ettelijke keren dat we ze uit braamstruiken en achter bomen vandaan joegen, wenste ik dat we een hond hadden.
We hadden wél Lee en Robyn en Fi, waar je net zo veel
aan had als een stel ongetrainde parkieten. We hadden natuurlijk niet alle schapen nodig, en dat was maar goed ook,
anders hadden we er nu nog gelopen, vloekend en zwetend, terwijl we ze probeerden te laten doen wat wij wilden. Aan het eind hadden we er een stuk of honderdtwin-
tig.
  Na een halfuur ploeteren hadden we ze de weg op gedreven. Toen moesten we ze nog langs een bosrijk stukje

loodsen en ze daar houden tot er een konvooi aankwam. Dat klinkt misschien eenvoudig, maar dat was het niet. Zodra de schapen het hek door waren, verspreidden ze zich aan weerskanten van de weg en begonnen te eten. We dreven ze langzaam voort, maar toen we ze eenmaal van open terrein naar het bosgedeelte hadden gebracht, verdween daarmee hun eten. Dat vonden de schapen erg vervelend, dus holden ze vooruit op zoek naar lekkerder hapjes. Kevin en ik moesten ze de pas afsnijden en daarna, met Homer in de achterhoede om ons te helpen, moesten we ze zover krijgen dat ze op één plek bleven. We hadden het bos nodig als beschutting, dus de schapen moesten niet gaan zwerven.

Robyn was helemaal in het zwart en had ook haar gezicht zwart gemaakt met schoenpoets uit een boerderij. Schoenpoets scheen nooit gestolen te worden. Een paar maanden geleden vonden we nog dat zwartgemaakte gezichten, camouflagekleren en het gelijkstellen van horloges een beetje overdreven was. Dat zag je alleen in Hollywood-films, maar nu deden we dat soort dingen als vanzelfsprekend.

Ik weet niet precies hoe het kwam dat Robyn de taak kreeg om de draad door te knippen en de timer te installeren. De aangewezen persoon daarvoor was Kevin en op een gegeven moment scheen hij zich als vrijwilliger op te werpen, maar op de een of andere manier kreeg Robyn het karwei toebedeeld. Er werd wat vaag gemompeld dat Robyn zo handig was en dat Kevin de schapen in bedwang moest houden tot de vrachtwagens in zicht kwamen. Maar ik denk dat we allemaal beseften dat Kevin niet geschikt was voor dit soort acties. Hij had er het lef niet voor. Het werd al snel duidelijk dat hij het niet wilde doen en Robyn zei dat zij het wel wilde doen, dus dat was geregeld.

Ik geloof dat Robyn altijd graag iets deed waar niemand direct bij gewond raakte.

Toen de schapen rustiger werden en Kevin en ik ze goed onder de duim hadden, verdwenen Homer en Lee een paar minuten in de richting van onze bepakkingen. Het interesseerde me niet zo erg, totdat ze terugkwamen. Toen ik opkeek, zag ik dat ze allebei een geweer met afgezaagde loop in hun hand hadden. Dit was iets waar ik totaal niet op voorbereid was.

'Wat doen jullie nou?' vroeg ik kwaad.

Homer keek schuldbewust de andere kant op, maar Lee vertrok geen spier.

'Doe niet zo stom, Ellen,' zei hij. 'We gaan Robyn dekking geven.'

'Hoe bedoel je?'

'Ellen, dit is linke soep, echt bloedlink, dus hou jezelf niet voor de gek. Die konvooien zijn van voor naar achter bewaakt. Als iemand achter Robyn aan sluipt als ze aan die motor knoeit, kan ze het schudden. Maar nu heeft ze nog een kans, omdat we 'm dan doodschieten.'

'O ja, en dan?'

'Dan verdwijnen we in het bos. Misschien lossen ze nog wat schoten op ons, maar ze zullen ons niet achterna komen in het donker door het bos. We laten dit plan varen en gaan ergens anders heen. Dan hebben we niets verloren, maar dan hebben we wel Robyns leven gered.'

'Heeft Robyn daar niks over te zeggen?'

Lee aarzelde. 'Ja, oké, lijkt me redelijk. Robyn, wat vind jij? Wil je dat we je dekking geven of niet?'

Robyn keek geen van ons aan. Een paar witte ogen staarden vanuit haar donkere gezicht door de bomen heen. Ik begreep niet waarom ze zo lang wachtte met antwoord geven. Ik had gedacht dat ze er als de kippen bij was geweest om iets over die geweren te zeggen.

'Ja,' zei ze eindelijk, nog steeds met afgewende blik. 'Ik denk wel dat ik dekking wil. Dank je.'

Ik zei niets, maar liep terug naar de schapen, terwijl ik mijn gezicht in bedwang probeerde te houden. Het beviel me niets. Verder hou ik er niet van om verrast te worden door mensen, vooral niet door Robyn, van wie ik dacht dat ik haar van haver tot gort kende.

En bovendien wil ik graag mijn zin hebben.

'Wat vind je van die geweren?' vroeg ik aan Fi, zoekend naar een bondgenoot.

'Ik ben ervóór,' zei ze. 'Anders is Robyn een levende schietschijf. Als ze wordt doodgeschoten, zullen we het onszelf nooit vergeven.'

Toen gaf ik het maar op. Ik bleef het stom vinden, omdat we in een schietgevecht massaal afgeslacht zouden worden. Maar ik kwam stemmen tekort.

Na ongeveer veertig minuten wachten hoorden we het onmiskenbare lage geronk van een konvooi. O god, dacht ik, daar gaan we. Het was nog ver weg, maar het geluid kwam heel snel naderbij. Op een gegeven moment ging ik bijna geloven dat het helemaal geen konvooi was, maar een laag vliegend vliegtuig. Geluid gedraagt zich vreemd in het donker.

'We zijn gek,' zei ik tegen Fi.

Ze gaf me haar flauwe, nerveuze glimlach.

'Denk je dat iemand ooit te weten zal komen wat we hebben gedaan?' vroeg ik aan haar.

'Ik begrijp wat je bedoelt,' zei ze. 'Het zou afschuwelijk zijn als het niet zo was. Ik wil dat mijn ouders het weten. Ik heb echt mijn best gedaan om te helpen en moedige daden te doen. Ik zou het vreselijk vinden als ze dat niet wisten.'

Het deed me goed dat ze het begreep, dat ze er hetzelfde over dacht als ik.

We waren op een tamelijk recht stuk weg, dus konden we de lichten van de vrachtwagens van behoorlijke afstand al zien. Maar ik was verbaasd om te zien dat ze alleen hun parkeerlichten aanhadden. Pas later drong het tot me door dat dat een goed teken was: ze waren duidelijk meer bedacht op luchtaanvallen. Tot dan toe hadden we veel konvooien met dimlichten gezien, maar nooit een met alleen parkeerlichten. Het betekende ook dat ze langzaam reden, wat gunstig was voor de schapen.

Kevin aan het ene eind van de kudde en ik aan het andere waren nu als enigen op de weg. We hitsten de schapen op en dreven ze zo ver mogelijk het asfalt op. Ze zagen het niet zo zitten, maar ze waren zo verspreid dat ze veel ruimte innamen. Op het laatste moment schoten we het bos in waar de andere vier zaten. We hoorden de eerste vrachtwagen remmen en zagen de kleine parkeerlichten stilhouden. Andere vrachtwagens stopten ook snel, voorzover we dat konden zien. Het was een groot konvooi. Ik zag Robyn naar voren sluipen, gevolgd door Homer en Lee met hun geweren. Ik werd misselijk. Ik hoorde portieren slaan, voetstappen, geschreeuw naar de schapen. We gingen ervan uit dat we wel wat tijd hadden, omdat die kerels waarschijnlijk niet veel ervaring met schapen zouden hebben, en bovendien verstonden de schapen hun taal niet. En de soldaten wilden ze vast niet over de weg laten zwerven, omdat ze dan een gevaar voor andere konvooien vormden.

Plotseling ging er een felle schijnwerper aan, die in onze richting draaide. Ze mochten dan bang zijn voor vliegtuigen, gek waren ze in ieder geval niet. Ze hadden de voor- en nadelen tegen elkaar afgewogen en besloten dat de schijnwerper het risico waard was. Fi en ik gingen zwijgend op de grond liggen. Kevin, die ergens achter ons was, zag ik niet, maar ik nam aan dat ook hij zich plat op de grond had laten vallen. Terwijl ik daar lag ging mijn hart als een bezetene tekeer. De schapen liepen hysterisch op de weg te blaten en begonnen van de soldaten weg te hollen. Ik hoorde hoe de scherpe schapenpoten sneller gingen lopen, tapdansend op het asfalt. Jaren geleden was er bij ons een kudde koeien op hol geslagen. Nu waren het op hol geslagen schapen. Ik giechelde en zag Fi's rechteroog verschrikt naar me turen. Daar schrok ik toen weer van: ik had me niet gerealiseerd dat ik zo hard giechelde. Ik werd bang dat de soldaten me hadden gehoord.

De schijnwerper bleef zoeken. Het was zo'n fel licht dat het de lucht, de takken en bladeren in brand leek te zetten. Rechts van me schoot een vogeltje uit zijn nest en vloog in wilde paniek met een onelegant gefladder weg. Door een spiegeling in de lucht zag ik dat er aan de andere kant van de weg ook een schijnwerper de omgeving afzocht.

Toen begon het schieten. Ik veerde zowat op van pure angst. Het verbaast me dat mijn haar niet spierwit werd, want het voelde vreemd aan, helemaal borstelig. Er werden in regelmatig tempo schoten afgevuurd, de een na de ander, aan weerskanten van de weg. Eerst gebeurde het verderop, aan onze linkerhand, maar we hoorden het geleidelijk aan dichterbij komen. Toen drong het tot me door wat er aan de hand was: de soldaten, argwanend geworden, vuurden methodisch tussen de bomen, gewoon om iedereen die zich daar mocht schuilhouden en zich voorbereiden op een aanval op andere gedachten te brengen. Ik drukte me nog dichter tegen de grond en voelde de koude aarde op mijn lippen en voorhoofd. Er vloog een kogel over mijn hoofd met angstaanjagende snelheid en kracht, waarna hij in het donker verdween. Ik hoopte dat er niet te veel koala's zouden zitten. Ik was doodongerust over Homer en Lee en Robyn, maar we konden niets doen en ik had nog geen kreten van verbazing gehoord die je verwacht op het moment dat ze ontdekt zouden worden. Ik durfde me niet te bewegen.

Het schieten ging nog een aantal minuten door. Ze moeten wel tonnen ammunitie hebben gehad. Ze namen in ieder geval geen enkel risico. Toen hoorde ik plotseling een motor aanslaan, en toen nog een en nog een. Ze smolten samen tot een luid gesnor en ik hoorde het zware geknars van koppelingsplaten. Het konvooi zette zich in beweging.

Maar ik niet. Ik bleef liggen en wachtte tot de nacht weer stil en veilig werd. Maar voordat het zover was, renden Homer en Lee, twee grote, donkere, slungelige gedaantes, door de struiken naar me toe. Fi en ik hesen onszelf overeind en schudden takjes, bladeren en aarde van ons af.

'Wat was er nou?' jammerde ik.

Kevin kwam achter me tevoorschijn.

'Wat was er nou, in godsnaam?' echode hij.

'Ze waren gewoon ontzettend paranoïde,' zei Homer. Zowel hij als Lee hadden wijd opengesperde ogen van de opwinding. 'We konden niets doen. Toen ze begonnen te schieten, verstopten we ons achter de bomen en baden dat ze niet naar ons gingen zoeken.'

'Hebben ze je gezien?' vroeg Kevin.

'Nee, nee, ze waren gewoon voorzichtig.'

'Waar is Robyn?'

'Dat weet ik niet. Verderop, hoop ik. We durfden niet van achter de bomen te kijken. Ik geloof niet dat ze gepakt is, anders hadden we dat wel gehoord. Maar ik weet niet of ze de timer heeft kunnen installeren. Dat zal niet zo makkelijk zijn geweest.'

We sjouwden omhoog naar de weg. Robyn was nergens te zien, en schapen evenmin. Ik raakte in paniek. Toen zag ik twee witte ogen en blinkend witte tanden naar ons toekomen. Het bleek geen wolf te zijn, maar Robyn.

We overspoelden haar met vragen en uitingen van emotie.

'Ho! Stop!' zei ze. 'We praten tijdens het lopen. We mogen geen tijd verliezen.' We renden achter haar aan, als een troep ganzen. Het eerste wat we tegenkwamen was de weide waar de soldaten de schapen in hadden gedreven. Homer en ik bleven in afgrijzen staan.

'We kunnen ze daar niet laten!' raasde Homer.

'We hebben geen tijd,' zei Lee.

'Dan maken we tijd,' zei ik. 'Die schapen hebben ons vannacht goed geholpen. Dat verdienen ze.'

Homer en ik renden naar het hek en deden het open. Ik besefte dat we het moesten doen voorkomen alsof de schapen uit zichzelf waren ontsnapt.

Ik riep tegen Lee: 'Kijk even of je ergens een gat in de omheining kan maken. Dan lijkt het alsof de schapen dat zelf hebben gedaan.'

Mopperend ging hij aan het werk. Homer en ik renden de weide in en deden weer ons uiterste best om die stomme beesten weer bijeen te drijven. De weide was erg klein, er groeide geen sprietje gras en er liepen behalve onze merinosschapen al dertig uitgehongerde tukidales rond. We dreven ze zo snel het hek door dat het een wonder was dat ze elkaar niet vertrapten. Er vielen er wel een paar, maar die kwamen weer overeind. We lieten ze vrij langs de kant van de weg lopen en grazen waar ze maar wilden. De weg was hier veel breder en nu ze in de berm liepen hoopten we dat de konvooien ze met rust zouden laten. Hoe het ook zij, we konden verder niets meer voor ze doen. Ze zouden in ieder geval hun buik vol hebben voor hun volgende avontuur.

We renden Robyn en Fi achterna, die een eindje verder op de weg liepen te praten.

'En, hoe ging het?' vroeg ik hijgend aan Robyn.

Ze grijnsde. Ik kreeg de indruk dat ze zich ondanks het gevaar uitstekend vermaakte.

'Het was gekkenwerk.'

'Oké, oké, dat geloof ik. Maar hoe ging het?'

'Nou, toen ze stopten ben ik meteen op een wagen afgegaan, een oplegger met een container. Hij was niet zo lang, een meter of zeven, schat ik, maar de lange waren volgens mij allemaal diesels. Ik sloop er in het donker heen, voordat iedereen uit de wagens stapte, en ik kwam er vanonderen in, zoals we hadden afgesproken. Ik kon de voedingsdraad makkelijk vinden, maar net toen ik die had doorgeknipt, kwamen de bewakers langs. Toen werd het heftig. Ik kon alleen maar wegkruipen en bidden. Maar ze hadden meer belangstelling voor het bos dan voor wat zich in die vrachtwagens afspeelde. De buitenkant, niet de binnenkant.'

'Lijkt me logisch,' zei ik. 'Ze denken aan een guerrillaaanval, niet aan één persoon die een timer op een stroomverdeler zet.'

Op dat moment hadden de anderen ons ingehaald en we liepen snel door, in de hoop een kapotte vrachtwagen te vinden. Maar hoewel het konvooi langzaam reed, wisten we dat we nog een heel eind te gaan hadden.

'Toen begonnen ze te schieten,' ging Robyn verder. 'Dat was vreselijk. Ik dacht dat ze jullie hadden gezien. Ik was als verlamd. Ik had gedacht dat ík gevaar liep, maar toen bleken jullie dat te zijn. Ik kon helemaal niet meer nadenken of functioneren, leek het wel. Maar ik merkte dat er geen opwinding was: niemand riep of rende, wat je zou verwachten in een verdachte situatie. Toen liep een van de schutters langs me en begon tussen de bomen te schieten, en toen besefte ik dat ze niet op een speciaal iemand richtten: ze deden het gewoon voor alle zekerheid. Ik hoopte dat jullie niet door een verdwaalde kogel waren geraakt. Ik maakte me los uit mijn verlamde toestand en ging aan de slag. Het was heel moeilijk, omdat mijn handen zo nat van het zweet waren. Ik had nergens goed houvast. De draden deden niet wat ik wou en toen liet ik de tang vallen. Maar ik weet bijna zeker dat ik het goed heb gedaan. Ik plakte de timer vast en probeerde weg te komen. Toen werd het pas echt ingewikkeld: ze gingen weer terug naar hun wagens en er liepen nog overal bewakers. De vrachtauto startte en begon te rijden, maar ik kon er nog steeds niet af. Ik dacht: laat ik maar plat op de grond gaan liggen, en dat deed ik. Ik wachtte tot de vrachtwagen over me heen was gereden en liet me toen in volle vaart van de weg af rollen. Ik was doodsbang op dat moment. Die vrachtwagens rijden zo dicht op elkaar. Je had me moeten zien rollen. Maar goed, ik ben er nog. Blauwe plekken, schrammen, littekens voor het leven, dat is het ongeveer.'

'Hoe zeker ben je ervan dat je het goed hebt gedaan?' vroeg Homer.

'Dat moet wel, anders had die vrachtwagen niet meer gestart,' zei Lee.

'Ja, dat is waar. Als de timer goed werkt, houdt die auto er geheid mee op,' zei Kevin. 'Het volgende punt is dan of ze de timer zullen vinden. Op dit uur van de nacht, nadat ze al oponthoud hebben gehad, denk ik niet dat ze het geduld hebben om het hele konvooi te laten wachten om uit te zoeken waarom één vrachtwagen ermee ophoudt. Ze maakten al een vermoeide indruk toen ze die schapen achternazaten.'

'Ik dacht dat jij diep in het bos zat,' zei ik.

'Nee, nee, ik was heel dichtbij,' zei hij, maar dat geloofde ik niet zo erg.

'Als ze de timer vinden, lopen we recht in de val,' zei Lee zacht en kalm.

We gingen langzamer lopen en keken elkaar geschokt aan. We waren zo uitgeput dat we de meest voor de hand liggende dingen over het hoofd zagen.

'Maar we hebben geen tijd om door het bos te sluipen,' zei Fi. 'Het wordt al bijna licht.'

'Het moet,' zei Homer. 'Vergeet niet dat deze aanval een kans van één op de miljoen is. Als er iets misgaat, doen we het gewoon niet, niks aan de hand, laat maar zitten. Het is ons toch al boven het hoofd gegroeid. Ik vind dat we onze veiligheid boven dit plan moeten stellen.'

Ik was echt verbijsterd. Ik weet zeker dat Homer niet bang was. Zijn stem klonk vast en sterk. Ik denk dat hij gewoon de risico's afwoog en daar een verstandelijk oordeel over uitsprak. Voor een heethoofd als Homer was dit ontzettend koelbloedig. Maar ik was er ergens heel blij om, en niet alleen omdat daardoor mijn overlevingskansen een beetje toenamen. Ik denk dat ik hoopte dat Homer misschien niet meer zo'n macho-behoefte had om zich te laten gelden en zich bij elke gelegenheid in het avontuur te storten.

Ik moest sterk denken aan andere amateur-soldaten met wie we hadden samengewerkt, de volwassenen van Harveys zogenaamde helden, die als kegels omver werden geworpen terwijl wij machteloos tussen de struiken toekeken. Die waren ook naar een kapot vijandelijk voertuig gelopen, in de veronderstelling dat er niemand meer in zat.

Dus sjouwden we door het bos, we spraken niet meer, we slalomden door de bomen, struikelden over wortels en stenen, schramden ons aan verdwaalde takken. God, wat was dat zwaar. 'Wordt het leven dan nooit meer makkelijk?' jammerde ik bij mezelf. Om ongeveer kwart voor vijf in de ochtend zagen we aan de kant van de weg de doffe glans van de stilstaande containerwagen, waar het maanlicht zacht op scheen.

13

Terwijl ik ernaar keek, vroeg ik me af of ik naar mijn eigen doodskist keek. Het was een afschuwelijke gedachte dat ik mezelf in die grote, metalen kist zou opsluiten. We slopen er heel behoedzaam op af, maar alles leek normaal. Ik weet zeker dat ik, als ik chauffeur was van een vrachtwagen die het op dat uur van de nacht begaf, niet lang zou proberen om die te repareren. Ik zou dat aan de monteurs overlaten.

Kevin haalde de timer los, maakte de draad weer vast en trok toen de positieve draad van de spoel. Hij verzekerde ons dat ze zouden denken dat dat de panne had veroorzaakt. Maar hij deed ook iets met de brandstoftoevoer; ik geloof dat hij er water bij gooide. Volgens hem moest er een sleepwagen bij komen. Ik geloofde hem. Ik weet wel iets van de basistechnieken, maar ik heb geen flauw benul van de diepere geheimen van de motor.

We kregen de container open door de ene bout naar rechts te draaien en de andere naar links. Ik had verwacht – gehoopt – dat hij op slot zou zijn, maar dat was eigenlijk het makkelijkste deel van de hele operatie. Je kon hem ook vanbinnen uit openmaken, daar had ik ook al aan gedacht. Ik had namelijk geen zin om als een rat in de val te zitten.

Vanbinnen was het een metalen kooi. Die leek veel groter dan de buitenkant. Onze voetstappen galmden toen we er zenuwachtig op onze tenen doorheen liepen. Er was natuurlijk niets te zien. Hij was aan de ene kant hetzelfde als aan de andere.

'Kom mee,' zei ik tegen de anderen, omdat ik wist dat Homer dat ook wilde gaan zeggen en ik hem vóór wilde zijn. Ik wilde Homer nooit de indruk geven dat hij onze heer en meester was. 'Tijd om te zweten.'

En zweten was het. Onze voorraad kunstmest en dieselolie lag ongeveer twee kilometer van ons vandaan. We hadden de tijd en snelheid van het konvooi redelijk goed berekend, maar ik was er nog steeds over aan het mopperen. Ik had het alleen maar fijn gevonden als de vrachtwagen netjes naast die stapel was stil blijven staan, ja, er zelfs met de achterkant naartoe had geparkeerd. Homer zei tegen Kevin dat hij niet met de benzine had moeten knoeien, omdat ik de vrachtwagen dan naar de voorraad had kunnen rijden en hem terugbrengen naar de plek waar hij ermee op was gehouden, nadát we hem vol hadden geladen. Maar dat was natuurlijk onmogelijk. Die dingen kon je heel moeilijk keren en op die smalle weg, zonder een goeie draaiplek voor een oplegger, had ik helemaal naar de baai moeten rijden om die manoeuvre uit te voeren. Dat had niet zo'n goeie indruk op de soldaten gemaakt.

Dus gingen we weer aan de gang met de kruiwagens, weer sjouwen door de koude nacht, worstelend met lamme armen om zware vrachten te tillen, wiebelend op lamme benen om te proberen in evenwicht te blijven. We reden nu op de weg, gespitst op konvooien en patrouilles, maar we wisten dat de dageraad de eerste vijand was die verslagen moest worden. Maar er kwamen geen konvooien en in dit gebied werd blijkbaar niet gepatrouilleerd.

Het moeilijkst was het om de zakken en vaten in de container te laden. Ik moet toegeven dat Homer ook hierin zijn mannetje stond. Hij is nou eenmaal heel mager en gespierd, maar hij kon de zakken fantastisch tillen. Vooral Fi kon met geen mogelijkheid haar zakken hoog genoeg optillen, dus nam Homer die van haar erbij. Ik weet dat hij er de kracht voor had, maar ik begrijp niet waar hij de energie vandaan haalde.

Toen, veel te snel naar mijn zin, waren we klaar. Ik stond achter de vrachtwagen op de weg en keek naar de anderen, terwijl ik de vloedgolf aan emoties die bij me opkwam probeerde te beheersen. Ik had hetzelfde gevoel als wanneer je je beseft dat een verbindingsbuis op het punt staat los te schieten. Wat doe je het eerst? Probeer je hem weer terug te duwen? Ren je naar de afsluitklep? Ren je naar de pomp? Zo ging het er in mijn hoofd aan toe. Ik had ergens gedacht dat er misschien een sentimentele afscheidsscène zou komen waarin iedereen elkaar zoende en omhelsde en speeches afstak. Ik had kunnen weten dat het anders zou gaan. Wat er namelijk gebeurde was dat Kevin me de lont en de ontsteker gaf en dat we de anderen onze laarzen, sokken en zware kleren gaven, plus wat er allemaal in onze zakken zat, zodat we makkelijk de baai konden over zwemmen. Toen stonden we elkaar even een beetje schutterig aan te kijken en daarna zei Homer: 'Nou, dan zien we jullie bij de beek,' waar we hadden afgesproken, en Kevin zei: 'Ja, tot kijk,' en ik knipoogde naar Fi en zwaaide naar Robyn en toen gingen we naar binnen en deden de enorme deuren achter ons dicht.

Zodra we in die donkere ruimte waren, wilde ik alweer naar buiten rennen en als een snotterende boa constrictor in hen klimmen, maar nee, ik zou even koel blijven als Homer.

Het was behoorlijk donker daarbinnen. Ik hield mijn hand ongeveer vijf centimeter van mijn gezicht en zag alleen een heel schimmig stukje bleke huid. Daarstraks had ik het bewijs gekregen dat er nog licht was op de wereld, met grijze vegen aan de horizon, maar hier kon ik dat bijna niet geloven. Zoiets griezeligs had ik nog nooit meegemaakt. Dit was een volkomen nieuw waagstuk voor ons. De andere keren was het meer een soort plaatselijk gebeuren, we deden wat we konden in onze eigen buurt, we gebruikten benzine en gas, spul waar we elke dag van ons leven mee te maken hadden. Nu was het oorlog en wij waren soldaten. Ammoniumnitraat en dieselolie, ontstekers, lonten, pogingen om een haven te infiltreren en schepen op te blazen: dat was andere koek. Dit was een grote sabotageactie die we probeerden uit te voeren. Dit was de Slag bij Cobbler's Bay, dit was serieus oorlogvoeren, echt oorlogvoeren, iets wat alleen gewaagd moest worden door honderden soldaten met uniformen en geweren, mensen die een jarenlange training achter de rug hadden.

'Homer,' zei ik, plotseling doodsbenauwd dat hij verdwenen was en ik helemaal alleen op de wereld was achtergebleven. 'Homer, waar ben je?'

'Ja, ja, ik ben hier.' Ik hoorde hem naar me toe komen en ik stak mijn hand uit. Mijn vingers vonden zijn gezicht. Ik raakte de ruwe huid van zijn kin aan. Hij sloeg zijn armen om me heen en ik liet me zijn grote, brede omhelzing welgevallen. Omhelsd worden door Homer was een raar gevoel: hij deed het niet vaak en je voelde zijn onhandigheid als hij het deed. Hij stond helemaal op scherp, niets was ontspannen of zacht. Maar het was fijn om te voelen dat ik weer iets dichter bij hem was. Ik had de laatste tijd grote bewondering voor hem, hoewel ik dat nooit liet merken.

We gingen tegen de zakken ammoniumnitraat zitten en praatten fluisterend. Hoewel we verbazend veel materiaal hadden verzameld, waren er nog zeeën van ruimte in de container. Ik wist zeker dat dit gewicht te verwaarlozen was. Deze vrachtwagens waren wel wat zwaardere ladingen gewend.

We praatten over van alles: het debutantenbal, het inplanten van embryo's in ooien, een cd van een heavy-metalgroep die Bigger than Boeing heette, waarom Homer soms zo geïrriteerd werd door Robyn, of stalactieten omhoogstaan of naar beneden druipen. We praatten over onze toekomstdromen. Jemig, wat waren die veranderd. Er werd niet meer gepraat over reisjes over de oceaan als uitwisseling van de Rotary Club, opgevoerde pick-ups voor naar vrijgezellenfeesten, cursussen hotelmanagement of oceanologie. Het ging over kleine dingen. Dat onze families weer bij elkaar waren, dat je overdag gewoon vrij kon rondlopen, vers fruit eten, weer naar school gaan, kinderen zien schommelen en wippen. Dat was alles wat we wilden. Kleine dingen.

Naarmate het buiten lichter werd, zagen we dat er spleetjes en kleine gaatjes in de wanden van de container zaten. We zagen dat het licht steeds feller en sterker werd. Zelfs zonder die kennis waren we er wel achter gekomen vanwege de hitte in de container, die snel toenam. Het beloofde buiten een heerlijke dag te worden. Ik keek steeds op mijn horloge en vroeg me af wanneer ze zouden komen, maar we hoorden ze pas om een uur of tien. We werden gewaarschuwd door het trage, schurende geluid van een langzaam rijdend voertuig. We hielden op met praten en wachtten, terwijl we onze spieren spanden om goed te kunnen luisteren, alsof we met onze armen en benen en buik even goed konden luisteren als met onze oren. We hoorden het voertuig stoppen. We hoorden twee portieren open- en dichtgaan. Het had totaal geen zin, maar toch kropen we dieper weg achter de zakken. Homer dacht dat het voor ons het gevaarlijkste moment zou zijn als we door het hek de kade op reden. Dat was ik niet met hem eens. Ik dacht dat de bewakers ervan uit zouden gaan dat de monteurs in de container hadden gekeken. Ik dacht dat het gevaarlijkste moment zou komen wanneer we op een schip gehesen werden en de kraandrijver merkte dat de container zwaarder was. Dat was Homer helemaal niet met me eens. Hij zei dat de kraandrijver niet gewend was om zelf na te denken. Niemand vertelde hem ooit iets. Hij zat gewoon de hele dag op knopjes te drukken. Als de ene container zwaarder was dan de andere, zou hij denken dat dat een reden had, die hij alleen niet wist.

De gevaren daarna zouden van een andere orde zijn: een en al actie, lichamelijke gevaren. Maar zitten en wachten in het donker, dat deed je met je hersens.

Toen ik die zachte geluiden buiten hoorde, geklop en gehamer, en de container een paar keer heen en weer voelde schudden, maakte ik me niet meer druk om toekomsti-

ge gevaren. Dit was al gevaar genoeg wat mij betrof. Ik bad
dat ik dit zou overleven. Ik hoorde stemmen, zachte stemmen, die zo nu en dan wat tegen elkaar mompelden. Ik
hoorde het geklenk van metaal. Ik hoorde het gerammel
van gereedschap. Ik hoorde iemand vloeken, in een vreemde taal, maar vloeken herken je altijd. Toen werd de motor gestart. Hij startte wel, maar hij liep niet goed: er waren veel terugslagen en hij klonk rammelig. Ik hoorde een
kreet, de motor stopte en toen was er niets meer, alleen een
lange stilte. Ik kreeg er de rillingen van. Ik stelde me voor
dat ze stilletjes de container omsingelden, stilletjes hun wapens omhoog deden, totdat ik er zeker van was dat de deuren elk moment konden openvliegen en we gevangengenomen zouden worden en weggevoerd, gemarteld en
vermoord. Al mijn spieren waren gespannen. Ik voelde
schokken door me heen gaan, alsof ik was vastgebonden aan
een twaalfvolts generator en iemand de stroom had aange-
zet. Alleen Homers hand op mijn arm weerhield me ervan
om op te springen en te gaan schreeuwen. Eindelijk begon
het langzame voertuig weer te snorren. Ik fluisterde in Homers oor: 'Wat denk je?' en voelde dat hij nijdig zijn schouders ophaalde. Hij hield niet van raden, van speculeren.

Ik hoorde het voertuig achteruitrijden en draaien. Het
leek alsof het motorgeluid van alle kanten tegelijk kwam.
Er klonken een paar kreten en daarna begon de motor ge-
lijkmatig te draaien. En plotseling kwam de container in beweging. Ook al had ik het al half vermoed, ik pakte Homers arm zo stevig vast dat ik het bot kon voelen. De
container schokte even en daarna reed hij langzaam en rustig naar voren, totdat hij in een hoek van 45 graden stond,

zo leek het tenminste, alleen was het waarschijnlijk niet zo steil. Een vat dieselolie, dat niet door de zakken kunstmest werd tegengehouden, gleed langzaam naar beneden. Ik graaide ernaar als een drenkeling naar een boei, ik klemde mijn armen eromheen en hoopte dat de mannen het buiten niet gehoord hadden. Homer greep me vast, zodat ik besefte dat we op de schaal van angst allebei even hoog scoorden. Toen gingen we echt rijden. Er was een klenkgeluid en we voelden dat we langzaam vooruit hobbelden. Ik wilde juichen, maar deed het niet. Ik wist dat Robyn en Lee en Kevin en Fi ergens toekeken en vroeg me af of zij wél juichten, of dat ze daar te bang voor waren. We hadden het niet over dekking gehad, maar ik was ervan uitgegaan dat ze de geweren in de aanslag hadden. Ik was behoorlijk afgegaan als ik erover was begonnen, maar nu bad ik dat ze ze op de vrachtwagen gericht hadden.

De rit naar Cobbler's Bay was hobbelig en vervelend. We zagen de bochten natuurlijk niet aankomen, dus werden we elke keer verrast. We gebruikten de zakken kunstmest om niet te veel heen en weer geslingerd te worden. Ze werkten niet zo goed als airbags, maar het hielp wel. We hadden geen idee hoe ver we al waren of hoe ver we nog moesten: toen ik dacht dat we al bij de baai waren, duurde het nog tien minuten. Ik was er zelfs van overtuigd dat we een afschuwelijke vergissing hadden gemaakt en dat de container niet naar Cobbler's Bay ging, dat we in de een of andere afgelegen stad terecht zouden komen en niet eens wisten waar we waren.

De vrachtwagen minderde vaart en ik hoorde dat hij in een lagere versnelling schakelde terwijl we voor het eerst op een recht stuk reden. Toen kwamen we langzaam schommelend tot stilstand. Ik had inmiddels zo'n droge mond dat ik hem niet meer dicht kon krijgen. Ik moet er als een vis hebben uitgezien. Ik hapte naar adem in die droge doodskist, maar ik was te veel in paniek om goed te ademen. Mijn verstand stond op nul. Het leek alsof ik niet meer kon nadenken. Ik hoorde stemmen en het gedreun van de motor, maar ik kon er geen chocola van maken. Ik zat daar maar en wachtte af tot er iets zou gebeuren. Even later gebeurde er ook iets: we reden weer verder, nog steeds over een gladde, rechte weg. We maakten een scherpe bocht naar links, toen naar rechts, en daarna gingen we met gelijkmatige tussenpozen over hobbels heen, alsof we op een spoorbaan reden. 'We zijn op de kade,' fluisterde Homer in mijn oor. Zijn stem kwam zo onverwacht dat ik uit mijn verdoofdheid wakker werd geschud. Ik besefte dat hij gelijk had, we waren plotseling adembenemend dicht bij ons doel. We waren door de gevreesde bewakingspost bij het hek gegaan zonder dat ik me dat bewust was.

Na de schok over deze snelle verandering in onze situatie gebeurde er drie uur lang helemaal niets. De tijd ging tergend langzaam voorbij. We zaten zwijgend bij elkaar, het zweet liep in straaltjes over mijn gezicht en prikte in mijn ogen. Mijn nek en oksels en liezen werden afschuwelijk jeukerig en klam. Ik voelde hoe mijn haar steeds meer op mijn huid plakte. Maar we konden natuurlijk niets doen. We waren aan hun genade overgeleverd. Als ze besloten om ons een week op de kade te laten zitten, hoe zou het ons dan vergaan? Mijn hersens werkten nog steeds niet voldoende om de mogelijkheden goed te kunnen afwegen. Ik denk dat ik me er gewoon ergens bij neerlegde dat we hieruit moesten ontsnappen en van de steiger moesten springen en zwemmen. Iedere keer dat ik mijn gedachten de vrije loop liet en over water begon na te denken, snakte ik zo hevig naar iets te drinken dat ik mezelf moest dwingen een ander beeld in mijn hoofd te krijgen. De dorst was in ieder geval het grootste probleem, zodat zelfs het gevaar om doodgeschoten te worden naar de achtergrond werd gedrongen.

Een dreun op het dak was de eerste aanwijzing dat er iets was veranderd. Hij kwam zo hard aan dat ik in paniek overeind sprong en hevig probeerde om niet te schreeuwen, omdat ik dacht dat er iets dwars door het dak zou komen. Ik zocht Homer en zag zijn donkere gestalte tegenover me. Hij was ook opgestaan, net zo bang als ik, en keek naar het dunne metalen oppervlak boven ons hoofd, dat nog natrilde van de klap.

We gingen omhoog en ik gaf een gilletje. Het was zo'n idioot gevoel om in de lucht te zweven, langzaam draaiend tijdens het omhooggaan. De container schommelde hevig heen en weer. Ik staarde naar Homer. Ik zag zijn tanden glinsteren toen hij naar me glimlachte, maar zelfs in dat weinige licht zag ik dat het een geforceerd glimlachje was, waarschijnlijk om het klappertanden tegen te gaan. Ik glimlachte terug, net zo'n nepgrijns. Na de slingertocht door de heuvels en het lange wachten in die hitte op de kade, was ik bang dat ik misselijk zou worden van het geschommel van de container. We konden één meter boven de grond hangen of honderd meter, dat was niet te zeggen. Ik kon niet eens voelen of we omhoog- of omlaaggingen.

Toen leek het alsof we van het felle, harde licht plotseling in een uitgestrekt duister terechtkwamen. Het was koud en donker. Heel even schoot de domme gedachte door me heen dat we in de hel afdaalden.

14

Ik greep Homer vast. Het was stil buiten en dat in combinatie met de plotselinge kou gaf me het gevoel dat we niet in de hel, maar in een koelcel waren beland. Even later kwam de container tot rust en landde stevig op de bodem. Er schuurde iets zwaars over het dak en toen was het stil. Ik hield me nog steeds aan Homer vast, maar hij liet me los en deed een stap opzij om door een kiertje in de zijwand van de container te kijken. We hadden al eerder geprobeerd om door die gaatjes te gluren, maar het enige wat we te weten waren gekomen was dat er een felle zon scheen. De gaatjes waren gewoon te klein. Nu bleef Homer een tijdje door dat ene gaatje staan kijken, maar ik geloof niet dat hij iets kon zien. We kregen geen enkele aanwijzing over wat er aan de hand was: niets dan de stilte van onze graftombe.

We bleven nog anderhalf uur zo zitten. We kregen het al snel koud en begonnen onbeheersbaar te bibberen. Eerst schokten er hevige rillingen door me heen, daarna werden het gewone rillingen, maar ze hielden niet helemaal op. Het waren natuurlijk geen onverwachte dingen: angst en kou. Ik zou toch aan allebei gewend moeten zijn.

In die anderhalf uur was er absolute stilte om ons heen en ik was in een stadium beland waarin ik vond dat we iets moesten ondernemen, omdat we anders niet meer zouden kunnen bewegen. De dorst was niet verminderd door de kou, maar ik dacht dat ik er met wat lichamelijke oefening in ieder geval niet meer aan zou denken, hoewel ik wist dat er straks geen flesje ijskoude cola op me wachtte. Ik schoof naar Homer toe, gaf een stompje tegen zijn elleboog en fluisterde: 'Ik ga even rondneuzen.' Hij gaf geen antwoord, dus ik nam aan dat het goed was en begon over de kunstmestzakken te klauteren. Ik kwam bij de deur en frunnikte met verkleumde vingers aan de kruk. Hij piepte tijdens het draaien en ik wachtte met bonkend hart. Er gebeurde niets, dus draaide ik hem helemaal open totdat hij geen weerstand meer bood. Toen begon ik hem naar beneden te drukken. Centimetertje voor tergend langzaam centimetertje. Ik hoefde niet eens om te kijken om te weten dat Homer zo gespannen als een veer achter me was. Eindelijk, met een knarsend geluidje, kwam de schoot los. Ik leunde ertegenaan met mijn hoofd op het koude metaal, met gesloten ogen, terwijl ik de stang met beide handen vasthield, zodat de deuren niet ineens zouden openklappen. We stonden op het punt een totaal onbekende wereld binnen te gaan. Het zouden de laatste momenten van ons leven kunnen zijn.

'Nog niet,' mompelde Homer in mijn oor en ik wachtte nog een minuut of vier voordat ik de hoge deur krakend opendeed.

Ik wurmde me door een onmogelijk klein gat en stond in een grote, donkere ruimte, geladen met net zulke containers als die van ons. Aan het lichte geschommel onder mijn voeten, dat je niet in de container merkte, kon ik opmaken dat we ons inderdaad in een schip bevonden. Ik hoorde de stalen romp kraken en steunen. Ik keek verbaasd om me heen. Dit alles waren we plan te vernietigen. Als we ons doel bereikten, zou onze onschuldige container in een krachtige bom veranderen en zou dit alles binnen een paar uur op de bodem van de zee verdwijnen.

Ik haalde diep adem en deed een stap naar voren. Het rook er alsof er nooit frisse lucht binnenkwam. Het was een mengsel van dieseldampen, zout, touw, verf en ontsmettingsmiddel. Het was geen aangename geur, maar zo stelde ik me voor dat een schip rook. Het was wel een verademing na de ammoniumlucht in de container.

Er was niemand, dat was duidelijk. Het luik boven ons was dicht en we hoorden geen stemmen en voelden ook geen aanwezigheid van mensen. Ik keek om naar Homer. Ik kon hem eindelijk beter zien.

'Wat denk je?' vroeg ik.

'We gaan de boel voorbereiden. We zetten alles klaar, zodat we alleen nog maar de lont hoeven aan te steken, en zodra het nacht is steken we 'm aan en springen van boord.'

'Oké. God, wat heb ik een dorst, zeg.'

'Ja, wat ontzettend stom dat we geen water hebben meegenomen.'

We gingen terug in de container, deden de deuren provisorisch achter ons dicht en gingen aan het werk. In alle koelheid maakten we het grootste wapen van ons leven. Maar het vreemde was dat ik dat deed zonder over bommen na te denken. Ik had net zo goed voer kunnen klaarmaken voor de lammetjes op de boerderij. We hoefden niet zoveel te doen. We sneden de zakken open en strooiden de inhoud op de grond, zodat de dieselolie die kon absorberen, en daarna verschoven we de olievaten. We goten de diesel eruit. Kevin had de verhouding uitgerekend: zes procent op een zak. We roerden de olie door de kunstmest. Het leek wel alsof we dressing door de sla husselden. Ik stak mijn hand door de hoop en schepte een handvol op. De gele korreltjes waren olieachtig, maar niet te nat. Het zag er goed uit.

De diesellucht werd echt onaangenaam. Ik probeerde er niet op te letten en ging aan de slag met de lont en de ontsteker, terwijl Homer toekeek. Ik moest een kleine bom maken die de grote bom zou aansteken. Ik pakte het stuk buis dat we op de boerderij hadden gevonden en vulde die met de springstof en de ontsteker. Het eind moest ik dichtbuigen, wat behoorlijk link was. We hadden geen speciale buigtang kunnen vinden, die we volgens Kevin wel hadden moeten hebben, dus moesten we het met de gewone, metalen combinatietang doen. Het probleem was dat één vonkje genoeg was om de boel op te blazen. Ik moest dus ontzettend voorzichtig zijn. Ik hanteerde de tang heel behoedzaam en droogde mijn zweterige handen om de tien seconden af, omdat ze zo glibberig werden. Het ging erom dat de tang niet tegen de buis aan kwam. Het was eenvoudig geweest als ik het met een lege buis had gedaan.

Eindelijk was ik klaar. We konden niets anders meer verzinnen. Dus we deden de containerdeuren dicht en gingen in een hoekje van het ruim liggen en wachtten. Ik leunde tegen Homer aan en hij sloeg zijn arm om me heen. We zeiden niets. Ik vond het fijn om zo dicht tegen zijn sterke lichaam aan te liggen en viel zelfs even in slaap. Op een gegeven moment haalde hij onze voedselvoorraad tevoorschijn: een pakje biscuitjes die oud en zacht waren en allemaal gebroken, en twee pakjes zuurtjes, met limoen- en ananassmaak.

Ik mocht kiezen en nam de ananas.

Het probleem met deze lunch was dat ik er nog meer dorst van kreeg, zo erg dat ik er wanhopig van werd. Ik kon nergens anders meer aan denken en hoe meer ik eraan dacht, hoe erger het werd. Ik overwoog zelfs om diesel te drinken en had spijt dat we niet een beetje hadden overgelaten van de bom. Mijn mond was heet en droog en mijn tong voelde groot en dik aan. Het was zelfs te zwaar om te praten, maar er viel trouwens niets meer te praten. Ik ging weer tegen Homers ribben aan liggen en voelde ze op en neer gaan bij iedere hijgende ademhaling; ik probeerde mezelf te dwingen om in slaap te vallen. Maar ik verlangde alleen maar naar de avond.

Heel geleidelijk, met misselijk makende traagheid, vergleed de tijd. Toen Homers onbetrouwbare, oude opwindhorloge een uur of halfzes aangaf, begonnen we ongedurig te worden. Omdat het nog kouder werd, dachten we dat het buiten wel bijna donker moest zijn. We schatten dat de lont tussen de twintig en vijfentwintig minuten zou branden, dus er was niet veel ruimte voor vergissingen. We ontdekten hoe we uit het ruim konden komen: via een stalen ladder die door het donker naar een metalen valluik leidde. Dit was natuurlijk niet het hoofdluik, maar een klein luik voor mensen. Ik denk dat de matrozen het gebruikten als ze op open zee de vracht wilden inspecteren. Homer ging voorzichtig de ladder op en duwde even tegen het valluik aan. Het ging omhoog. Dus het was geen probleem om daar weg te komen. Maar wat we zouden aantreffen als we eenmaal buiten waren, dát was misschien wel een probleem.

Homers horloge gaf zeven uur aan. Tijd voor het nieuws, dacht ik. Dat was een van de vaste dingen bij ons thuis: mijn vader moest altijd naar het nieuws kijken. Nu was er geen nieuws meer en moesten we straks een schip in Cobbler's Bay opblazen. Ons leven was wel een beetje veranderd.

'Wat denk je?' vroeg ik aan Homer met mijn droge, schilferende lippen en mijn opgezwollen tong. Hij zag er net zo verschrikkelijk uit.

'Ik hou het niet meer uit,' zei hij. 'We doen 't.'

Het was veel vroeger dan we hadden gepland, maar ik was het helemaal eens met Homer, dus dan was het een unaniem besluit.

We gingen naar de container terug. Ik voelde me vreemd, gewichtloos, alsof ik zweefde.

'Klaar?' vroeg Homer.

Ik knikte. 'Zou wel 'n mop zijn als we de lucifers waren vergeten,' fluisterde ik. Homer lachte niet. Hij stond bij de containerdeur terwijl ik de lont zover mogelijk uitrolde. 'Het heeft geen zin dat we allebei hier wachten,' zei ik. 'Klim jij die ladder op en zorg dat het luik openstaat.'

Hij liep gehoorzaam weg en ik haalde het doosje tevoorschijn en pakte er een lucifer uit. Ik moest hem een paar keer afstrijken voordat er een vlammetje kwam, maar toen vlamde hij op. Het licht deed pijn aan mijn ogen. 'Nou, daar gaan we,' zei ik hardop, maar ik wachtte tot hij een stukje verder was afgebrand voordat ik er de lont mee aanstak. Het vuur was bij mijn vingers en ik verbrandde me een beetje, maar toen vatte de lont vlam. Ik schudde de lu-

cifer snel uit en bleef kijken of de lont wel echt goed brandde. Ja, goed. Ik rende naar de ladder.

Het was koel in het ruim, maar toen Homer het valluik
een eindje optilde, voelde de nachtlucht ijskoud aan. Met
onze lichte kleding – korte broeken en T-shirts en verder
niet – waren we niet tegen de kou beschermd. 'Klaar?' vroeg
Homer, die het luik weer liet zakken boven ons. We stonden dicht tegen elkaar boven aan de ladder, samen op dezelfde sport. Ik knikte. Hij had niet kunnen zien dat ik dat
deed, maar hij moet ervan uit zijn gegaan. 'Meteen links
naar de reling en eroverheen,' fluisterde hij.

'Bakboord,' zei ik, maar ik geloof niet dat Homer het
hoorde. Hij duwde het luik weer omhoog en weer huiverde ik in de koude, gure lucht die zo snel naar binnen waaide. Ik zag de zwarte hemel, geen ster te bekennen. Homer
was nu bijna met zijn hoofd uit het luik en hij keek behoedzaam om zich heen. Ik kon alleen maar ineengedoken
achter hem blijven staan en afwachten. Ik vond het afschuwelijk dat ik zo machteloos was, zo afhankelijk van iemand
anders. Ik maakte me ongerust of we niet te lang in deze
massieve, tikkende tijdbom bleven hangen. Maar plotseling
nam Homer een spurt. Hij rende zo hard dat ik bijna dacht
dat hij door een hand bij zijn kraag uit het luik was getild.
Maar nee, het was zelf-aandrijving. Toen ik hem achterna-
ging, kon ik dat goed zien. Hij rende over het dek en ver-
school zich achter een stalen mast. Ik deed het luik zo zachtjes mogelijk dicht, terwijl ik hem hartgrondig vervloekte
omdat hij dat aan mij overliet, en daarna spurtte ik achter
hem aan en probeerde de omgeving in me op te nemen.
Wat was de voorkant van het schip en wat de achterkant?

Of de boeg en achtersteven, of hoe dat ook heette? Ik keek naar rechts, naar stuurboord, en zag dat het lange, brede dek geleidelijk smaller werd tot het niet meer in het donker te zien was. Ik wist dus in ieder geval waar ik stond. Maar het was nog een behoorlijk eind om aan de zijkant te komen. Homer rende als eerste weg en ik meteen daarna, maar ik rende schuin naar een ander stuk van de reling.

Toen we halverwege waren, ging het mis.

Terwijl mijn maag omdraaide zag ik plotseling van links een bewaker met een geweer over zijn schouder aankomen. Hij liep snel langs de reling. Ik wilde iets roepen, maar besefte dat dat niet kon. Homer zag de bewaker ietsjes later, maar toen had de soldaat hem al gezien. De man ging razendsnel tot actie over. Hij draaide om zijn as, zodat hij met zijn rug tegen de reling stond, en begon zijn geweer af te doen. Hoewel hij zijn blik op Homer gericht had, was ik eigenlijk dichter bij hem. Ik stormde op hem af. Hij bracht het geweer zo snel omhoog dat ik dacht dat hij het van dichtbij op mijn maag zou kunnen leegschieten. De laatste drie meter dook ik wanhopig naar voren, zonder precies te weten wat ik zou doen, ik wilde alleen maar dat hij de trekker niet zou overhalen. Ik ramde met mijn hoofd ergens tussen zijn borst en buik. Ik voelde een harde klap, mijn hoofd deed zeer en mijn nek kraakte, maar daarboven voelde ik opluchting toen hij achteroverviel. Hij had niet kunnen schieten. Ik lag boven op hem toen hij viel, maar tot mijn ontzetting vielen we dóór. Ik besefte dat we allebei over de reling waren gegaan. Ik zwaaide in paniek met mijn armen om van hem los te komen. We bleven maar vallen. Ongelooflijk, hoe diep we vielen. Hoe hoog was dit schip?

Mischien lagen we in een droogdok, dacht ik, en zou ik op staal en beton terechtkomen.

Ik hoorde een gesmoorde kreet en besefte dat het de soldaat was en toen klonk er een salvo van schoten vlak naast mijn hoofd. Zijn geweer ging af, per ongeluk, denk ik. Mijn oren tuitten van het geknal. Toen kwamen we in het water. Het was net beton: ik raakte het met mijn schouder en dacht dat ik mijn sleutelbeen had gebroken door de klap. Ik was ongeveer een meter van de soldaat vandaan en ik draaide me instinctief om en zwom kronkelend een paar meter onder water weg. Toen ik bovenkwam, zag ik Homer het water ingaan met een perfecte duik, zo'n vijftien meter van me vandaan. Lul, dacht ik, jaloers dat hij er zo makkelijk vanaf kwam. Ik zwom met moeite naar hem toe, terwijl ik de hele tijd naar de soldaat uitkeek, maar hij was nergens te bekennen. Misschien was hij als een baksteen gezonken. Misschien had hij zichzelf per ongeluk doodgeschoten. Misschien zwom hij onder water en kon hij elk moment voor mijn neus opduiken.

De pijn in mijn schouder werd minder, maar mijn nek deed nog erg zeer. Toen ik minder dan twee meter van Homer vandaan was, ging het water links van me ineens spetteren en schuimen, in een lange streep. Ik dacht aan haaien. 'Wat is dat?' schreeuwde ik tegen Homer. Hij keek net zo verschrikt en verbaasd. Toen ging hij ineens vreemd achteruitzwemmen, alsof ik hem een klap in zijn gezicht had gegeven. 'Kogels!' schreeuwde hij. Zijn stem klonk dof en gedempt in mijn dove oren. Ik keek in paniek rond. Was de soldaat weer boven water gekomen? Was hij nu op ons aan het schieten? Dat was toch niet mogelijk? 'Duiken!', gilde Homer en verdween. Ik nam een hap lucht en dook diep, diep, totdat mijn oren zeer deden. Terwijl ik dat deed, begreep ik wat er aan de hand was: de kogels moesten van het schip of van de kade komen. Ik zwom zo ver en zo hard als ik kon, waarbij ik de pijn in mijn nek probeerde te negeren, maar het lukte me niet om gladjes en snel door het water te gaan. Mijn longen waren leeg, mijn borst kromp ineen, mijn maag verkrampte. Ik moest naar boven. Dat deed ik, ik schoot met mijn hoofd het water uit in de koude nachtlucht en keek meteen snel om me heen, ook al snakte ik naar adem. Ik zag niemand, geen soldaat, geen Homer. Ik hoorde niets. Toen zag ik een fel licht. Het ging langzaam omhoog. Het was een helikopter die van de kade opsteeg en mijn kant op kwam. Ze lieten er geen gras over groeien. Op hetzelfde moment bewees een andere rij spetters op het water, tien meter aan mijn rechterhand, dat er nog steeds kogels werden afgevuurd, ook al kon ik ze niet horen. Maar de helikopter hoorde ik goed en ik zag het witte zoeklicht aan de onderkant naar me toe komen. Vloekend dook ik weer onder. Er was geen tijd om Homer te zoeken, ik moest verder. Het schip zou over een kwartier ontploffen en dan was het bloedlink om daar in de buurt te zijn. Weer zwom ik zo snel en zo ver als ik kon en kwam alleen boven als mijn lichaam geen molecuultje zuurstof meer in zich had. Ik wist dat ik water zou inademen als ik nog een seconde langer onderbleef.

Ik zag het witte zoeklicht door het water, dus daar bleef ik bij uit de buurt, maar de helikopter vloog vlak boven me, heel laag, zodat er een heftige golfslag ontstond. Daar kreeg ik het nog kouder van. Hijgend, huiverend van angst nam ik een diepe hap adem en dook weer onder water. Ik had wat meer energie gekregen en kon nu wat sneller zwemmen, maar dit was anders dan de plas bij Wirrawee. Het leek alsof ik vol water liep en niet half zo snel ging als ik had gewild. Mijn energie vloog alle kanten op: ik maakte me zorgen over de explosie, was ongerust over Homer, ik was doodsbang voor de kogels en de helikopter en probeerde ook nog eens te zwemmen. Wat een zooitje. Als we gegeten en gedronken hadden, had ik misschien wat kracht gehad.

Toen ik weer boven kwam, uit het licht van de helikopter, keek ik om naar het schip. Er stonden soldaten langs de relingen met wapens op het water gericht. Een van hen zag me en hij schreeuwde en wees. Ik schrok me dood, omdat ik dacht dat ik in het donker niet te zien was. Maar de schijnwerper verspreidde veel licht. Zijn geweer richtte zich op me en ik dook snel en diep weg. Ik dacht dat ze zouden verwachten dat ik van hen weg zou zwemmen, dus ging ik naar het schip terug, in de hoop dat de explosie nog even op zich zou laten wachten. Het licht van de helikopter schoot door het water langs me heen. Het was bijna loodrecht, wat betekende dat de helikopter vlakbij was. Ik draaide me weer om en zwom naar de achtersteven en toen, met een snelle hap adem, zwom ik de baai in, in de hoop dat ik ze had afgeschud. 'Volle kracht vooruit, Ellen,' bad ik tot mezelf, 'harder zwemmen, ook al doet het nog zo'n zeer.' Ik wist dat er geen tijd meer was om een tactiek uit te stippelen. Ik was teruggezwommen en meer troeven had ik niet. Als ze me nu zagen, dan was er niets meer aan te doen. Ik moest echt een heel eind bij dat schip vandaan zijn voordat het de lucht inging.

Ik ploeterde verbeten door. Toen ik zo'n tachtig meter verder was, werd ik zowat gek. Ik kwam boven met knappende longen en geen zuchtje lucht meer in mijn lijf, toen een enorme, grijze, schuimende massa enkele meters voor me door het water scheurde. Weer had ik de idiote gedachte dat het een haai was, maar dan had die wel het wereldrecord snelzwemmen gebroken. Toen besefte ik dat het de romp van een boot was, een soort kanonneerboot waarschijnlijk. Als hij dichter bij had gevaren, was ik echt gek geworden. Ik werd door het kielwater achterovergeslagen. Ik haalde even adem toen dat gebeurde, maar ademde voor de helft water in. Terwijl ik draaiend weer onderdook, zag ik in een flits meer schijnwerpers. Ik zag niet in hoe ik veilig naar de andere kant van Cobbler's Bay zou moeten komen, maar ik wist dat ik hoe dan ook die kant op moest. Als Kevin gelijk had wat de explosieve kracht van ANFO betreft, moest ik uit het water en al een heel eind het bos in zijn wanneer het explodeerde. De kans leek erg klein dat ik zo ver zou komen – ik had al veel te veel tijd verloren – maar ik moest zo ver mogelijk zien te komen. Ik zag maar steeds die container voor me, die zich vulde met zuurstof, de lont die als een gloeiende slang zich er langzaam een weg doorheen kronkelde, de gigantische knal die over enkele momenten zou komen.

Toen werd ik tegelijkertijd geholpen en gehinderd door iets anders, waar ik niet op had gerekend. Ik werd door een of andere kracht, een soort stille, onzichtbare golf onder water geraakt en naar voren geworpen. Ik kon er niet in mee gaan en er ook niet tegenin zwemmen, daar was hij te sterk voor. Mijn eerste gedachte was dat het schip de lucht in was gegaan en dat dit de schokgolf was. Ik tolde door het water als een plastic zak in een storm. Mijn armen en benen maaiden wild om zich heen om in evenwicht te blijven, maar tevergeefs. Ik vergat te ademen, maar had ten minste de tegenwoordigheid van geest om naar de oppervlakte te willen komen. Zonder te weten hoe besefte ik plotseling dat ik boven het water uit was en hijgend en snikkend bleef drijven. Ik had een raar gevoelloos hoofd, een dom gevoel. Terwijl ik op de heftige golven heen en weer schommelde, zag ik een glimp van het schip, dat er nog even groot en onaantastbaar bij lag. Het zag er niet uit alsof het net geëxplodeerd was.

Wit water spoot rondom me op. Weer kogels, slechts een paar meter verder. Door de scherpe koude wind die ze veroorzaakten, kwam ik bij mijn positieven. Ik wentelde om mijn as en dook onder. Ik had geen energie om diep te duiken, maar zwom in ieder geval de goede kant op, naar de beboste kust. Ik voelde een klap tegen mijn rug, alsof iemand me met een stok of een steen had geslagen, maar ik zwom door.

De grijze romp scheurde voorbij aan mijn rechterkant, een beetje verder weg dan de laatste keer. Ik dacht dat ze met bommen of handgranaten of zoiets aan het gooien waren. Dieptebommen misschien. Toen ik bovenkwam om adem te halen, zette ik alles op het spel om even snel een blik te werpen. Er scheen maar één patrouilleboot naar ons te zoeken en die voer van me vandaan. De helikopter gierde nijdig over een stuk zee, op honderd meter rechts van me. Zijn zoeklicht legde elk wit plekje, elke grijsgroene rimpeling bloot. Ik hoopte dat ze Homer daar niet ergens hadden gevonden. Ik keek even over mijn schouder naar het containerschip om te zien of het nog geen tekenen van een explosie vertoonde. Het zag er goed uit. Maar voor het eerst had ik het gevoel dat ik opschoot. De kust leek nog geen meter dichterbij, maar het schip was al een heel eind weg. Helaas zag ik dat het alleen lag: de olietanker moest de haven hebben verlaten. In ieder geval kreeg ik van dat kijkje de moed om door te gaan. Ik zwom snel twintig meter vrije slag en dook toen weer onder, waar ik diep onder water schoolslag deed. Ik had een zeurderige pijn in mijn rug, maar die hield me niet tegen. De plek in mijn nek waarmee ik tegen de borst van de bewaker was geramd, bezorgde me het meeste last.

Ik was nu vooral bang voor haaien. Als ik ergens bloedde, en die kans was groot, zouden de haaien op me afkomen als vliegen op de stront. Het ironische was dat zolang de helikopter en de kanonneerboot achter me aan zaten, dat de beste manier was om de haaien op afstand te houden. Omdat ze zoveel lawaai maakten en zo groot en vreemd waren, moesten ze haaien evenveel schrik aanjagen als mij. Aan die hoop klampte ik me verbeten vast terwijl ik door het woelige water zwoegde.

Ik wisselde vrije slag af met onderwaterzwemmen. Ik was te moe om de hele tijd onder water te gaan. Toen ik de boot weer brullend achter me aan hoorde komen, dook ik onder, zo diep mogelijk. De golfslag was nu niet zo heftig: de boot moest een eindje verder zijn gaan varen.

Ik kwam boven, trillend van de kou, uitputting en angst. Ik liet me drijven op mijn rug en zocht weer naar het containerschip in de hoop dat het nu zo ver weg was dat ik me veilig zou voelen en aangemoedigd zou worden om de kust te halen. Eerst zag ik het niet, omdat de deining boven me was. Toen werd ik opgetild en had ik een eersteklas uitzicht. Daar lag het schip en daar was de helikopter, die naar links zwenkte boven de achtersteven, duidelijk van plan om weer een eind over het water te scheren.

Op dat moment verhief het schip zich eenvoudigweg uit de zee. Eén fractie van een seconde lag het in het water en het volgende moment was het erboven. Het leek zelfs even in de lucht te blijven hangen en toen zag ik dat de achterkant begon te breken. En toen was er een licht, een oogverblindend licht, als een fosforescerende bloem, zo wit en hel dat het pijn deed aan mijn ogen. In korte tijd veranderde de nacht in de schelste, scherpste dag. Een geweldig kabaal, een droge knal kwam in mijn oren, als de grootste zweep in het heelal. Het leek alsof de hemel spleet. Ik had het gevoel dat de trillingen dwars door me heen gingen. Het was net als bij dat concert op het jaarmarktterrein van Wirrawee, toen ik vlak bij de boxen stond en voelde dat mijn lichaam meetrilde met de muziek.

Een miljoen vallende sterren, sommige gigantisch groot, vlogen alle kanten op. Ik kon niet geloven dat ze zich zo ver verspreidden. Een groot aantal schoot met veel lawaai over me heen en viel sissend achter me in zee. Andere schoten mijlenver de lucht in.

Daarna steeg er een afschuwelijk gerommel op, alsof de zee op het punt stond zijn diepste geheimen uit te spuwen. Daarna een geraas, dat niet meer ophield. De bomen, de kustlijn, het water, alles leek te beven, alsof ze opnieuw werden neergezet. Mijn mond ging open van angst. Mijn blik werd getrokken door iets hoog in de lucht, bijna uit het gezicht. Het was de helikopter, die naar beneden kwam tuimelen. Het leek een reusachtige wesp die met een insectenspuit was bewerkt. Met de schreeuw van een gemartelde ziel viel hij eindeloos omlaag. Hij maakte zo'n hoog geluid dat ik het zelfs boven het geknal van de explosie uit kon horen. De helikopter had volgens mij niet zo hoog gevlogen, maar toch moest dat wel zo zijn geweest, want hij bleef maar vallen. Hij tolde om zijn as, drie keer wel, tot het duidelijk werd dat hij niet meer recht zou komen, nooit meer weg kon vliegen. Toen stortte hij in zee, met een spontane uitbarsting van wit water. Ik kon niet zien wat er midden in die vulkaan gebeurde. Het water spoot huizenhoog op en daarna viel het in slowmotion weer naar beneden. Toen ik weer door de nevel heen kon kijken, was er niets anders te zien dan een heftig kolkende witte schuimmassa. Het gerommel van het exploderende schip was nog even luid, het rolde de hele baai over. Ik keek even verschrikt naar rechts, omdat ik verwachtte dat de heuvels aan de baai ineen zouden storten, dat de hele wereld zou worden opgeblazen. Maar de zwarte heuvels schenen niet bewogen te hebben. Die stonden als enige nog overeind.

Toen kwam het afschrikwekkendste beeld van alles: toen ik omkeek naar waar het schip had gelegen, was er weer niets te zien. Het leek alsof de hele wereld plotseling met grijze verf was weggeschilderd met een gigantische kwast. Het duurde maar een fractie van een seconde tot ik het begreep, maar ik wou dat ik die fractie niet had genomen. Die had ik namelijk nodig gehad om me voor te bereiden, om een ontsnappingspoging te doen, om mezelf te beschermen.

Er kwam een golf op me af, een golf zo reusachtig dat ik in doodsangst ineendook en wachtte tot ik erdoor verpletterd zou worden. Hij zoog het water onder me vandaan en bouwde zich op tot een gigantische muur. Toen hij boven me torende, werd de hemel uitgewist. Ik weet dat ik schreeuwde, ik voelde dat mijn mond openging en dat mijn keel dichtgeknepen werd van de inspanning die het kostte om zo hard te schreeuwen, maar ik hoorde nog geen piepje. Ik werd opgepakt als een sliertje oud zeewier, als een stukje wrakhout, en met zo'n vaart weggeworpen dat ik in een auto had kunnen zitten. Ik wist zeker dat er alleen botsplinters en huidflarden van me over zouden zijn, zo veel kracht had hij. Het was net alsof ik in een dolgedraaide wasmachine zat, die elk moment uit elkaar kon spatten. Het was alsof ik in de grootste kiepwagen zat, in de hoogste golf maar dan duizend keer hoger. Ik weet niet of ik ademhaalde. Ik geloof niet dat ik lucht in mijn longen had, maar ik voelde geen pijn meer toen mijn lichaam heen en weer werd geslingerd in deze natte tornado. Vreemd genoeg had ik tijd voor één heldere gedachte en nog vreemder was het dat het een soort grap was. Ik dacht: Nou kunnen de haaien me tenminste niet vinden. Maar het lukte me niet om daarom te lachen.

Toen beukte de golf op de kust. Het land hield stand, de golf niet. Hij sloeg te pletter op de rotsen, de bomen, de grond. Ik voelde dat ik met mijn heup op de grond terechtkwam, toen stuiterde ik omhoog, kwam weer omlaag, werd rond en rond getold, kwam weer op de grond terecht, deze keer op mijn achterhoofd, schuurde over aarde of grind of zoiets, botste met mijn zere knie tegen iets anders en rolde toen door, waarbij ik alles wat ik tegenkwam raakte. Ik was doof en blind en door elkaar geschud. Ik hoorde het donderende geraas nog steeds beuken en trillen om me heen, maar ik wist niet of dat in mijn hoofd zat of dat het echt gebeurde. Ik bleef liggen en dacht dat ik wel dood moest zijn.

15

Ik had het gevoel alsof elke centimeter van mijn lichaam met knuppels bewerkt was. Ik had zo veel pijnen en pijntjes dat ik niet wist met welk deel van mijn lichaam ik het eerst medelijden moest hebben. Toen ik besefte dat ik nog leefde, hees ik mezelf op handen en knieën en kwam met behulp van een kleine boomstronk overeind. Ik hing tegen de boom en dwong mezelf om kracht te verzamelen. Achter me beukte de ene golf na de andere op de kust. Het duurde heel lang voordat het minder werd. Tegen die tijd zat ik weer op handen en knieën, omdat ik misselijk en duizelig werd als ik stond. Ik dacht geen moment na over wat we gedaan hadden. Het kwam me als onwerkelijk en onbelangrijk voor. Het enige wat ik nog kon was het volgende moment, de volgende minuut overleven. Ik had geen idee waar ik was: ergens op de kust van Cobbler's Bay, waarschijnlijk een paar kilometer van Baloney Creek, waar Homer en ik de anderen zouden ontmoeten. Maar ik dacht niet aan Homer. Misschien leefde hij nog, misschien was hij dood of misschien iets daartussenin, maar ik kon toch niets voor hem doen.

Mijn hersens werkten gewoon niet, het was allemaal los zand. Ik wist alleen dat ik snakte naar vers water, dat ik het vreselijk koud had en dat ik de pijn niet kon verdragen. Ik hoorde water in de buurt gorgelen, met een heel ander geluid dan het gebrul van de golven achter me, dus daar kroop ik heen. Maar toen ik het stroompje vond en mijn gezicht erin stak, proefde ik alleen maar zout. Het was waarschijnlijk overspoeld door de vloedgolf die Homer en ik hadden veroorzaakt.

Ik probeerde nog een keer rechtop te staan en deze keer lukte het beter. Ik vroeg me af hoe groot de kans was dat de soldaten me zouden vinden, maar bedacht dat ze zeker hun handen vol hadden op de kade, als er tenminste nog iets van de kade over was, wat ik betwijfelde. Ik werd door de dorst voortgedreven. Ik nam een paar aarzelende stapjes, waarbij ik probeerde te voelen welk been het beste was. Dat had niet zo heel veel zin, maar het linker had blijkbaar in ieder geval een knie die werkte. Daar zette ik dus meer gewicht op en hobbelde de heuvel op naar het bos.

Ik weet niet waar ik die nacht allemaal heb gelopen. Ik vond na een tijdje vers water en bleef er heel lang met mijn gezicht in liggen weken, hoewel het ijskoud was. Ik dronk als een hond, ik likte luidruchtig en gretig, hoestte wanneer ik een te grote slok nam, maar dronk gewoon door terwijl ik van de hoestbui aan het bekomen was. Daarna wankelde ik weer verder, met mijn hoofd in mijn handen, terwijl ik wou dat het niet meer zo'n pijn deed. Ik had mijn hersens genoeg bij elkaar om te weten dat ik niet moest gaan liggen als ik zo nat was, dus liep ik door tot mijn kleren alleen maar vochtig waren. Daarna liet ik mezelf voorzichtig tussen twee stukken hout op de grond zakken en bleef trillend liggen. Ik kon niet slapen, maar was het grootste deel van de tijd bezig om met veel pijn en moeite een wat makkelijker houding te zoeken. Mijn heupen deden echt zeer op de harde grond. Ik geloof dat ik wel een paar keer even ben weggedoezeld, maar dat weet ik niet zeker.

Ik controleerde mijn rug zo goed mogelijk. Hij voelde pijnlijk en rauw aan, maar de huid was niet stuk. Het zag er niet naar uit dat ik een schotwond had, dus dat was één zorg minder.

Toen ik weer verder ging, was het nog donker. Ik had niet bedacht waar ik heen zou gaan. Mijn enige doel was om zo ver mogelijk van Cobbler's Bay vandaan te komen. Dat was een verstandig besluit, omdat het daar natuurlijk een chaos was. Op een gegeven moment kwam ik bij een weg, maar het kwam niet bij me op dat die me naar de ontmoetingsplaats zou kunnen loodsen. Ik was alleen maar zo vreselijk bang om er te lopen, dat ik hem snel overstak en aan de andere kant het dichtere bos in ging.

Mijn hoofdpijn was iets minder geworden na de korte rustperiode, maar nu drong zich weer een andere behoefte op. Ik had verschrikkelijke honger, zo erg dat ik er duizelig van werd. Ik kon mezelf nergens toe zetten als ik geen eten had om me op te peppen. Naarmate het lichter werd begon ik naar eten te zoeken, het maakte niet uit wat. Ik vond een paar late bramen, treurige, gerimpelde vruchtjes, maar ik at ze toch op. Ik probeerde me de paar tv-programma's over bosvoedsel te herinneren, maar ik was alles vergeten en ik zag niets eetbaars.

Plotseling werd ik erg afgeleid door een geluid waar ik de laatste maanden erg vertrouwd mee was geraakt. Het was een dreunend gebrul, als een reusachtige grasmaaier of keukenmachine. Het was het geratel van een andere helikopter, een andere gemene roofvogel die loerde op een prooi. Ik voelde me net een konijn onder zijn venijnige schroef en als die me zou pakken, zou ik als een konijn de pijp uitgaan. Ik liep op tamelijk open terrein toen ik hem hoorde en ik rende als een gek naar een boom, zwoegend op mijn gekneusde knie, mijn zere enkel en mijn pijnlijke voeten. Ik dook onder de boom en op hetzelfde moment kwam de enorme helikopter boven het open stuk. De glazen voorkant leek een gigantisch oog, de hele machine leek eigenlijk op een oog dat alle kanten opkeek en alles zag. Ik lag tussen de bladeren en de aarde en bad dat hij wegging en hij me niet zou zien. Ik herinnerde me dat ze om Carries huis hadden gevlogen en het later met één raket hadden verwoest. Ik besefte hoe makkelijk ze me zouden kunnen doden door daar een bom te gooien. Ik sloot mijn ogen en spande elke spier in mijn lichaam. Ik greep twee polletjes gras met mijn vuisten vast. Mijn hart bonkte als ongelijkmatig draaiende molenwieken. Een jacht opgezweepte bladeren en zand prikte in mijn blote armen en benen. Nog nooit was ik zo hulpeloos geweest. Als ik bewoog, was ik dood. Als ik me niet bewoog, zou ik vanuit de lucht doodgeschoten kunnen worden zonder dat ik ook maar iets had gedaan. Om zo aan mijn eind te komen, dat vond ik vooral een afstotende gedachte.

Ik hoopte dat de rondwaaiende bladeren me zouden bedekken en beschermen tegen die machtige uilenogen. Ik hoorde de helikopter een eindje weggaan, maar toen zwenkte hij met een ruk opzij, over een bomenrij aan mijn linkerhand. De bomen veranderden het geluid van de motor, ze dempten het een beetje, maakten het minder bedreigend.

Maar het motorgeluid veranderde aan de lopende band. Terwijl ik daar lag, probeerde ik erachter te komen wat er aan de hand was, wat dat vliegende monster van plan was. Het ruwe, ratelende geluid werd kalmer, maar ik wist nog steeds niet wat dat betekende, totdat er weer een bladerstorm door de bomen joeg. De helikopter ging landen, dat was er aan de hand! Slechts een dunne rij bomen scheidde me van het ding, een rij bomen en zo'n vijftig meter.

Ik moest wel denken dat ze me gezien hadden en dat dat de reden was dat ze landden. Misschien dachten ze dat ik een lijk was dat met zijn gezicht naar beneden lag. Het was tijd om bij elke handeling goed na te denken. Maar nee, ik ging ervandoor. Ik hield me laag, maar ik rende zo snel ik kon. Ik had mijn zinnen gezet op een bosje vlakbij, dertig meter verderop, maar het leek wel een kilometer. Toen ik er nog maar één stap vandaan was, geloofde ik nog niet dat ik het gehaald had. Ik wierp me erin, struikelde over een boomstronk, rolde zijwaarts over een lang, hellend stuk naar beneden en kwam gedraaid in een ander bosje terecht, waarbij ik mezelf iets meer kans gaf. Ik wist dat ze me hier niet konden zien. Ik wist ook dat ik meer thuis was in zo'n omgeving dan zij.

Achter me hoorde ik geschreeuw en rennende voeten, maar geen schoten. Ik schoot weer vooruit en sprong over een beekje. Pijnen en pijntjes begonnen weer overal op te spelen. Voor me was een klein heuveltje. Ik sjouwde naar boven, waarbij ik me heel kwetsbaar voelde en probeerde mijn longen te vullen. Op de top aangekomen konden ze me in volle glorie zien. Dat wist ik, maar ik kon er niets aan doen. Het scheen nu alleen maar om snelheid te gaan.

Ik had er een blind vertrouwen in dat mijn zere benen en mijn gekneusde lijf me hier weg zouden halen. Ineengedoken kroop ik over het heuveltje en ik hoorde nog meer geschreeuw, maar tegelijkertijd zocht ik een handige vluchtweg. De beste route was waarschijnlijk tussen een paar bomen door aan mijn rechterhand, dus rende ik naar links met de gedachte dat ze dat niet zouden verwachten. Er waren rotsen en konijnenholen, die ik op de een of andere manier wist te omzeilen. Na weer een andere richel kwam ik bij een oude omheining, krakkemikkig en roestig, maar helemaal van prikkeldraad. Snikkend en hijgend probeerde ik eroverheen te komen, maar de palen waren te oud en wiebelden te erg. Ik haalde mijn rechterhand open. Uiteindelijk besloot ik dat ik er koste wat koste overheen moest komen, dus liet ik me als het ware over de bovenste draad heen rollen. Met veel gedoe kwam ik aan de andere kant terecht. Mijn T-shirt bleef haken. Ik rukte er als een gek aan en het kwam los met een geluid alsof ik klittenband van elkaar scheurde.

Toen ik opstond zag ik voor het eerst de soldaten achter me aankomen. Er verscheen een vrouw aan de horizon. Ze was in uniform en had een automatisch geweer in haar hand en ze keek schichtig rond. Zelfs van zo ver zag ik dat ze zweette. Er kwam nog een soldaat achter haar staan – man of vrouw, dat kon ik niet goed zien – en op datzelfde moment zagen ze me. Ze riepen iets over hun schouder en ik scheurde weg. Ik hoopte dat ze door de omheining gestopt zouden worden en ik rende door een uitgesleten geul, biddend dat ik niet in een van de kuilen zou vallen, want dan was ik er geweest. Er was een kleine dam over de geul. Daar holde ik omheen en rende door een dik eucalyptusbosje met de gedachte dat ik daar beschutting zou vinden. Aan de andere kant was een stuk langgras. Ik liep er nog maar een paar meter in, toen ik me bijna letterlijk doodschrok. Waar ik ook keek zag ik grote gedaanten uit het gras omhoogkomen en overeind springen. Lange, grijze figuren die in paniek wegvluchtten. Ik dacht: nu is het met me gedaan. Maar toen besefte ik dat het kangoeroes waren die hun ochtenddutje deden. Omdat ze nu net zo hard van mij waren geschrokken als ik van hen, schoten ze alle kanten op, hopten tussen de bomen weg en lieten platgedrukt gras achter waar ze gelegen hadden. Ik moest bijna lachen. Het was een pak van mijn hart.

Op een bepaalde manier pepte het me ook op. Ik rende nog sneller. Ik had een beetje wind in de rug, dus dat was ook gunstig. Ik dacht aan de veldloop op school en dat ik daar nooit zo goed in was geweest. Als er nu een gehouden werd, zou ik de eerste prijs hebben gewonnen. Ik kwam weer bij een omheining en haalde de paaltjes weg, waarna ik eronderdoor kroop. Ik hoorde nog wat meer geschreeuw achter me, wat waarschijnlijk betekende dat ze de kangoeroes hadden gezien, en daarna rende ik weer door een bosje. Tot mijn verbazing zag ik toen een hut, een half afgemaakte hut, aan één kant open, met een dak van gegalvaniseerd ijzer. Daarnaast stond een caravan, een oud, opgekalefaterd ding, dat wel een verfje kon gebruiken. Maar ik keek er verder niet naar en rende verder op zoek naar een vluchtweg, een veilige route om aan de mensenmeute te ontsnappen. Ik zag alleen geen mogelijkheden. Er liep een pad van de hut naar een hek. Dat sloeg ik in, maar ik besefte

dat ik er niet te lang op moest blijven, omdat dat levensge-
vaarlijk was. Het hek was in ieder geval nieuw en sterk en
ik klom er gemakkelijk overheen. Daarna aarzelde ik even,
maar toen ik de soldaten weer hoorde, koos ik de rechterkant. Zo te horen waren ze dichtbij, waarschijnlijk al bij de
hut. Ik hoorde nog een vliegtuig, heel laag, en begon nog
erger te zweten, omdat ik voelde dat het net zich snel sloot.
Blijkbaar spaarden ze kosten noch moeite om me te pakken te krijgen. Terwijl ik voortrende werd het geluid van
het vliegtuig steeds harder, het klonk alsof het recht op me
af kwam. En ja hoor, plotseling verscheen het vlak voor
mijn neus, een zeer laag vliegend, zilvergrijs straalvliegtuig.
Ik vloekte en wilde opzij rennen om eraan te ontkomen,
maar besefte op hetzelfde moment dat dat stom was, omdat
ze geen tijd zouden hebben om op me te schieten met die
snelheid. Het vliegtuig schoot gierend, zonder me lastig te
vallen, recht over me heen. Toen het overkwam keek ik
even omhoog en zag een onmiskenbare rode kiwi tegen een
witte achtergrond, met een blauwe cirkel eromheen. Ik gaf
bijna een vreugdekreet. Er was nog hoop! We hadden vrienden daarboven! We hadden niet verloren! We hadden nog
niet verloren!

Even later hoorde ik een keihard zoevend geluid en daarna een doffe klap. Ik keek even met een wilde blik over
mijn schouder, omdat ik geen idee had wat ik te zien zou
krijgen. Ergens diep in het bos brandde er iets. Een enorme zwarte rookwolk, die licht naar mij afboog met de wind
mee, steeg snel op. Het vliegtuig vloog erachter, helde in
een scherpe bocht en klom weer omhoog. Het had geen
spatje schade, zo te zien. Met een schok van opwinding

drong het tot me door wat er was gebeurd. Het vliegtuig had de helikopter op de grond gepakt, als een perfect doelwit. De helikopter had natuurlijk geen schijn van kans. Het was een geweldige, onverwachte overwinning.

Ik bleef maar rennen, terwijl het vliegtuig schuin wegvloog en in de verte verdween. Ik rende nog tien minuten door. In al die tijd hoorde ik geen mensenstemmen meer. Ik dacht dat ik veilig was, dat de aanval op de helikopter mijn achtervolgers had tegengehouden. Eindelijk bereikte ik het punt waarop ik moest stoppen, of ik nu gevolgd werd of niet. Mijn longen leidden inmiddels een eigen leven en piepten en kreunden, snakkend naar lucht. Mijn beenspieren verkrampten en het leek of mijn knie vol botsplinters zat. Toen ik ernaar keek, schrok ik omdat hij zo dik was. Ik ging langzamer lopen, liep wankelend naar een boom en viel erachter op de grond, in de hoop dat ik daar beschut was. Ik bleef kreunend liggen. Mijn maag kromp weer samen en ik had niet genoeg adem. Deze keer dacht ik echt dat ik dood zou gaan en dat het een afschuwelijke doodstrijd zou worden.

Maar toen de tijd verstreek en er geen soldaten kwamen, begon ik me een beetje beter te voelen. Het was een mooi gevoel. Ik leefde nog. Ik had geen eten, geen drinken, mijn lichaam was een puinhoop, ik was mijn vrienden kwijt, maar voorlopig leefde ik nog.

16

Honger is iets raars. Het gaat in fasen. Eerst heb je zo'n honger dat je denkt dat je flauwvalt. Je maag is één grote, lege ijskast: het lampje brandt, de deur staat open, maar er zit niets in. Als die fase voorbij is, wordt het beter. Je denkt niet meer zoveel aan eten, en eigenlijk word je bij de gedachte eraan een beetje misselijk. In die fase kun je het behoorlijk lang volhouden.

Ik bleef lang doorlopen, waarbij ik open stukken, wegen of brandsingels meed. Ik bleef in de dichtst begroeide delen en probeerde onzichtbaar te blijven, niet alleen voor mensen op de grond, maar ook in de lucht. Het was extra vermoeiend om de hele tijd zo op je qui-vive te zijn.

Als je verdwaald bent in het bos, moet je teruggaan naar het laatste herkenningspunt en opnieuw gaan lopen. Dat was me heel vaak ingeprent. Maar ik kon het nu niet, omdat ik niet echt een laatste herkenningspunt kon bedenken. Of het moest de kade van Cobbler's Bay zijn. Ik had daarnaar terug kunnen gaan, maar hadden ze me dan een kaart en een kompas geleend? Dacht het niet.

Ik liep stug door, al begon ik algauw te hinken en kwam ik steeds langzamer vooruit. Ik zocht naar een bekend punt. De anderen zou ik ontmoeten bij een oversteekplaats in Baloney Creek, op een houthakkerspad dat een zijwegge-

173

tje was van de doorgaande weg naar de baai. Het was een prima visplek, die veel mensen uit Wirrawee kenden, maar nu had ik geen flauw idee waar de beek of de weg zouden kunnen zijn. Ik stak heel veel beken over, sommige behoorlijk groot, maar er stonden geen bordjes met hun naam erop.

Naarmate de zon hoger kwam te staan, kroop ik op een plekje onder een glooiing, beschaduwd door klimop, en sliep even. Het was warm voor de tijd van het jaar. De laatste paar jaar hadden we steeds zachte winters gehad, leek het wel. Ik was warm en plakkerig geworden van de moeizame wandeltocht, maar liever dat dan regen en kille wind.

Ik sliep maar een halfuur, maar bleef veel langer liggen, omdat ik te moe was om te bewegen. Ik schoof alleen een eindje op om in de zon te gaan liggen, omdat het in de schaduw snel afkoelde. Leunend tegen een boom keek ik benauwd naar mijn dikke knie. Behalve mijn zakdoek in koud water dompelen en die eromheen binden, kon ik niet veel doen. Ik wou dat ik vrienden had onder de aboriginals. Die hadden in de dichtstbijzijnde boom wel een medicijn kunnen vinden en me in een ommezien weer beter gemaakt. Of misschien hadden ze een pakje paracetamol in hun zak. Ik vond het allebei best.

Ik probeerde verder te lopen, maar de kou op mijn knie was de druppel geweest: hij zat nu helemaal op slot. Geleidelijk aan besefte ik dat het misschien beter was om hier te blijven slapen. Het was een niet bijster interessante of mooie plek, maar het kon ermee door. Ik gebruikte mijn laatste restje energie om het mezelf naar de zin te maken. Met een scherp stuk steen groef ik een kuil waarin ik kon liggen. Ik verzamelde een hoop klimop als deken om onder te kruipen. Wat voor soort klimop het was, weet ik niet, maar het groeide er uitbundig en ik kon het redelijk gemakkelijk van de bomen af trekken. Waarschijnlijk waren de bomen me dankbaar, want een heleboel leken bijna verstikt te worden door die klimmers. Ik hoopte alleen dat ik er niet allergisch voor was.

Zo'n honderd meter verder stroomde een snel beekje, dus waggelde ik erheen en dronk ervan. Er groeide groen spul in, wat we thuis altijd watersla noemden. Het zag er onschuldig uit, dus at ik een paar blaadjes en besloot er morgenochtend nog wat van te eten als ik er vannacht niet aan doodging. Het smaakte naar niks: naar sla die zo lang in water geweekt had dat de smaak eruit was gezogen. En waarschijnlijk was het dat ook.

Het werd al donker, hier bestond geen wintertijd. Ik liep naar mijn natuurbed terug en ging op de hoop klimop zitten en dacht diep na over het leven, waarbij ik probeerde niet gedeprimeerd te raken. 'Je mag op een heleboel dingen trots zijn,' hield ik mezelf voor. 'Je hebt een gigantisch containerschip verwoest en waarschijnlijk ook de kade, naar de kracht van de explosie te oordelen. Je hebt een helikopter vernietigd en indirect nog een. Ik wed dat dat vliegtuig kwam kijken wat er in Cobbler's Bay gebeurd was, en die helikopter stond op de grond om jou. Dus dat was een leuk extraatje. Je hebt meer geknokt dan iemand ooit had kunnen denken of hopen of verwachten. Je hoeft je niet zo rot te voelen.'

Maar dat alles hield me niet tegen om langzaam maar zeker in een depressie te raken. Ik miste iedereen vreselijk. Homer, met zijn kracht en leiderschap en plannenmakerij; Fi, met haar moed en elegantie; Kevin, met de frisse wind die hij in ons groepje had gebracht; Robyn, met haar wijsheid en goedheid; Lee met zijn sexy lichaam... Oeps, waar kwam dat nou ineens vandaan? vroeg ik me af. Ik dacht dat ik over Lee heen was. Toch bleef het een lekker ding...

Maar het meest van iedereen miste ik mijn vader en moeder. Diep vanbinnen was Ellen, de stoere junglestrijdster, een baby, een vijfjarig meisje dat in bed gestopt wilde worden, voorgelezen wilde worden, een nachtzoen wilde krijgen. De mooiste momenten met papa toen ik klein was, waren de momenten dat hij me voorlas voor het slapengaan. Hij lag op bed en begon te lezen en dan viel hij meestal naast me in slaap. We werkten natuurlijk ook veel samen op de boerderij, maar dan leek hij altijd gestrest. Als een kalf uit de weide ontsnapte, of een hond de kudde schapen niet bijeenhield, of als het regende tijdens de scheerperiode, werd hij altijd woest. Hij vloekte dan alles en iedereen stijf. Hij werd vuurrood en schold op de schapen en de hond en de regering en de hele landbouwindustrie en God in de hemel, en ook op mij, als ik zo stom was om in de weg te lopen. Dan werd ik soms door mam verdrietig gemaakt als ze me vertelde dat ze zich zo'n zorgen maakte over zijn hoge bloeddruk en dat zijn vader zomaar dood was gebleven toen hij een band aan het verwisselen was van de tractor, vijfenveertig nog maar, en dat ze bang was dat het met pap ook die kant opging. Ik wilde eigenlijk niet dat ze over zulke dingen met mij praatte, en toch vond ik het ook wel weer fijn. Ik voelde me dan volwassen, alsof we elkaars gelijken waren.

Dat is één voordeel van enig kind zijn, denk ik. Je ouders behandelen je alsof je op hetzelfde niveau bent. Soms dus. Soms behandelde m'n vader me alsof ik echt nog maar vijf was. Ik had een keer het hek van Cooper's (onze grootste weide) opengelaten en de gedekte ooien daar zwierven naar One Tree (een andere weide) en mengden zich tussen de ongedekte ooien. Mijn vader ging helemaal over de rooie. Ik dacht dat hij me zou slaan. Mijn moeder moest tussenbeide komen om me te redden. Ik begrijp het wel: het was echt oerstom van me, maar hij deed altijd alsof hij nog nooit één fout in z'n leven had gemaakt. Maar ík heb geen onkruidverdelger op mams frambozen gespoten toen ze ze wat mest wilde geven.

In een bepaald stadium van hun huwelijk besloot mijn moeder dat ze haar verstand bij elkaar kon houden zolang ze niet meeging in de buien van m'n vader. Ze deed alles wat boerenvrouwen in ons deel van de wereld zoal doen – ze deed het zelfs beter dan de meeste – maar ze maakte niet de indruk dat er daarbuiten niets anders was in haar leven, zoals mevrouw Mackenzie en mevrouw Brogan deden. Mijn moeder kon zich daar kennelijk van distantiëren. Ze keek vaak licht geamuseerd door de dingen die ze zichzelf zag doen. Toen mevrouw Mackenzie bijvoorbeeld de jamwedstrijd won tijdens de jaarmarkt, praatte ze daar wekenlang heel enthousiast over. Toen mijn moeder de taartwedstrijd won, glimlachte ze alleen maar fijntjes en liet verder niets blijken. Maar toen we thuiskwamen, ging ze lachen en feestvieren. Ze heeft zelfs een keer met me de keuken rond gedanst.

Ze had er gemengde gevoelens over; daar komt het, denk

ik, op neer. Misschien kwam dat door haar stadse achter-grond. Haar vader was accountant en ze was nog nooit bui-ten de stad geweest, totdat een vriendin haar overhaalde om naar een vrijgezellenfeest van Motteram te gaan. Die vrien-din had een pick-up en daar gingen ze mee, omdat ze von-den dat het er boerser uitzag. Tijdens die B&S wankelde m'n vader, die straalbezopen moet zijn geweest, de hal uit op zoek naar een slaapplaats. Hij heeft natuurlijk nooit toe-gegeven dat hij bezopen was. Hij zei dat hij de hele dag lammetjes had gemerkt. Maar goed, hij nestelde zich in de achterbak van de pick-up van mijn moeders vriendin, on-der het zeildoek, en deed een goeie dut. Toen hij wakker werd, was het tien uur in de ochtend en hij lag nog steeds in die pick-up, 300 kilometer van Motteram vandaan, met een snelheid van zo'n 100 kilometer per uur. Hij moest op het raam van de cabine bonken om de aandacht van de meis-jes te krijgen, en die kwamen er toen pas achter dat er ie-mand meereed. Ik kan me voorstellen dat ze zich een hoed-je schrokken toen ze dat gebonk hoorden, zich omdraaiden en een paar bloeddoorlopen ogen naar zich zag staren door het glas.

Vier maanden later waren ze getrouwd. Mijn vader was drieëntwintig, mijn moeder zou over drie weken negentien worden.

Ik kwam pas acht jaar later. Ik geloof dat ze een beetje problemen hadden met kinderen krijgen, maar daar heb ik verder nooit naar gevraagd. Sommige dingen wil je echt niet weten over je ouders.

Ik hield meteen van het land. Ik weet niet of mijn vader liever een zoon had gehad – de meeste boerderijen rond Wirrawee worden door mannen gerund en van vader op zoon doorgegeven – maar dat liet hij nooit merken. Toen een vent op de veiling een keer tegen mijn vader zei, waar ik bij stond: 'Als ik dochters had, zou ik ze geen boerenwerk laten doen,' keek mijn vader me alleen maar even aan, terwijl ik in spanning afwachtte wat hij zou gaan zeggen. Eindelijk zei hij: 'Ik weet niet wat ik zonder haar zou moeten beginnen.' Ik werd rood van vreugde. Het was het mooiste compliment dat hij me ooit heeft gegeven. Ik was negen.

Je hoort mij niet zeggen dat ik alles in mijn leven zo vreselijk leuk vond. Als mijn vader weer een van z'n buien had, was het thuis niet te harden. Aan sommige werkjes had ik een hekel, zoals het schoonhouden van de schapenkonten. Nou, je moest wel gestoord zijn als je dat leuk vond. Maar ik vond het ook vervelend om 's morgens in de kou de kalfjes met de hand te voeren, houtjes te hakken voor het fornuis en het aan te steken, om de honden weer aan de ketting te leggen als ze gerend hadden, om muizen in mijn bed te vinden als we een muizenplaag hadden en spinnen in mijn rubberlaarzen als ik ze net had aangetrokken.

De mooiste tijd van het jaar was het schapen scheren. We hadden maar een kleine schuur met twee vakken, en toen het economisch slechter ging, deed mijn vader het grootste deel van het scheren zelf. Het was leuker als er dagloners kwamen, maar ik vond alles best. Zodra ik oud genoeg was, werd ik de klusjesman. Dat was een belangrijk moment in mijn leven, dat ik dat kon. Nog zo'n belangrijk moment was toen ik sterk genoeg was om een vlies op tafel te gooien voor de keurmeester. De laatste tijd had mijn vader het vachtkeuren zelf gedaan. Ik wilde het graag leren. Ik wilde na school een cursus doen.

Ik was dol op de bedrijvigheid in de scheerdersschuur. De schapen die zich in de hokken verdringen. De honden die hijgend in de schaduw liggen en met hun glanzende ogen de schapen bewaken en hopen dat ze weer geroepen worden om ze achter hun kont aan te zitten en ze naar het volgende erf te drijven of terug naar de weide. Ik vond het fijn om over het olieachtige oppervlak van de keurtafel te strelen, ik hield van de witte, zachte vachten, het kalme geblaat van de wachtende schapen. Ik keek met trots naar de vliesbalen met ons merk erop, achter op een vrachtwagen die ze naar de veiling bracht. Ik wist dat ze de halve wereld rondgingen en dat er heerlijk warme kleren van gemaakt werden die door stadsmensen gedragen zouden worden, mensen die ik nooit zou kennen. Zelfs de meest verstokte boeren, van wie je zou denken dat ze evenveel gevoel in zich hadden als een prehistorisch stuk steen, werden een beetje emotioneel als het over scheren ging. Mijn vader keek altijd naar foto's van modellen in wollen kleding in de modebladen van mijn moeder met een soort verwondering op zijn gezicht, alsof hij nauwelijks kon geloven dat onze geweldige, zware vliezen zo ver konden reizen en dat er zulke mooie dingen van gemaakt konden worden. Vergeleken bij Parijs, Rome of Tokio was Wirrawee een andere wereld.

Maar ik wil niet de indruk wekken dat mijn vader een domme boerenpummel was, zoals sommige andere mannen in onze streek. Toen mijn moeder besloot dat ze geestverruimende dingen wilde gaan doen, stond hij daar helemaal achter. Ze deed een cursus Kijken naar kunst, toen een cursus Middeleeuwse Geschiedenis en daarna een cursus Mandarijns. En ze sloot zich aan bij een praatgroep in de stad. Mijn vader was apetrots op haar en schepte tegen iedereen op hoe slim ze wel niet was. Sommige boeren vonden het maar niks dat hun vrouw meer dan een keer per week in de stad kwam. Toen mevrouw Salter een halve baan kreeg aangeboden bij de gemeente, mocht ze die niet aannemen van haar man. Dus het was behoorlijk stoer van mijn vader om van zijn vrienden de grappen te incasseren over zijn feministische vrouw.

Ik moet toegeven dat we soms wat achterlopen in Wirrawee.

Ondanks dat alles was mijn moeder het gelukkigst in haar keuken. De keuken was het kloppend hart van het huis en ik denk dat ze zich daar lekker voelde. Het was haar territorium, zij was daar de baas. Ze kon goed koken, ze gebruikte haar fantasie en volgde nooit slaafs een recept. Ze voegde hier een toefje basilicum toe, daar een druppeltje Tabasco, en bijna altijd een flinke scheut wijn. Op de een of andere manier kwam het altijd goed. Ik kan me geen rampen herinneren, behalve toen ze zout in plaats van basterdsuiker over de taart voor mijn twaalfde verjaardag strooide. Ze was zo'n goede kok dat ik er een beetje verlegen van werd. Ik hield het bij de meest simpele gerechten: roereieren, lamskarbonaadjes, pasta, zandkoekjes.

Ik twijfelde er niet aan dat ik het bedrijf ooit zou overnemen. We hadden het er nooit over, maar ik denk dat we er allemaal van uitgingen. Het enige waar ik me zorgen om maakte was hoe ik mijn vader zou kunnen overhalen om het bedrijf aan mij over te doen, zonder dat hij de twintig jaar daarna me zou blijven vertellen wat ik moest doen.

Maar dat alles ervoer ik die nacht als een film, zoals ik daar onder die deken van klimop lag, wachtend tot de lange, eenzame uren zouden verglijden. Ik kon die beelden van het leven zoals het vroeger was makkelijk oproepen, maar het leek alsof het dingen waren die andere mensen overkwamen, vrolijk kijkende mensen in een nepwereld, op een breed doek. Het leek niet echt. Ik huilde mezelf in slaap, maar slapen was het woord niet. Ik was gewoon eenzaam en bang en verdwaald, en de ochtend leek nog heel ver weg.

17

In de ochtend was de honger teruggekomen. Ik voelde me duizelig en licht in mijn hoofd. Toen ik overeind ging zitten, dacht ik dat ik zou flauwvallen. Ik had overal pijn, mijn knie was er slecht aan toe, maar het was een van de vele pijntjes die je vooral voelt als je in een koud, hard bed hebt geslapen.

Nog steeds was ik doodsbang dat ik gevonden en opgepakt zou worden, dus dwong ik mezelf om op te staan. Ik hobbelde het open stuk op en keek naar de heuvels. Liggend in het donker had ik mijn tactiek uitgewerkt – ik moest naar het hoogste punt zien te komen en daar kijken waar ik was. Als ik eenmaal wist waar ik was, kon ik de plaats waar ik heenging bereiken, als dat ergens op slaat.

Ik had natuurlijk nog een extra zorg erbij: ik wist niet of de anderen er zouden zijn. Misschien waren ze gevangengenomen of vermoord, of misschien hadden ze het opgegeven en de benen genomen. Stom genoeg hadden we geen alternatieven afgesproken wat ontmoetingsplaatsen betrof, wat we normaal altijd wel deden. Ik vermoed dat iedereen ervan uitging dat Homer en ik rechtstreeks naar de beek zouden zwemmen en erdoorheen zouden waden naar de plek waar Robyn en de rest op ons wachtten. We hadden niet op al die extra dingen gerekend. Bovendien moesten we al aan zoveel dingen denken en hadden we alles snel, snel gedaan. De mensen aan wie ik steeds moest denken waren Burke en Wills, uit de geschiedenisboekjes. Die waren ziek en uitgehongerd na hun tocht over het continent eindelijk teruggekomen bij Cooper's Creek, waar ze ontdekten dat hun achterban de boel had opgedoekt en zeven uur eerder was vertrokken. Dat was de doodklap geweest voor Burke en zijn maat. Ik was bang dat ik in dezelfde positie zou komen te verkeren.

Eerst hobbelde ik wat rond totdat mijn lichaam het weer een beetje deed. De zon was nog niet op, zodat de grond steenkoud was en het nog moeilijker was om op gang te komen. Na een tijdje stopte ik mijn handen onder mijn oksels en terwijl ik mezelf zo omarmde om warm te worden, ging ik op pad, hoofd gebogen, ogen halfdicht vanwege de wrede, gure wind.

Toen ik eenmaal liep, viel het een tijdje best mee. De hongerkrampen trokken weg en de heuvel was niet te steil. Het was lastig om tegelijkertijd te lopen en alles goed in de gaten te houden. Ik hoopte dat ik soldaten eerder zou horen dan zij mij, maar daar kon ik niet op rekenen. De route bepalen was niet zo moeilijk: ik wist dat ik, als ik maar heuvelopwaarts bleef gaan, in de goede richting zat.

Het grote probleem werd algauw duidelijk. Hoe hoger ik kwam, hoe minder beschutting er was. De boomgroei werd dunner en het werd steeds rotsiger, aders die zo moeilijk te beklimmen en zo kaal waren dat ik bang was dat ik van kilometers afstand te zien was. Ik had al zo weinig energie om te klimmen, dat ik niet ook nog eens tegelijkertijd uit het zicht kon proberen te blijven. Maar ik moest eraan geloven. Met gekreun en wat gevloek en een zwakke poging om mijn haar uit mijn ogen te strijken strompelde ik naar rechts, waar meer bomen groeiden. Dat betekende waarschijnlijk twintig minuten extra klimmen.

Tegen de tijd dat ik bij de top kwam, liep het zweet in straaltjes langs me heen. Het was een paar uur na zonsopgang. Het was nog niet zo warm, maar ik maakte mijn eigen warmte door zo traag en moeizaam de heuvel op te sjouwen. Ik had geen zin om de hele tijd bedacht te zijn op vliegtuigen en grondtroepen, en hoewel ik wel naar ze uitkeek, deed ik dat bijna automatisch: ik kon me nauwelijks herinneren waar ik naar zocht.

Iemand had een kleine kegelvormige steenhoop boven op de heuvel gebouwd. Daar was geen duidelijke reden voor, maar toen ik die zag wist ik tenminste dat ik op de top stond. Ik liep eromheen en liep verder naar de schaduw van een paar bomen. Daar kon ik me eindelijk omdraaien en van het uitzicht genieten.

Cobbler's Bay strekte zich voor me uit. En ver weg, voorbij de landhoofden, was de blauwe, schitterende oceaan. Ik verlangde ernaar om daarop weg te varen. Ik hield zielsveel van mijn land, maar het was tegenwoordig geen fijne plek op aarde. Ik wist niet wiens schuld het was dat het zo vol was – die van de bezetters, onze politici of de gewone mensen die niet genoeg betrokkenheid hadden getoond – maar op dit ogenblik was ik zo moe van de strijd om te overleven dat ik er niet meer van kon genieten. Ik kon de schoonheid van de kustlijn nog wel waarderen, en toch wilde ik ergens anders zijn.

Mijn ogen dwaalden een eindje naar rechts. Toen ik daar

de omgeving zag, ging ik recht overeind zitten en zei hardop: 'Oh!' Ik keek naar de kade, of wat er nog van over was. Voor het eerst zag ik de gevolgen van een aanval, vlak nadat die was uitgevoerd. Ik had wel de brug bij Wirrawee gezien, maar dat was pas veel en veel later, en toen was het moeilijk voor te stellen dat wij dat hadden aangericht. Het zag er inmiddels als een archeologische ruïne uit.

De kade van Cobbler's Bay was één grote puinhoop. Het schip waar Homer en ik op hadden gezeten, was helemaal verdwenen. De kade zelf was in het midden weggevaagd en de rest was zwartgeblakerd. Er was geen ruimte meer om met een auto te kunnen rijden. Het leek alsof er een hevige brand had gewoed. Twee kranen waren ingestort en lagen als wandelende takken op hun kant. Een ander groot schip lag nog aangemeerd aan de verwoeste kade, maar het dek was weggebrand en het was half gezonken. Het was eigenlijk een drijvende romp. Het zag ernaar uit dat het lange tijd nergens meer heen zou gaan.

Voorbij de kade waren een paar hectaren bos vernield en verbrand. Het leek alsof iemand erdoorheen had geragd met een reusachtige versnipperaar.

Geen wonder dat het Nieuw-Zeelandse vliegtuig ongestoord had kunnen rondvliegen. Er viel daar niets meer te verdedigen.

Zoiets opwindends had ik nog nooit gezien. Ik kreeg er nieuwe, geweldige energie van. Ik had zin om te dansen, te gillen en te schreeuwen. Al konden we het verloop van deze afschuwelijke oorlog niet beïnvloeden, we konden in ieder geval nu zeggen dat we een belangrijke bijdrage hadden geleverd. We hadden niet alleen de vijand schade toegebracht in ons eigen gebiedje, maar hem zoveel schade toegebracht dat het hem echt belemmerde in zijn vermogen om ons land in handen te nemen.

Ik keek naar links en zocht de omgeving af. Algauw zag ik wat ik wilde zien: weer een geblakerd stuk bos met bruine, verschroeide boomkruinen. Middenin lag het verwrongen metalen wrak van de helikopter, een zwart skelet. Toen ik ernaar keek, kwam er een woeste, triomfantelijke grijns op mijn gezicht, een wilde grijns. Ik kon die helikopter ook gedeeltelijk op mijn rekening schrijven, hielp ik mezelf herinneren. God, we hadden echt iets belangrijks gedaan.

Ik bleef zitten met die triomfantelijke grijns op mijn gezicht. Een paar ogenblikken genoot ik ongestoord van wat we bereikt hadden. Ik vergat de honger, de angst, de pijnen en pijntjes. Enkele ogenblikken had het me, denk ik, niet kunnen schelen of ik gepakt was. Ik besefte dat we vaak geluk hadden gehad – in de eerste plaats omdat we aan het begin van de invasie niet gepakt waren. We hadden dat geluk goed benut en onze familie en vrienden niet laten stikken. We hadden de vrijheid die we hadden goed gebruikt.

Toen ik weer naar rechts keek, zag ik eindelijk Baloney Creek, waar we hadden afgesproken. Ik zag niets bewegen, maar dat was natuurlijk te verwachten. Ik wist alleen dat het nog een heel eind lopen was. Ik bepaalde mijn positie. Daar liep het houthakkerspad, een zandweg dwars door het bos, dat de beek ongeveer een kilometer van de bron kruiste.

Ik was te moe om de verleiding van het pad te weerstaan. Niets wees erop dat ik werd achtervolgd of dat ze naar me zochten. Ik dacht dat de kiwi-vogel hen had afgeschrikt en dat ik, als ik langs het pad door het bos zou lopen, veilig zou zijn en niet zou verdwalen.

Ik had grote moeite om op gang te komen en stond met een diepe zucht op. Het eerste gedeelte ging in ieder geval naar beneden, en het laatste ook.

Op dat moment, alsof hij erop had gewacht tot ik mezelf zou laten zien, kwam er een helikopter aanvliegen over de heuvel achter me. Ik hurkte snel neer en bedekte mijn hoofd. Hij scheurde over de heuvel, snel en laag. Maar zoals ik van de eerste had verwacht dat hij me niet zou zien, wat wel zo was, verwachtte ik van deze dat hij me wel zou zien, wat niet zo was. De wet van Murphy. Ik voelde een kille, donkere huivering toen zijn schaduw over me heen viel, maar hij vloog verder het dal in. Hij was inderdaad aan het zoeken en kamde het dal af in lange stukken, luttele meters van de boomkruinen. De bemanning was vast nerveus, nu ze het wrak van de andere helikopter konden zien.

Ik wachtte tot hij met zijn achterkant naar me toe vloog en dichter bij de kust zocht, en toen boog ik mijn hoofd en rende als een speer weg. Pas toen ik bij de bomen was, stopte ik weer en bleef staan met mijn armen om een boom, nou ja, ertegenaan leunend. Mijn kuiten en onderbenen trilden en het duurde een tijd voordat ze daarmee ophielden. Nu ik dieper in het bos was, klonk de helikopter alleen als een vaag gezoem, waardoor ik me iets veiliger voelde.

Ik had maagkrampen van de honger en ik moest een tijdje bukken om de pijn te verdrijven. Het duurde dan ook wel tien of vijftien minuten voordat ik me weer fit genoeg voelde om naar het zandpad terug te gaan. Ik had gedacht dat heuvelafwaarts makkelijk zou gaan, maar algauw verlangde ik naar een stukje klimmen. Naar beneden lopen was een aanslag op mijn kuiten, omdat ik steeds moest afremmen op de steile helling. Maar toen ik een stukje omhoogging, vond ik dat ook niet echt prettig. Het was zwaar voor mijn knieën, de goeie en de slechte, en algauw had ik ook vreselijke pijn in mijn achterbenen. Op een gegeven moment leek elk hellinkje de Zwitserse Alpen. Ik sjouwde naar boven en na een tijdje tilde ik mijn hoofd op in de verwachting dat ik bijna bovenaan zou zijn, maar dan bleek tot mijn grote ergernis dat ik nog niet eens halverwege was. Dat ging zo bij elke heuvel en dat was erg frustrerend.

Toen ik bij de grote weg kwam, had ik bijna de hoop opgegeven dat ik die ooit nog zou vinden. Ik had mezelf ervan overtuigd dat ik een grove navigatiefout had gemaakt. De enige reden dat ik toch doorging was dat ik niets anders kon verzinnen en niet de energie had om te stoppen en eens goed na te denken. Eén keer dacht ik dat ik een auto hoorde, maar óf het was een heel stille auto, óf hij was heel ver weg, óf ik had het me maar verbeeld. Zo nu en dan strompelde ik bij het horen van de zoemende helikopter onder de bomen, maar ik heb hem niet meer gezien.

Plotseling verscheen er een bruine aarden strook onder mijn voeten en ik stond aan de rand van het pad.

Ik liep automatisch naar rechts en met een vaag gevoel van opluchting, waarbij ik vergat dat ik in het bos had willen blijven, begon ik het af te lopen. Terwijl ik zo liep, zag ik wat een oneffen, oud pad het was. Middenop groeide lang gras, dus alleen daar kon je al aan zien dat het niet echt druk werd bereden. Tijdens het lopen viel me wel iets op: dat het gras pas geleden geplet was en op heel wat plaatsen beschadigd. Op sommige plaatsen kon je zien dat het zich weer aan het oprichten was. Misschien was die auto die ik had gehoord toch geen verbeelding geweest. Ik werd weer helemaal nerveus.

De helikopter brulde in mijn oren en ik dook tussen de bomen weg en wachtte. Deze keer leek het alsof hij recht op de baai afging. Hij had zijn zoektocht opgegeven. Misschien gingen ze lunchen. Ik kwam het bos uit en liep verder.

Voorbij een lange bocht, een bocht die zo lang doorging dat ik allang een recht stuk had verwacht, trof ik de auto aan. Het was een reebruine Holden Jackaroo, een gloednieuw model, maar hij zag eruit alsof hem geen lang leven beschoren was. Hij was ontzettend smerig, zat onder de krassen en was erg beschadigd, waaronder een kapot achterlicht en een gebroken zijraampje. Niet dat ik er lang naar heb staan kijken. Ik was zo geschrokken dat ik het gevoel had alsof ik uit een lange slaap was wakker geschud door iemand die ijsblokken langs mijn rug schoof.

Ik keek nog eens en daarna dook ik het bos weer in, met een luid bonkend hart. Maar er was geen beweging in de auto. Ik bleef een paar minuten wachten. Langzaamaan drong het tot me door dat er iets helemaal niet klopte. De auto stond namelijk op de plek waar we hadden afgesproken. Ik kon nog net zien hoe het pad afdaalde naar de grindachtige beek, die tussen de bomen stroomde. Het was de Baloney Creek. Er was een kleine mogelijkheid dat Lee en de anderen een auto hadden gestolen, maar als dat zo was, hadden ze hem nooit zo open en bloot laten staan. Nee, er was maar één reden waarom daar een auto geparkeerd zou staan.

Ik sloop naar de auto toe. Er was niemand te zien. Ik sloop verder en wachtte op een waarschuwingsteken waardoor ik zou stoppen, maar aangezien dat niet kwam, sloop ik door totdat ik op dezelfde hoogte was. Ik kroop achter een bremstruik en vroeg me af wat ik moest doen. Ik zocht een aanwijzing. Toen kreeg ik die. Er klonk een schot achter me, één schot, hoewel het anders klonk dan de schoten die ik eerder had gehoord. Meteen daarna klonk er een meisjesgil: een meisje dat heel erg als Fi klonk.

Ik was al zo bang, dat het geluid van dat schot me de stuipen op het lijf joeg. Ik stormde het bos uit, van het geluid vandaan, en had even de idiote gedachte dat iemand op mij schoot. Dat betekende dus dat ik zowat tegen de Jackaroo aan botste. Dat kleine feitje, dat ik de weg op rende in plaats van een andere kant op, veranderde ons leven drastisch. Want toen ik daar, trillend, naast de auto stond, zonder te weten waar ik heen moest of wat ik moest doen, gebeurden er twee dingen. Het eerste was dat ik Homers stem hoorde, onmiskenbaar, die 'Geen sprake van!' of zoiets dergelijks riep. Ik kreeg meteen kippenvel achter op mijn nek toen ik die stem hoorde. Hij had gemakkelijk doodgeschoten kunnen zijn of verdronken of opgeblazen, maar hij leefde nog. Hij leefde nog! Het was geweldig om die woorden te horen, zelfs onder deze omstandigheden.

Toen klonk er geschreeuw, dat ik niet kon verstaan. Maar op hetzelfde moment gebeurde dat andere belangrijke feit: ik zag een revolver liggen in de auto op de bestuurdersplaats. Ik stak mijn hand door het raampje en graaide hem zonder aarzeling weg. Het was een lelijk zwart ding, overal hard, zonder welvingen of zachte kanten. Ik controleer-

de hem snel. Hij werkte blijkbaar volgens hetzelfde princi-
pe als de andere wapens die ik ooit in handen had gehad.
Met een pinnetje onder de trekkerbeugel maakte je het ma-
gazijn vrij. Ik schoof het eruit. In de gaatjes zaten twee kogels, maar toen ik de slee weghaalde, vond ik er nog een in
de kamer.

Dat alles nam een seconde of vier in beslag. Ik klikte het
veiligheidspalletje op 'on' en liep door de bomen in de richting van de stemmen.

18

Wat er daarna gebeurde, zal ik nooit vergeten. Het beeld dat me het levendigst bijblijft is het moment waarop ik de soldaten en mijn vrienden voor het eerst zag. Ze stonden bij elkaar op een kleine open plek bij de beek. Het waren drie soldaten, alle drie mannen en alle drie aan mijn kant van de beek. Twee stonden links van me, de derde rechts. Ze zagen er gespannen maar opgewonden uit, heel erg met zichzelf ingenomen. De twee aan mijn linkerhand hadden geweren, maar degene aan mijn rechterhand, een officier, was kennelijk ongewapend. Ik vermoedde dat ik zijn revolver bij me had.

Er hing nog een spoortje kruitdamp in de lucht, maar niemand van mijn vrienden scheen gewond te zijn. Ze stonden in een rij op een grote platte rots, aan de andere kant van de ondiepe, gorgelende beek. Ze hadden hun handen boven hun hoofd. Fi was wit en trilde onstuitbaar, Robyn had haar kin uitdagend naar voren, Lee's gezicht was totaal uitdrukkingsloos. Homer zag er wanhopig uit, mager en moe, met zijn donkere ogen diep in hun kassen verzonken. Maar wat was ik opgelucht ze te zien. Ik had doodsangsten uitgestaan over wat hun allemaal had kunnen overkomen.

Kevin stond een eindje van de anderen vandaan en keek doodsbenauwd.

Ik dacht niet eens na over wat me te doen stond. Het was een pak van mijn hart dat ik niet hoefde na te denken: deze ene keer werd de keus voor me gemaakt. Ik stond doodstil, benen wijd uit elkaar, hief de revolver op, hield hem met beide handen vast, richtte nauwkeurig op de borst van de eerste soldaat en haalde de trekker over. Zachtjes, zachtjes, trekken, trekken. Ik dacht dat het ding nooit zou afgaan, zo lang duurde het. Toen de knal, de explosie, de rook, de geur. De revolver klapte terug, alsof hij een elektrische schok had gekregen, en de lege huls schoot er aan mijn rechterhand uit. Ik zag de soldaat achteruit wankelen, hij liet zijn geweer vallen, hij greep met zijn handen naar zijn borst alsof hij, tevergeefs, probeerde zichzelf bijeen te houden. Maar ik had geen tijd om verder bij hem stil te staan, ik richtte weer, en vuurde weer: ik schoot de tweede neer toen hij zijn geweer nog niet eens halverwege zijn schouder had.

Toen draaide ik me naar de officier om. Hij had zijn gezicht naar me toe gekeerd. Hij wist kennelijk niet waar hij heen moest. Ik vuurde voor de derde keer. Mijn handen trilden hevig en de kogel sloeg een beetje laag in. De slee blokkeerde: de revolver was leeg, nutteloos schroot. Ik gooide hem snel weg, alsof hij besmet was. Hij viel in de beek.

Het was allemaal razendsnel gegaan, nogal klinisch, heel anders dan de andere moorden. Gewoon doelen neerhalen, zonder emotie.

Of misschien gaf dat alleen maar aan hoe erg ik veranderd was.

De anderen handelden trouwens in dezelfde trant. Lee liep meteen naar de lichamen en inspecteerde ze vluchtig.

Robyn en Kevin pakten de rugzakken, die waren nu kennelijk de pakezels. Homer rende naar me toe en gaf me een vluchtige kus. 'Godzijdank ben je er nog,' zei hij, en ik zag tot mijn verbazing dat hij tranen in zijn ogen had.

Fi kwam achter hem aan en sloeg haar armen om me heen. 'Dank je, Ellen,' zei ze alleen maar.

Zonder verder nog een woord te zeggen renden we naar het zandpad. We hoefden niets te zeggen om te weten dat snelheid een kwestie van leven of dood was. 'Neem de auto,' riep ik tegen Lee, die een eind voor me uit rende. Het was een ingecalculeerd risico, maar ik dacht dat het de beste oplossing was. Als we een paar kilometer verder waren en het ding achterlieten, hadden we in ieder geval een mooie voorsprong.

Niemand sprak me tegen. Toen ik bij de auto kwam, zaten Robyn en Lee al opgepropt in de achterbak. Kevin kwam erbij en Fi wachtte haar beurt af. Homer was naar de passagiersplaats gelopen. Ik moest dus kennelijk rijden, maar god mag weten waar ik de energie vandaan moest halen. Geen tijd voor discussie. Snel stapte ik in. Het sleuteltje zat in het contact. De Jackaroo startte meteen, maar hij stond met zijn neus in de verkeerde richting. Ik zag niet zo gauw waar je op dat smalle pad zou kunnen keren. Ik haalde mijn schouders op, zette de auto in zijn achteruit en reed keihard weg.

'Godsamme!' hijgde Kevin, toen we met zo'n zestig kilometer per uur achteruit het pad over scheurden. De anderen zwegen, maar ze keken banger dan toen ik de soldaten neerschoot. We reden de lange bocht uit en toen we er bijna doorheen waren, meende ik een plek te zien waar ik zou kunnen keren, een open plek aan de linkerkant. Ik gaf een hijs aan het stuur, maar had de afstand helemaal verkeerd geschat, reed de open plek voorbij en botste tegen een boompje. Ik herinnerde me dat deze auto toch al in de kreukels lag aan de achterkant en besefte grimmig dat ik het nog tien keer erger had gemaakt. Kevin wreef over zijn hoofd, dat bij de klap tegen het dak was gebotst, maar hij zei niets. Daar was ik hem dankbaar voor. Fi beet zenuwachtig op haar lip. Gelukkig zat de auto niet vast en stuurde hij nog goed. Ik draaide het stuur om en daar gingen we, deze keer de goede kant op.

Ik was er zo goed als zeker van dat we onderweg geen verkeer zouden tegenkomen en gezien de snelheid waarmee we reden moest ik wel hopen dat dat ook niet gebeurde. Behalve het 'godsamme' van Kevin had niemand iets gezegd sinds ons vertrek. Ik was doodsbang voor helikopters, maar de kans was klein dat we die ook zouden zien of horen. Ik reed gewoon plankgas, met een snelheid waar ik hernia van kreeg.

Na twintig minuten kwamen we op de grote weg. Die werd niet aangekondigd: plotseling reden we het bos uit en het asfalt op en weer draaide ik aan het stuur, waardoor de auto met gillende banden een schuiver maakte, zodat we bijna omkieperden. Ik kreeg hem weer recht, maar het kostte honderd meter om hem weer in bedwang te krijgen en in een rechte lijn te rijden. Ik ging naar de linkerkant van de weg en veegde het zweet van mijn gezicht. Ik durfde de anderen niet aan te kijken.

We scheurden verder, de heuvels in. 'Hoe ver willen we hiermee komen?' vroeg ik.

'Niet zo ver meer,' zei Homer.

'Ze weten natuurlijk dat wij 'm hebben,' riep Robyn van achteren. 'Dus we moeten 'm ergens neerzetten waar ze 'm niet kunnen vinden. En hoe verder we komen, hoe beter, want dan moeten ze een groter gebied afzoeken.'

'We hebben die BMW in een dam laten zinken,' zei Fi.

'Ik ben alleen bang dat we een konvooi tegenkomen,' zei ik.

We reden nu door een dicht bos, maar nog steeds op de grote kustweg.

'Wil je je spullen ophalen?' riep Robyn plotseling.

'Wat?'

'De bepakkingen zijn hier vlak om de hoek verstopt. Wil je ze hebben?'

Ik dacht snel na en kwam tot de conclusie dat ik die van mij in ieder geval wilde hebben. We kwamen met krijsende banden tot stilstand en sprongen uit de auto en graaiden de zware bepakkingen van onder hopen bladeren en schors uit. Ik merkte dat ik geen kracht meer had om mijn bepakking achter in de auto te hijsen en moest aan Robyn vragen of zij dat wilde doen. Ze keek me bezorgd aan. 'Het gaat wel,' zei ik. 'Ik moet alleen wat eten, alsjeblieft.'

We reden verder en even later verscheen haar hand voor mijn gezicht. Ze had iets vast. Ik was te druk met rijden om ernaar te kijken, maar ik deed mijn mond open en ze duwde een dadel naar binnen. Ik ben dol op dadels. Ik heb geen idee waar ze die vandaan had gehaald – ik wist niet dat ze ze überhaupt had – maar ze kwam altijd met van die kleine verrassingen op de proppen.

We reden snel langs twee grote kruisingen en sloegen rechtsaf bij de derde om hen in de war te brengen, als ze weer naar ons gingen zoeken. We reden over een weg die volgens een bord naar Stratton ging via Garley Vale. Hier was er in ieder geval minder kans op konvooien, maar we wilden wel graag van de auto af. We hadden al te veel risico genomen. Eindelijk kwam er een gelegenheid toen Fi notabene een autokerkhof zag.

'Daar!' zei ze.

'Wat?'

'Als je een boek wil verstoppen, zet het dan in de boekenkast.'

'Wat?'

'Daarzo, dat autokerkhof. Als we de auto daartussen zetten, vinden ze 'm in nog geen tien jaar.'

Ik keek Homer aan en we begonnen allebei te lachen. Hij haalde zijn schouders op. 'Ach, welja.'

Ik reed van de weg af, de oprit in. Het autokerkhof heette Ralstons Wrakken. Het was een vreemde bedoening: een aantal hectaren vol autowrakken midden in het veld. Achterin stonden oude, verroeste wrakken, de meeste zonder deuren en motorkappen. Klimop en braamstruiken en één passievruchtrank groeiden welig. Van sommige auto's kon je niet meer zo goed zien welk merk het was of zelfs welke kleur ze hadden gehad. Maar meer vooraan stonden de nieuwere modellen, sommige nog goed in de lak, alleen met een verkreukelde achterkant, een gedeukte zijkant of een geplet dak.

Ik reed langs de rijen tot ik een plekje voor de Jackaroo zag. Ik reed hem met zijn neus erin, zodat de gedeukte achterkant te zien was.

Toen kon ik me eindelijk laten gaan. Ik was er slechter

aan toe dan de auto, maar ik hoefde nu niet meer te rennen en te knokken en honger te lijden, in ieder geval een paar minuten niet. Misschien wel een paar uur niet. Ik zette de motor uit en leunde voorover met mijn voorhoofd op het stuur. 'Laat iemand de nummerborden erafhalen,' zei ik, terwijl ik mijn ogen dichtdeed. Geen enkele auto op dat kerkhof had nummerplaten, dus moesten die van ons er ook af. Maar dat liet ik aan de anderen over. Ik bleef lekker zitten. Ik wilde ergens gaan liggen en slapen, maar ik was te moe om een plekje te zoeken. Ik hoorde ze de spullen uit de auto halen en met elkaar praten, alleen wat sporadisch gemompel, maar ik hoorde niet wat ze zeiden, niet omdat ze te zacht praatten of omdat ik doof was, maar omdat ik zo moe was dat ik de geluiden niet in woorden kon omzetten. Ze kwamen wel mijn oren in, maar bereikten mijn hersens niet. Het ontbrak me aan de energie om de woorden die laatste millimeter naar mijn hersenpan te duwen. Zo moe was ik van mijn leven nog niet geweest.

Ik ging over de voorbanken van de auto liggen, nou ja, niet echt liggen: ik liet me opzij vallen. Alle blauwe plekken en pijnen en pijntjes speelden weer hevig op, omdat ik ze nu niet meer hoefde te negeren en te verdringen. Toen kwam er een koude tochtvlaag naar binnen omdat iemand het portier opentrok.

'Niet doen,' jammerde ik. 'Niet doen.' Ik kroop een beetje verder in elkaar om te proberen warm te blijven.

'Kom, Ellen,' zei Fi's stem. 'Hier kan je niet blijven.'

Maar ik wilde niet bewegen, kon me niet bewegen. Ik was weer dat vijfjarige meisje dat door iemand naar binnen gedragen wilde worden, nadat ze 's avonds laat in slaap was gevallen in de auto.

199

'Kom nou, Ellen,' zei Fi weer. Ze zei het niet eens lief, alleen maar bars en geïrriteerd, omdat ze zelf te moe was om met mij mee te leven.

Ze trok aan mijn been, maar ik trapte kwaad van me af en kwam behoorlijk hard tegen iets aan. Fi gaf een gil, van kwaadheid of pijn of allebei, zodat ik besefte dat ik nu in beweging moest komen. Ik had me misdragen. Dus zonder excuus aan Fi, die vloekend haar zij vasthield, stommelde ik de auto uit en liep langs de rij auto's naar Robyn, die ik in de verte kon zien.

Ze waren een provisorisch kamp aan het opzetten achter in een Nissan bestelwagen, die rechts, waar de bestuurder had gezeten, helemaal in de poeier lag. Die zal wel hoofdpijn gehad hebben: hij was echt helemaal total loss in die hoek. Maar de achterkant was nog heel en droog. Ik zei helemaal niets, tegen niemand, ik sleepte mezelf naar binnen en ging als een oude slaapzak liggen. Ik had nog steeds vreselijke honger, maar ik had de kracht niet om te eten.

Maar ik bleek ook de kracht te missen om te slapen. Ik sliep waarschijnlijk wel even, al voelde dat niet zo. Fi en Homer kwamen na een tijdje naast me liggen, maar ik besteedde geen aandacht aan hen. Lee en Robyn hielden de wacht. Ik wist dat er vroeg of laat een patrouille zou komen, maar ik moest erop vertrouwen dat de anderen daar klaar voor waren en voorzorgsmaatregelen hadden genomen.

De patrouille kwam gelukkig pas de volgende morgen. Ik had een beetje geslapen. Het was warmer met al die lijven om tegen aan te liggen. Ik liet de wacht over aan de anderen. Het werd me niet gevraagd en ik had geen stap kunnen verzetten. Fi gaf me heel vroeg in de avond wat te eten en ook weer bij zonsopgang. Ik at alles op, dankbaar. Pas toen ik heel nodig moest plassen, ging ik de bestelwagen uit en zelfs toen stelde ik het uit totdat ik het niet meer hield.

Om een uur of elf kwam Robyn aanrennen. 'Ze komen eraan,' zei ze.

We kronkelden de bestelwagen uit, als een nest slangen.

'Kom mee,' zei Lee tegen me. Ik ging achter hem aan naar de achterste rij auto's, en daar voorbij naar een oude, overwoekerde, ingezakte omheining. We klommen eroverheen en renden naar een bosje. Daar kropen we verder tot we niet meer te zien waren.

'Hoe lang zullen ze nog doorgaan met zoeken?' vroeg ik aan Lee, toen we daar lagen. We lagen zo dicht bij elkaar dat we elkaar bijna raakten, maar ik wilde aan andere dingen denken.

'Tot ze ons vinden,' zei hij grimmig.

Daarmee waren alle romantische gedachten meteen van de baan.

'Ben je wakker geworden van de helikopters?' vroeg Lee na een tijdje.

'Helikopters?'

'Er zijn er vanochtend al drie overgekomen. De eerste vlak na zonsopgang.'

'Op zoek naar ons?'

'Dat zal wel.'

Ik wist niets te zeggen dat niet te persoonlijk of te angstaanjagend was. Dus bleef ik maar liggen. Tien minuten later kwam Robyn tevoorschijn.

'Anticlimax, jongens,' zei ze. 'Ze reden het kerkhof op, maakten een rondje en reden weer weg.'

'Hebben ze de Jackaroo niet gezien?' vroeg ik.

'Nee, ze zijn niet gaan kijken.'

We gingen naar het autokerkhof terug, waar ik eindelijk genoeg energie vond om belangstelling te tonen voor mijn omgeving. Ik zag Homer, die in de richting van het huis aan het eind van Ralstons autokerkhof liep: vermoedelijk het huis van de familie Ralston.

'Kom je mee?' vroeg hij.

'Oké.' Ik ging alleen maar mee om iets te doen te hebben.

'Hoe is het jou in de zee vergaan?' vroeg Homer.

'Nu niet, alsjeblieft,' smeekte ik. 'Ik wil er nu niet over praten. Ik wil nergens over praten.'

Hij hield zijn mond.

We kwamen bij de achterkant van het huis, waar de geul was. Toen drong het tot ons door dat het eigenlijk de voorkant was, dat het met de achterkant naar de weg was gebouwd. Dat gaf een vreemd effect: het had namelijk geen noemenswaardig uitzicht. Het was een oud, beschoten huis met een dak van gegalvaniseerd ijzer. Er liep rondom een veranda, begroeid met een druivenrank, die op sommige plaatsen zo dik als een telegraafpaal was. Er waren geen elektriciteitspalen, maar er stond een tamelijk moderne generator aan de achterkant, die je bijna niet zag. Maar het huis was echt een bouwval. Het moet al niet zo denderend zijn geweest toen het pas gebouwd was, maar na jaren van verwaarlozing was het in ieder geval een bouwval geworden. De veranda zakte door in het midden en zwaaide en boog door toen we erop stapten. Startmotoren stonden in een nette rij langs de muur aan de linkerkant, zo'n stuk of tien wel. Een half vogelnest lag bij de voordeur en de mat rafelde aan alle kanten. In vervaagde zwarte letters stond de volgende boodschap op de mat gedrukt: Schoenen uit, verdomme.

Maar dat alles in aanmerking genomen waren we verbaasd dat er een groot, glimmend slot op de voordeur zat. Het zag er duur uit en leek me moeilijk te kraken. De deur zelf was heel stevig, dus lieten we zowel slot als deur ongemoeid. Ik pakte een stok om er een raam mee in te slaan. 'Hopelijk hebben ze geen inbrekersalarm,' zei Homer nerveus. 'Dat zou je op de weg kunnen horen.'

Ik dacht even na. 'Nah, waarom zou je een alarm hebben als je geen buren hebt die het kunnen horen?'

Ik sloeg één ruit in en toen er geen sirenes en bellen gingen loeien, sloeg ik de andere ramen ook in.

'Trouwens,' zei ik tegen Homer, 'ze hebben geen elektriciteit. Dus moet het alarm op batterijen werken en die zijn nu inmiddels leeg.'

Ik klopte de rest van het glas en de houten sponningen eruit, zwaaide mijn ene been over de vensterbank en klom naar binnen. Het was er donker en muf, alsof je een wasserij binnenliep vol vuile sokken. Er had regenwater gelekt op een muur, zodat het behang plekken vertoonde. Het was overal schimmelig en bedompt.

'Moet je je indenken dat je hier woont,' zei Homer achter me.

Ik liep door naar de keuken, waar het te donker was om iets te kunnen zien. Er stond een ijskast, maar die liet ik lekker dicht, en een oude vliegenkast met blikjes bovenop, die er interessant uitzagen. Er waren hier duidelijk geen plunderaars geweest, waarschijnlijk omdat het huis er zo vervallen uitzag dat het leek alsof er niets te halen viel. Homer ging via een andere deur naar de achterkamers en ik keek in de badkamer. Er stond een oud bad op klauwpoten, een beetje zoals thuis. Toen ik er even in keek, zag ik tot mijn afgrijzen twee grijze, harige dingen met staarten uit de afvoer steken. Het duurde even voordat ik begreep wat het was: er waren muizen in doodgegaan, die zo gek waren van de dorst dat ze hun kopjes in het gat hadden gestoken op zoek naar water.

Homer kwam binnen, maar voordat ik iets over de muizen kon zeggen, zei hij, met een stem die een beetje trilde van opwinding: 'Kom 's kijken wat ik heb gevonden.'

19

Ik liep achter Homer aan door een oud, dieprood gordijn dat als deur diende. Het leek alsof we plotseling in een showroom voor elektronica waren beland. Ik kende de meeste dingen niet eens. Er stonden een computer en een printer, een paar videorecorders en een monitor en een fax. Dat was niet zo bijzonder. Maar de verste muur was geheel bedekt met communicatieapparatuur. Er waren kennelijk allerlei radio's, twee microfoons en een heleboel kleine apparaatjes, zoals een walkie-talkie en een mobiele telefoon.

'Ongelooflijk,' zei ik.

'Het lijkt wel een hi-fi-winkel,' zei Homer.

'Over dubbellevens gesproken. De ene helft leef je in de negentiende eeuw en de andere helft in de eenentwintigste eeuw.'

'Ja, leuk speelgoed voor de jongens,' zei Homer. 'Hoe oud mannen ook zijn, speelgoed moeten ze altijd hebben.'

Dat klonk zo grappig uit Homers mond dat ik me moest inhouden om niet te lachen.

'Dit lijkt wel zo'n brandmeldingszender die de boeren hebben,' zei ik, terwijl ik naar een grote zendinstallatie in de hoek liep.

'Ja.' Homer keek peinzend. 'Ik denk dat de bewoner een echte radioamateur is of zoiets. Kortegolfzenders en zo.

Weet je, Ellen, waarschijnlijk kunnen we met deze apparatuur met andere landen praten.'

'E-mail met geluid.'

'Precies.'

'Je wil gewoon zelf lekker spelen met die spullen.'

'Misschien wel, ja.'

'Wat had je eigenlijk in gedachten? Wou je jezelf het plezier gunnen om je Frans 's op te halen?'

'Nieuw-Zeeland. Als we met de Nieuw-Zeelanders in contact konden komen, als zij wisten dat wij de haven hebben opgeblazen, dan komen ze misschien, tja, ik weet niet...'

Het begon me te dagen waar Homer heen wilde. Ik haakte meteen in op een paar van de mogelijkheden.

'Dan komen ze ons misschien redden?'

'Wie weet.'

'Maar dan moeten we de generator aan de praat krijgen. En ik denk dat die veel te veel herrie maakt.'

'Mmm. Maar we moeten risico's nemen. We zien ze 's nachts al van ver aankomen.'

'Het zou best kunnen, denk ik. Ik heb wel zin in een vakantie in Milford Sound. Maar ze hebben vast te veel aan hun kop om zich druk te maken om een paar kinderen.'

'Zou kunnen. Maar toch...'

Het punt was dat zodra Homer dat idee had geopperd, ik er niet meer van loskwam. Maandenlang hadden we geen glimpje hoop gehad. We zagen deze oorlog niet in de nabije toekomst aflopen, misschien niet eens in de verre toekomst. Dus wat zou er dan van ons worden? Waren we gedoemd altijd rond te zwerven, terwijl de gebieden waar we ons konden verbergen steeds kleiner werden, totdat we op een dag gevangengenomen zouden worden? Dat leek de enige optie. Op een gegeven moment had ik zelfs een droom dat ik een vlot bouwde en ermee naar Nieuw-Zeeland voer, zoals schipbreukelingen in oude avonturenromans.

Als we nou met iemand konden praten, wie dan ook eigenlijk, nou, dan wisten ze in ieder geval dat we bestonden. En dat zou een hele troost zijn, ook al stuurden ze niet meteen een jet om ons te redden.

'We moeten het met de anderen overleggen,' zei ik na een tijdje.

'Kijk,' zei Homer, en hij liet me een oud leerboek zien. 'Dit is het handboek. Daar staan alle zendercodes en frequenties in en zo.'

Ik pakte het van hem over en keek erin. Van een heleboel dingen kon ik geen chocola maken, alleen een lijst getallen. Maar het was duidelijk dat deze persoon kon afstemmen op de noodfrequenties: hij had nummers voor de politie, ambulance, brandweer, verschillende vliegvelden, luchtmacht, staatsveiligheid. Ergens vermoedde ik dat het illegaal was om sommige van die kanalen af te luisteren. Nou ja. Er zouden er nu niet veel uitzenden.

We klommen door het kapotte raam weer naar buiten en gingen op zoek naar de anderen. Lee en Fi zaten bij Kevin en Robyn, die de wacht hielden, en ze waren in een ernstig gesprek gewikkeld. Ze bleken over hetzelfde onderwerp te praten dat voor ons allemaal een obsessie dreigde te worden: de toekomst. Ze hadden het nieuws weer boven willen halen dat Kevin had verteld over de tegenaanvallen: troepen uit Nieuw-Guinea hielden een gebied rond Cape Martin in handen, de Nieuw-Zeelanders hadden een groot stuk van de kustlijn in het zuiden heroverd: de Burdekin-delta en het gebied rond Newington. Alleen was dat al weken geleden: er kon sindsdien veel veranderd zijn. Lee wilde naar Newington gaan. Dat idee bezorgde me de rillingen.

'Lee, ik weet niet hoe het is in een oorlogsgebied, dat weten we geen van allen, maar ik begrijp niet hoe we daar ooit kunnen komen. Ik bedoel, het stikt er toch zeker van de tanks en raketwapens en zo? Als het zo makkelijk was om er doorheen te zeilen, hadden de Kiwi's dat allang gedaan.'

'Maar ze verwachten natuurlijk niet dat er iemand van de andere kant komt,' zei Robyn, die achter Lee scheen te staan.

'Ik zie geen andere keus,' zei Lee. 'Het enige waar we het allemaal over eens zijn is dat we hier geen toekomst hebben. De oorlog houdt heus niet zomaar op en onze mogelijkheden worden steeds beperkter. We moeten actie ondernemen en niet als een mak schaap zitten wachten tot we gepakt worden. Neem het initiatief, doe iets doorslaggevends, dat is mijn mening.'

Ik vervloekte heimelijk al die video's die Lee door de jaren heen had gezien. Sylvester Stallone had heel wat op zijn geweten.

'Maar Lee, we zijn toch niet opgewassen tegen een leger? Tot dusver hebben we alleen stiekeme dingen gedaan. We hebben als ratten in het donker geopereerd en onszelf onzichtbaar gemaakt. Daarom zijn onze acties steeds geslaagd, nou ja, dat is in ieder geval één reden,' voegde ik

eraan toe, omdat ik vond dat we ook wel een pluim verdienden. 'We kunnen niet een oorlogszone binnengaan.
Daar zijn we gewoon niet voor uitgerust. Dan worden we
in een halve minuut verpletterd.'

'Dus wat wil je dan dat we doen?' zei hij kwaad. 'Op ons
luie reet blijven zitten? Witte vlaggen gaan maken, waarmee we kunnen zwaaien als ze ons komen halen?'

'Ik weet niet wat we moeten doen! Je doet net alsof er
maar één goeie oplossing is en die hoeven we alleen maar
te zoeken en dan zijn alle problemen uit de wereld! Dit is
geen wiskundeproefwerk.'

Na deze woorden bedaarden de gemoederen een beetje.
Homer en ik vertelden over onze ontdekking en iedereen
reageerde opgewonden. We vonden allemaal dat het te gevaarlijk was om de generator overdag aan te zetten, maar
niemand aarzelde om dat 's nachts te doen. Lee ging hem
controleren. Robyn en Kevin moesten nog een uur de
wacht doen, en Fi wilde me een oude smeerkuil laten zien
die ze had ontdekt. Ze had het slimme idee om daar een
schuilplaats van te maken door er een plaat ijzer overheen
te leggen en er een auto op te parkeren. Dat was een zwaar
karwei. Maar het was erg leuk om te doen en het resultaat
was perfect. Nadat we een plaat van gegalvaniseerd ijzer over
de kuil hadden gelegd, gooiden we er aarde op en een paar
kapotte uitlaatpijpen, een kapotte voorruit en een leeg fris-
drankblikje. Daarna duwden we er een oude bestelwagen
overheen en veegden de bandensporen uit, zodat het leek
alsof hij er al twintig jaar stond.

Inmiddels hadden Homer en Lee de wacht overgenomen,
maar we daagden de andere twee uit om verstoppertje te

spelen. We hielpen ze door te verklappen in welke rij auto's we ons zouden verstoppen, en daarna renden we naar de kuil, glipten erin via een klein gat dat we open hadden gelaten en trokken de ijzeren plaat weer op zijn plaats. Het was een donker holletje, maar wel droog, en we zaten er heel lekker, giechelend om onze eigen slimheid. Na een minuut of vijf hoorden we Kevin en Robyn zoeken. Robyn deed het portier van de bestelwagen open en we hoorden haar 'mis' roepen. We gaven ze nog een paar minuten en toen kropen we naar buiten. Ze waren al vier auto's verder. We waren verrukt. Het was geen plek waar we een halfjaar zouden willen blijven, maar het was een goeie vluchtplaats in noodgevallen.

De helikopters bleven het grootste probleem. Er kwamen er die ochtend nog twee laag overvliegen. 's Middags kwam er een terug en die vloog heel laag en langzaam over het autokerkhof. Achteruit en vooruit, achteruit en vooruit, geduldig en meedogenloos. Ik werd gek van het lawaai, je kon er niet aan ontkomen. We zaten allemaal verstopt, maar de Jackaroo was het probleem. Als ze die zagen, zouden ze grondtroepen kunnen waarschuwen en ons omsingelen, en daarna zouden ze ons op hun dooie gemak kunnen pakken.

De helikopter zocht meer dan tien minuten boven het autokerkhof. Toen ging hij omhoog, draaide om en vloog in noordelijke richting. Hij begon een stel schuren te onderzoeken die we ongeveer een kilometer verder konden zien. We moesten dus maar aannemen dat we geen gevaar meer liepen en dat we het weer eens gered hadden.

Als we ons maar konden ontspannen.

Even voor vijven kwam een formatie straalvliegtuigen gierend over, maar verder bleef het luchtruim leeg.

Toen het donker werd, ging Homer naar het oude huis om aan de generator te prutsen. Ondanks het risico verheugden we ons stuk voor stuk om met de kortegolfzender te experimenteren. We wisten niet of het wat zou uithalen, maar het was het risico vast en zeker wel waard. We vermoedden wel dat een eventuele meeluisterende vijand ons zou kunnen traceren als we te lang praatten. Dat was onze grootste zorg.

Om halfelf waren we klaar voor het grote experiment. We hadden het boek met de frequenties. Het enige wat we konden vinden was dat we waarschijnlijk op een frequentie moesten gaan zitten in de VHF van 30 tot 300 megahertz. Daar zaten kennelijk alle grote operationele instanties: de politie, de vliegvelden en de ambulance. We verwachtten niet dat we een gezellig kletspraatje zouden hebben met agent Jones op het plaatselijke bureau, maar we hoopten wel dat we Nieuw-Zeeland konden bereiken en dat ze daar op gelijke golflengte zaten als wij.

Ik wist niet wat VHF 30 tot 300 megahertz betekende, maar je kon op de afstemschaal duidelijk zien waar die getallen zaten. We staken een kaars aan en draaiden de ontvanger op 300. Lee en Robyn hadden de wacht, maar Lee stond vlak bij de achterdeur en Robyn buiten voor het raam, zodat ze konden horen wat er allemaal gebeurde. Kevin stond bij de generator en Homer bediende de radio. We waren er klaar voor.

'Oké, zet maar aan,' riep Homer. Kevin gaf een ruk aan het touw. Bij de derde poging ging hij aan. Helemaal niet slecht. Waar we echter niet op gerekend hadden, en wat we van tevoren hadden moeten controleren, was dat de helft van de lichten in het huis ook langzaam aanfloepten.

'Doe 'm uit, doe 'm uit!' schreeuwde Lee naar Kevin.

Even later zaten we weer in doodse, donkere stilte.

Robyn sprong door het raam naar binnen. 'Als er iemand op de weg was, heeft-ie dat geheid gezien,' zei ze.

'Naar de smeerkuil,' beval Homer.

We renden als een haas ernaartoe en propten ons er een voor een in. Alleen Robyn bleef buiten, klaar om bij ons te komen zodra ze iets zag.

Met overdreven voorzichtigheid besloten we een heel uur te wachten. Homer was razend. 'Dat we die stomme lichtknopjes niet even hebben gecontroleerd, ongelooflijk,' zei hij maar steeds. Ik voelde me aangesproken, al weet ik niet waarom.

Na een tijdje zei ik: 'Het is gebeurd, Homer. Hou nou je kop.'

We zaten in het donker en het zweet brak ons uit bij de gedachte dat er een vijandelijke patrouille op ons af zou komen. Maar na een tijdje geloof ik dat we allemaal wegdoezelden. Ik in ieder geval wel en Homer blijkbaar ook. Ik was uren en uren doorgegaan op mijn adrenaline, maar die scheen plotseling op te zijn. De anderen besloten ons te laten slapen. We hadden om vijf uur de wacht moeten houden, maar ze verdeelden die onderling en lieten ons tot de volgende ochtend slapen. Het was natuurlijk een onrustige, oncomfortabele slaap, maar beter dan niets, en veel beter dan de wacht houden.

Om een uur of zeven kroop ik uit de kuil en trof de anderen aan met een kop thee in de hand, die ze op een vuurtje in een beschutte hoek van het kerkhof hadden gemaakt. Hoewel ze het vuur hadden geblust en er aarde overheen hadden gegooid, was de ketel nog heet genoeg om mij ook een kopje te geven.

'Jullie hadden me wakker moeten maken,' zei ik, maar niet al te overtuigend.

'Dat wilden we ook, maar toen ontdekte Lee dat er een tijdsverschil was,' zei Robyn.

'Tijdsverschil?' vroeg ik, terwijl mijn hersens nog steeds niet meer dan twintig procent werkten.

'Als we om middernacht Nieuw-Zeeland hadden opgeroepen, was het daar twee uur 's nachts geweest, dus dan sliep iedereen,' legde Lee uit.

'O ja.'

Ik dronk de thee.

'Dus wat gaan we doen?' vroeg ik, toen mijn hersens weer snel genoeg werkten.

'Het nog eens proberen, nu ongeveer,' zei Robyn. 'We kunnen het niet veel langer uitstellen. Vandaag zullen ze heel waarschijnlijk naar ons gaan zoeken, dus moeten we snel een schuilplaats hebben.'

Ze ging Homer wakker maken, terwijl ik de theeblaadjes weggooide en achter de anderen aanliep naar het huis. Hoewel Lee ons had bezworen dat alle lichten deze keer uit waren, deden we toch nog een controle, wat hem pisnijdig moet hebben gemaakt. Toch was hij tactvol genoeg om niets te zeggen. Ik was zo platgeslagen van vermoeidheid dat ik me nauwelijks kon bewegen. Ik dacht aan de actiefilms waar Lee zo van hield, waarin de held een karategevecht houdt, iemand op ski's achtervolgt, in een schietgevecht meedoet en met piranha's vecht, en al die tijd niet lijkt in te zakken of rust nodig lijkt te hebben.

Iedere keer dat we iets gevaarlijks deden, duurde het ontzettend lang voordat we daar weer van hersteld waren, niet vanwege de fysieke inspanning, die soms best meeviel, maar meer, denk ik, vanwege de emotionele weerslag. De gebeurtenis bij de rivier – ik noem die een gebeurtenis, omdat ik dan niet aan woorden als doodslag of moord hoef te denken – was zo overweldigend dat ik heel lang met mijn emoties geen weg wist.

Dus het controleren van de lichtknopjes was ongeveer de zwaarste taak die ik uitvoerde. Voor één keer nam ik genoegen met een tweede plaats. Homer kwam binnen en hij zag er verschrikkelijk uit, hij wreef in zijn ogen en rilde van de vroege-ochtendkou. Maar hij was er erg op gebrand om de zender in werking te zetten en omdat niemand daar bezwaar tegen scheen te hebben, namen we weer dezelfde posities in als de nacht ervoor. Ik merkte dat ik ook rilde, van de kou of van het risico dat we namen, maar vooral van het opwindende gevoel dat we straks misschien weer met een ons gunstig gezinde volwassene konden praten, wat een zeldzame gebeurtenis was in ons leven.

Kevin trok aan het touwtje, de generator sloeg meteen aan, de lichten bleven uit, maar toen de spanning op 240 volt stond en Homer de hendel overhaalde, floepten alle apparaten om ons heen aan. De computer maakte een snorrend geluid, op de videorecorder flikkerden allemaal nullen, de printer deed van pedam pedam en een aantal radio's liet een ruis horen die klonk als regen op het dak. Robyn en ik renden als een gek rond om alle stekkers eruit te trekken, behalve die van de kortegolfzender. Homer concentreerde zich op de afstemknop en draaide er langzaam aan. Er klonk voornamelijk geruis, maar zo nu en dan hoorden we er buitenlandse stemmen doorheen, niets dan onverstaanbaar gemompel dat voortdurend door gekraak werd onderbroken. Soms was het gekraak zo hard en onverwacht dat het een geweerschot leek: ik schrok me elke keer dood.

Nadat we tien minuten hadden toegekeken hoe Homer de knop achteruit en vooruit draaide, vroeg Robyn: 'Hoe lang moeten we nog met dit linke gedoe doorgaan?'

Zonder op te kijken zei Homer: 'Vraag maar aan Lee hoe het buiten is.'

Ik ging door het achterraam naar buiten en trof Lee bovenop de watertank aan, waar hij de wacht hield, volkomen verborgen achter klimop.

'Hoe gaat 't hier?' vroeg ik.

'Niets aan de hand. Hoe gaat 't met de radio?'

'Alleen maar ruis.'

'Laten we nog een kwartier doorgaan,' zei Homer, toen ik met dat bericht terugkwam.

'Dat is al met al bijna een halfuur,' zei Robyn. 'Dat is lang genoeg om ons met opsporingsapparatuur te localiseren.'

Niemand leek een besluit te willen nemen. We bleven naar Homer kijken, die met een schuin hoofd, gespannen luisterend, verder zocht.

Na eenentwintig minuten hoorden we iets, een paar woorden in het Engels. Homer draaide de knop meteen terug, om de stem scherp te krijgen. Na een paar keer heen en weer draaien had hij hem ineens luid en duidelijk. We leunden allemaal naar voren.

'... maar een vossenhuid moet perfect zijn,' zei een man. 'De prijzen zijn zo laag dat het de moeite niet meer waard is. Er zijn te veel van die beesten. Over.'

We konden het antwoord niet verstaan, maar na wat geruis sloeg Homer toe. Hij drukte de zendknop in en zei: 'Hallo, hoort u mij?' Hij zei het drie keer en daarna liet hij de knop weer los.

Het antwoord kwam meteen. De man zei: 'Wacht even, Hank, dat laatste heb ik niet verstaan. Er zit iemand tussen. Hé, ga even uit de lucht, man. Heb je geen manieren?'

Ik fluisterde tegen Homer: 'Zeg: *mayday*.'

Ik wist dat dat een krachtig woord was om te gebruiken. En dat was het zeker. Homer zei het drie keer. Plotseling hadden we een bondgenoot.

'Hank, ik krijg een *mayday* binnen. Ik bel je morgen. Zeg het maar, *mayday*. Wat is het probleem?'

'Bent u in Nieuw-Zeeland?' vroeg Homer.

'Correct, over.'

We leunden allemaal naar voren, in een kluitje rond de microfoon, alsof we in de zender wilden kruipen.

Homer begon. 'We zijn met z'n zessen en we zitten vast in het gebied bij Cobbler's Bay, bij Stratton. We hebben sinds de invasie op vrije voeten weten te blijven, maar het wordt nu echt moeilijk. We hopen dat we hulp kunnen krijgen om hier weg te komen, voordat we gepakt worden. Het is behoorlijk link op dit moment. Eh, over.'

De stem van de man kwam meteen terug, kalm maar zelfverzekerd. 'Oké, begrepen. Ten eerste: vertel niet meer waar je zit. Je weet nooit wie er meeluistert. Ten tweede: blijf niet te lang in de lucht. Dan kunnen ze je opsporen. Nou, jongen, zoals je je kunt voorstellen zijn jullie niet de eerste Australiërs die om hulp vragen. Ik kan alleen jullie gegevens noteren en die aan het leger doorgeven. Ik moet jullie eerlijk zeggen dat ik denk dat we niet veel voor jullie kunnen doen. Dat gold namelijk ook voor de anderen met wie we gepraat hebben. Maar als je je over twee uur weer meldt, heb ik inmiddels een babbeltje gemaakt met de inlichtingendienst en dan hoor je wel wat die zeggen. Over.'

'Waar bent u?' vroeg Homer.

'South Island. Zesendertig kilometer van Christchurch. Heb je verder nog iets te vertellen over jullie zelf? Maar wees voorzichtig, hè. Over.'

'We zijn gewoon een groepje tieners,' zei Homer. 'We hebben ons best gedaan, maar ik weet niet hoe lang we het nog volhouden.'

Homer klonk vermoeid en verslagen, het leek wel alsof hij ging huilen. Daar schrok ik erg van. Ik dacht niet dat dat met Homer kon gebeuren. Robyn greep de microfoon.

'Als u met het leger praat,' zei ze, 'zeg dan dat wij Cobbler's Bay hebben opgeblazen. Over.'

'Cobbler's Bay, oké. Dat zal ik zeggen. Verder nog iets? Over.'

'Nee,' zei Robyn. 'Dat is alles, geloof ik. We melden ons weer over twee uur. Uit.'

'Hou je taai, jongens,' zei de man. 'Wees voorzichtig. We staan honderd procent achter jullie, dat weten jullie wel. Uit.'

20

Die twee uur leken een eeuwigheid te duren. We hadden allemaal dezelfde gevoelens, denk ik. We hadden in het begin zoveel verwacht van ons contact met Nieuw-Zeeland, al wisten we niet precies hoe de mensen daar ons zouden kunnen helpen. Wat was het spannend geweest toen de man op onze noodkreet antwoordde. Maar algauw had hij ons kleine beetje hoop de bodem in geslagen. En daar reageerden we natuurlijk navenant op. We liepen ieder een andere kant uit — de vier die niet de wacht hielden dus — omdat we geen zin hadden om iets tegen elkaar te zeggen. Ik zag nu helemaal geen lichtpuntje meer. Wat konden we doen? Waar konden we heen? De enige keus die we hadden was teruggaan naar de Hel, maar dat idee kon ik op dat moment niet verdragen. Ik dacht dat ik gek zou worden in die claustrofobische ketel van rotsen en bomen. Ik wou er nooit meer heen. Ik wilde roltrappen en stoplichten en wolkenkrabbers en mensenmassa's op straat zien. Ik wilde tussen miljoenen mensen zijn, in de grootste stad van de wereld. Onze manier van leven en de vijf mensen met wie ik mijn dagen moest doorbrengen kwamen me m'n neus uit.

Een kwartier voordat we ons weer moesten melden kwam ik terug in de kamer met de elektronische apparatuur. Ik dacht dat het gevaarlijk werd en werd nu bang van alles wat we in fel daglicht deden. We moesten uit het licht blijven. Ik zei tegen Homer dat we het snel moesten doen, zodra het kon. Maar Homer reageerde alleen maar beledigd en zei dat hij dat zelf ook wel wist en dat hij niet stom was. Ik zuchtte en ging zitten, staarde om de haverklap op mijn horloge en liep om de paar minuten naar buiten en keek angstig de weg af. Robyn en Fi hielden de wacht, maar zij wilden per se in de buurt blijven, wat betekende dat ze praktisch bij ons in de kamer zaten.

Twee minuten voor de afgesproken tijd zette Kevin de generator aan en zodra de spanning op 240 volt kwam, rende hij naar binnen om te luisteren. Homer had de zender op de juiste frequentie laten staan en begon te zenden. Tot onze opluchting en opwinding kreeg hij bijna meteen antwoord. Er was deze keer meer ruis, maar we konden de man duidelijk verstaan.

'Oké, ik ontvang je,' zei hij. 'Ik heb hier iemand bij me die graag met je wil praten. Wat jullie in Cobbler's Bay hebben gedaan, heeft kennelijk nogal wat opschudding veroorzaakt. Ik heb nog nooit zo snel een reactie van het leger binnengekregen. Daar komt-ie.'

Bijna meteen daarop hoorden we een andere stem. Kalm, maar streng en krachtig. Ik moet toegeven dat ik er een beetje door werd afgeschrikt, omdat hij zo op de stem van majoor Harvey leek. Misschien klonk iedereen met een militaire opleiding wel zo.

'Ik ben luitenant-kolonel Finley van de militaire inlichtingendienst. Wij hebben vernomen dat er onlangs schade is aangericht aan vijandelijke installaties in Cobbler's Bay en

219

wij begrijpen dat u daar de verantwoordelijkheid voor op-eist. Ik zou graag alle informatie van u krijgen, maar bedenk daarbij dat de geheime dienst van de vijand dit gesprek kan afluisteren. Kunt u me desondanks iets vertellen? Over.'

Homer haalde diep adem, ging wat rechterop zitten en begon.

'We zijn sinds de invasie al vrij,' zei hij voorzichtig. 'Ik zeg niet met z'n hoevelen we zijn, of wie we zijn of hoe oud we zijn. Maar we hebben inderdaad in de baai weten te komen en daar de boel kunnen vernietigen. We hebben daarbij bijna twee ton springstof gebruikt en een container-schip opgeblazen. Door de explosie zijn ook twee kranen beschadigd, er is een helikopter neergestort en de kade is in brand gevlogen. Dit is de vierde aanval die we sinds de in-vasie hebben uitgevoerd, maar nu zijn we op de vlucht en hebben we hulp nodig. We kunnen nergens meer heen en de toekomst is onzeker. We moeten hier weg en we wil-len graag weten of u ons kunt helpen. Over.'

Kolonel Finley antwoordde meteen.

'Hoe beoordeelt u de huidige operationele capaciteit van Cobbler's Bay? Over.'

Homer zocht naar woorden. Uiteindelijk kwam er alleen 'Hoe bedoelt u?' uit.

'Kan de kade nog functioneren? En zo ja, in welke ma-te? Over.'

Homer keek ons hulpeloos aan. Ik greep de microfoon uit zijn hand. 'Dat kunnen we niet zeggen. We zijn geen experts. Het is een grote puinhoop, dat is alles. Het groot-ste deel van de kade is vernietigd, dus als ze die schade niet herstellen, wordt het laden en lossen erg moeilijk. Over.'

'Weet u ook hoe het containerschip heette dat u tot zinken heeft gebracht?'

'Nee.'

'Weet u onder welke vlag het voer?'

'Nee.'

'Bent u bekend met de lading?'

'Nee. Alleen lege containers, denken we.'

'Is er een kans dat u daar teruggaat om een paar dingen voor mij uit te zoeken? Als ik u een lijst vragen doorgeef, dingen die onderzocht moeten worden?'

Mijn bloed begon te koken. 'Nee, nee, geen sprake van! We zijn geen zelfmoordenaars. Over.'

'Oké, dat begrijp ik heel goed. U heeft kennelijk heel goed werk geleverd. Moment, dan geef ik u terug aan Laurie. Over.'

'Wacht!' gilde ik. 'Wacht!' Ik probeerde rustig te spreken. 'Wat gaat u... ik bedoel, kunt u ons hier niet weghalen?'

'Helaas niet. We hebben daar eenvoudig de middelen niet voor. We draaien nu al op volle toeren, zoals u wel zult begrijpen. Maar zo te horen kunt u prima voor uzelf zorgen. Over een paar maanden zal de situatie vast en zeker anders zijn, maar tot die tijd kunnen we niets voor u doen. Hou contact met Laurie en wij zijn u zeer erkentelijk voor alles waar u in deze oorlog aan bijdraagt, dat moet u geloven.'

Ik hield verder mijn mond en even later kwam Laurie weer terug en ging verder met het gesprek. Hij zei dat hij iedere avond om acht uur, plaatselijke tijd, zou luisteren of we contact met hem wilden hebben. Meer konden ze niet voor ons doen. We waren weer helemaal op onszelf aangewezen. We hadden korte tijd hoge verwachtingen gehad, en toen stonden we ineens met lege handen.

Er viel een stilte in de kamer. Niemand scheen iets te kunnen uitbrengen. We waren allemaal veel te verslagen. Ik had allang de wacht moeten afwisselen. Homer ook, maar die zat er zo terneergeslagen bij dat hij het vergat. Ik ging Robyn aflossen, niet omdat ik mezelf zo graag opofferde, maar omdat ik een tijdje alleen wilde zijn, en de wacht houden was daar uitstekend voor geschikt.

Ik vond een plekje boven op het wrak van een verhuiswagen, waar ik terechtkwam door in een boom te klimmen en me erop te laten vallen. De dunne takken van de boom hingen over de wagen, zodat ik goed beschut was. De wagen zag eruit alsof hij omver was gerold: niet alleen was hij helemaal ingedeukt aan de passagierskant, maar ook het dak lag in de kreukels. Er groeide gras in het dak in een klein hoopje aarde, dat daar waarschijnlijk tijdens het kantelen in was gekomen. Ook onkruid tierde welig. Het was niet zo'n goeie plek om de anderen te waarschuwen als er plotseling vijandelijke troepen binnenvielen, maar dat zag ik wel als het zover was, bedacht ik. Ik ging zitten met mijn armen om mijn knieën geslagen en vroeg me af wat we nu moesten doen. Misschien een vliegtuig kapen en naar Nieuw-Zeeland vliegen. Ik keek naar mijn armen en handen. Die zagen er behoorlijk ruw uit. Ze zaten onder de schrammen en littekens. De knokkels van mijn linkerhand waren gezwollen van toen ik door de vloedgolf in de baai tegen de rotsen werd geslagen. Ik probeerde te bedenken hoe lang geleden dat was, maar dat lukte me niet. Het leken wel weken, al wist ik dat het niet zo was. Waarschijnlijk maar een paar dagen.

Ik had een litteken op mijn rechterduim, dat helemaal te-rugging tot de tijd dat we Lee uit Wirrawee bevrijdden met een laadschop. Aan de binnenkant van mijn rechterarm zat een langgerekt litteken, dat ik tijdens mijn strompeltocht door het bos had opgelopen, in de nacht waarin Harvey's Helden werden afgeslacht. Ik weet niet hoe ik mijn arm had bezeerd, ik was toen te overstuur om het te merken. Een tak, denk ik.

Achter op mijn linkerelleboog zat een muggenbult, op de rug van mijn ene hand een blauwe plek, die ik had gekregen toen ik in het donker was gestruikeld. Mijn vingernagels waren een aanfluiting voor de manicure, ruw, afgebeten, gekloofd, gescheurd. Ze waren allemaal beschadigd. En mijn nagelriemen bloedden gauw. Misschien kwam dat door vitaminegebrek, wie weet. Ik heb me nooit zo verdiept in schoonheidsmiddelen voor je huid, maar ik had wel de gewone verzameling vochtinbrengers en crèmes en lotions, die ik voor speciale gelegenheden gebruikte, op feestjes en zo. Ik gebruikte ze weinig tijdens school. Daar had ik trouwens niet eens tijd voor. Ik had 's morgens veel te veel te doen. Maar nu zou ik alles overhebben voor mijn rijtje potjes en tubes. Ik zou het heerlijk vinden om die zachte, witte, geurende crème langzaam in mijn huid te wrijven, zodat hij soepel en zacht werd en weer ging ademen. Een kleine luxe, waar ik hevig naar verlangde.

Op de een of andere manier was Lee me naar de verhuiswagen gevolgd. Ik weet niet hoe. Hij had zeker de neus van een speurhond. Maar toen hij me daar zag zitten, begon hij in de boom te klimmen om bij me te komen. Hij zei niets, maar klom langzaam het dak op en kroop daarna over het gedeukte metaal.

'Hoi,' zei ik.

'Hoi.'

'Dus we gaan niet naar Nieuw-Zeeland.'

'Dat schijnt.'

'Ik hoopte zo…'

'Ik wist niet of het goed of slecht zou zijn. Ik had toch nooit gedacht dat ze ons zouden oppikken en ik weet ook niet of ik wel bij m'n familie kan weglopen.'

'Ja, daar maakte ik me ook zorgen over. Maar we kunnen blijkbaar niets voor ze doen. Nog niet.'

'Je vindt me niet meer aardig, hè?'

Die vraag overrompelde me. Ik wist dat hij zou komen, maar niet zo.

'Ik vind je best aardig.'

'Maar niet zoals vroeger.'

'Zou kunnen.'

'Waarom dan niet?'

'Ik weet niet. Zo gaan die dingen gewoon.'

'Dus de ene minuut vind je me aardig en de volgende milliseconde niet meer?'

'Zoiets, ja.'

'Dat klinkt niet erg waarschijnlijk.'

'Hoe het klinkt kan me niet schelen, maar zo ging het.'

'Heeft Fi iets onaardigs over me gezegd?'

'Fi? Nee, waarom zou ze?'

'Dat weet ik niet, maar je praat altijd met haar en je luistert zo goed naar wat ze zegt.'

'Dat kan zijn, maar ze heeft niets lulligs over jou gezegd.

Ze is niet zo achterbaks als ik.' Ik grijnsde, maar Lee zag er op dat moment de humor niet van in.

'Heb ik iets verkeerds gezegd?'

'Nee, nee, echt niet. Er is niets ergs gebeurd, dat zweer ik. Misschien hadden we even genoeg van elkaar. God, we zijn nog zo jong, we hoeven niet gelijk met elkaar te trouwen, toch? Op onze leeftijd hoor je heel vaak verkering te hebben.'

'Mijn vader was zeventien toen hij trouwde.'

'Nou, joepie, wat fijn voor hem, zeg. Maar ik heb nog geen plannen in die richting, echt niet.'

'Neuk je met Homer?'

Ik hief mijn arm snel op om hem een klap te geven, maar ik bedacht me. Toch snap ik niet dat ik hem niet meteen van het dak heb geduwd. Wat een lef, om zoiets te zeggen. Ik weet dat hij het alleen maar zei omdat hij van streek was, maar daarmee was het nog niet goed te praten. Wat een lul. Ik was echt blij dat ik hem had laten stikken, want op dat moment kon hij voor mijn part doodvallen, en ik had geen zin meer om het gesprek voort te zetten. Dus bleven we een paar minuten zwijgend zitten.

Ik besefte dat hij te ver was gegaan – je hoefde niet de Nobelprijs te winnen om dat te snappen.

Ik voelde dat hij op het punt stond zijn excuses aan te bieden. Hij had verder geen keus. Maar ik zou het hem niet te gemakkelijk maken. Laat hem nog maar even in z'n vet gaar smoren, dacht ik. Maar na een tijdje schraapte hij zijn keel een paar keer en slaagde er met moeite in om te zeggen dat het hem speet en daar deed hij ongeveer vijf minuten over.

'Oké, oké,' zei ik uiteindelijk. 'Laat maar zitten. Echt, Lee, er is niets bijzonders gebeurd. Ik wil gewoon wat tijd en ruimte hebben. Laten we er alsjeblieft geen drama van maken. We kunnen tot nu toe best goed met elkaar opschieten, we hebben niet zo veel ruzie gehad, toch? Maar ik heb het gevoel dat we nog heel wat te verduren krijgen. Ik denk dat we het heel zwaar zullen krijgen, omdat we geen duidelijke toekomst hebben en dat kan wel eens heel deprimerend werken. Dus laten we alsjeblieft een beetje vrolijk blijven en niet te veel balen van dit soort dingen.'

Hij gaf geen antwoord en zo bleven we samen zitten, totdat het begon te regenen.

'Kom,' zei ik na een tijdje. 'We gaan naar beneden. Ik moet een droog plekje zoeken om naar de slechteriken uit te kijken.'

21

Laat in de middag hielden we een vergadering in een geparkeerde auto waar ik uren in had gezeten. Het was een oude, witte Rover 2000 met leren banken, in redelijk goede staat. Ik denk niet dat hij een ongeluk had gehad, maar gewoon van ouderdom was overleden. Maar omdat ik vond dat ik het in ieder geval comfortabel moest hebben, had ik hem uitgekozen. Verder was het een van de weinige auto's die nog een voorruit had. Het dak lekte een beetje door roestplekken, maar ik ging er op veilige afstand vandaan zitten en staarde door de gekraste, vuile voorruit naar de grijze weg in de verte.

De anderen hingen midden op het autokerkhof rond. De meesten waren kennelijk in slaap toen ik terugliep om te kijken hoe het met ze was. Ik had een lang touw uitgelegd met een blik kiezelsteentjes aan het eind, waar ik aan kon trekken wanneer er soldaten in aantocht waren, zodat de anderen gewaarschuwd werden door de herrie. Om halfvier moest ik het gebruiken. Een paar vrachtwagens kwamen aanrijden, veel langzamer dan het andere verkeer dat van tijd tot tijd langsraasde. Ik gaf meteen een ruk aan het blik. Ik wist inmiddels hoe een patrouille eruitzag. Daarna glipte ik de Rover uit en kroop op mijn buik naar de anderen. We namen de snelle beslissing – er was geen tijd om rustig na te denken – dat zij zich in de kuil zouden verstoppen en ik in de boom boven de verhuiswagen zou klimmen en daar op de uitkijk zitten.

Dus klom ik langs de natte boomstam omhoog, terwijl ik probeerde om me er niet te dicht tegenaan te klemmen, zodat ik zo droog mogelijk zou blijven. Daarna ging ik ineengedoken tussen de druipende bladeren zitten en beloerde de patrouille. Ze reden meteen het kerkhof op en stopten, waarna acht soldaten, onder wie zes vrouwen, uitstapten. Het bemoedigende was dat ze niet zo'n doelbewuste indruk maakten. Ze zagen er niet uit als zwaargetrainde commando's op een zoek- en vernietigmissie. Ze zagen eruit als een stel amateur-soldaten die de regen in waren getrokken om een klus te doen waar ze niet erg veel zin in hadden. Er was ook een vrouwelijke officier bij, die een paar minuten schreeuwend bevelen uitdeelde en gebaarde, en daarna gingen ze in groepjes van twee uiteen in verschillende richtingen.

Het was allemaal een beetje vrijblijvend. Ze porden wat onder auto's en keken in de meeste. Maar daarmee hield het ongeveer wel op. Een van hen liep naar de achterdeur van het huis, waarvan hij waarschijnlijk dacht dat het de voordeur was, en maakte de ruit ervan stuk. Ik hoorde het glas met veel gerinkel vallen. Hij tuurde naar binnen, maar kwam bijna meteen weer terug met een fronsend gezicht, terwijl hij iets tegen zijn maat zei. Ik kon wel raden wat het was: het stinkt hier. Daar had hij gelijk in. Ik kon er helemaal inkomen.

Binnen een halfuur waren ze verdwenen. Ik wachtte tien minuten en ging toen de anderen uit hun hol halen. Niemand was onder de indruk. We hadden het al eens eerder meegemaakt. We waren voor de zoveelste keer ontsnapt, en niet eens op het nippertje, hoewel het natuurlijk ook heel anders had kunnen lopen. Er had maar één nieuwsgierige soldaat hoeven zijn die het ijzer over de kuil had opgemerkt en de anderen had geroepen, en we waren er geweest. Het zou nog wel eens gebeuren. We zouden nog wel eens gepakt worden. Maar kennelijk was het moment nog niet aangebroken.

Ik ging naar de Rover terug om mijn wachturen vol te maken, en daar kwamen de anderen ook, een halfuur voor zonsondergang. Robyn ging op de voorbank naast me zitten, met Fi op schoot, en de jongens propten zich achterin. Het was zo vol dat ze de achterportieren open moesten laten om erin te kunnen. Kevin zat precies onder een lekgaatje en kreeg om de paar seconden een druppel op zijn hoofd.

Het meest verrassende van onze vergadering was dat Fi de leiding nam. Alle anderen waren blijkbaar te moe en te verslagen. Homer zag er beroerd uit, alsof hij naar een wild feest was geweest en als laatste op de recoverykamer lag. Lee was verzonken in zijn eigen gedachten en Kevin zag er doodzenuwachtig uit. Hij knipperde de hele tijd met zijn ogen, alsof er stof in zat. Met Robyn ging het geloof ik wel goed, al was ze heel stil. Maar Fi zag er sterk en vastberaden uit, zoals ze soms kon zijn.

'Aangezien niemand ideeën schijnt te hebben,' zei ze met vaste stem, 'ga ik mijn mening geven.'

'Oké, Fi, doe je best,' zei ik.

'Nou,' zei ze, 'ik denk dat we het een tijdje rustig aan

moeten doen. Het beste zou een vakantie van drie weken zijn op het Barrier Reef, all-in, met duizend dollar zakgeld. Maar ik denk niet dat dat erin zit. Maar zelfs in de Tweede Wereldoorlog voerden de piloten een aantal vluchten uit en daarna rustten ze uit. Gevechtsmoe noemden ze dat, geloof ik. Nou, wij zijn ook gevechtsmoe en we hebben rust nodig. Als we proberen door te gaan, maken we onszelf kapot. De afgelopen weken zijn we geleidelijk aan gek geworden en het punt met gek worden is dat je dat niet merkt. Of we het nu voor onze gezondheid doen of omdat we dan betere vechters zijn, dat maakt niet uit. We moeten goed voor onszelf zorgen.'

'Dus vinden jullie dat we vakantie moeten houden?' vroeg Homer.

Ik was zo opgelucht dat Homer weer wat pit liet zien, dat ik wel kon janken. Ik denk dat het belangrijkste van alles was dat Fi ons toestemming gaf om even rust te nemen. Er waren geen volwassenen om ons heen om dat tegen ons te zeggen en wij zeiden dat allang niet meer tegen onszelf. We verkeerden in een geestesgesteldheid waarin we niet helder meer konden denken. We gingen maar door, totdat we kapotgingen als te veel gebruikte machines. Tijdens Fi's praatje besefte ik dat het goed was om even pauze te nemen, dat we deze oorlog niet helemaal alleen hoefden te winnen.

'Ja,' zei Fi vastbesloten.

'Ik wil niet terug naar de Hel,' zei Robyn.

'Ik ook niet,' zei ik.

'Ik zou het wel leuk vinden,' zei Kevin. 'Ik ben er al zo lang niet meer geweest.'

'Ik dacht aan de Istmus,' zei Fi.

'Ja!' zei Lee plotseling. We schrokken zo van zijn uitbarsting, dat we ervan moesten giechelen. Ik zag Lee in de gebarsten achteruitkijkspiegel. Hij zag er een beetje schaapachtig uit, maar hij had een grijns op zijn gezicht.

'Dat zie je wel zitten?' vroeg Homer aan hem.

'Nou ja, ik vind de Istmus mooi,' zei Lee.

De Istmus is een landengte die de stad Ferris verbindt met het Blue Rocks National Park. Eigenlijk heet het Webster's Istmus, maar niemand gebruikt die naam.

Je kunt het natuurreservaat niet met de auto in. Je kan kiezen tussen lopen of varen, want er is geen weg over de landtong. Dat was dus ideaal voor ons. Het reservaat is prachtig, maar de landtong zelf is nog prachtiger. Ik was er een keer geweest met Fi's ouders en ik sliep in een hut van vrienden van hen. Ik wist niet dat Lee daar ook was geweest.

'Wanneer was je daar?' vroeg ik aan zijn spiegelbeeld.

'Met de padvinderij,' zei hij.

'Ben jij padvinder geweest?'

'Ja, hoor. Ruim een jaar. Ongeveer een kilometer van Ferris is een padvinderskamp en we zijn daar vijf dagen geweest met Pasen. Het was fantastisch. We moesten onze benen uit onze gat lopen, maar dat vond ik heerlijk. Wat een plek.'

'Mmm,' knikte ik, terwijl ik terugdacht aan het woeste landschap, waar het water tegen de rotsen sloeg. 'Daar zijn we wel een tijdje veilig. Ik denk dat de kolonisten het veel te druk hebben met koloniseren om lekker door de rimboe te lopen.'

'Maar dan blijven we nog langer uit Wirrawee weg,' zei Robyn aarzelend. 'Ik voel me schuldig als we niet in de buurt van onze families zijn, ook al kunnen we ze niet helpen.'

'Natuurlijk,' zei Fi. 'Dat hebben we allemaal. Maar wees even eerlijk: wat kunnen we voor ze doen? We weten allemaal het antwoord: niets. Je moet dit als een vakantie beschouwen. We gaan er bijvoorbeeld twee weken heen en aan het eind van die twee weken gaan we naar Wirrawee terug om te kijken hoe het daar is. We hebben zat te eten, met al die blikken die we hier hebben gevonden, maar het is te zwaar om het allemaal mee te nemen. We zullen de Jackaroo moeten nemen. Dat is riskant, maar ik denk dat het wel kan. Als we midden in de nacht rijden, langzaam, zonder licht, kan ons niets gebeuren. Ze denken vast dat we hier al weg zijn. Alle patrouilles komen in Cobbler's Bay terug met het verhaal dat ze niets gevonden hebben, en hun bazen zullen wel nooit te weten komen dat ze ontzettend slecht in zoeken zijn.'

'Hopelijk komen ze daar nooit achter,' zei Robyn geëmotioneerd.

Niemand had serieuze bezwaren tegen Fi's voorstel. Het enige probleem was wanneer. Niemand had zin om meteen te vertrekken. Het was nog te vers na de aanval. We besloten nog vier dagen te blijven, om te zien of ze dan het gebied niet meer doorzochten. Het was wel saai, maar saai was in ieder geval beter dan dood.

Dus lummelden we maar wat rond. Ik zat en dacht na en keek uit over de weiden. Ik schaam me een beetje dat ik weer op mijn duim ging zuigen, tot mijn linkerduim er zacht, wit en nat uitzag. Maar schoon was-ie wél.

We zochten naar boeken in het huis, maar er waren er maar twee, afgezien van technische handboeken. Dat vond ik verbazingwekkend: een huis met maar twee boeken. Het ene heette *Hoe maak je vrienden en beïnvloed je mensen?* en het andere was *Gejaagd door de wind.* Niemand wilde het eerste lezen, maar Fi en Robyn kregen ruzie om *Gejaagd door de wind.* Uiteindelijk sloten ze een compromis: Fi leest sneller dus die mocht beginnen en als ze een bladzijde gelezen had, scheurde ze hem uit en gaf hem aan Robyn. Dat liep als een trein.

Homer en Kevin begonnen met de motor van de Jackaroo te knoeien, waarbij ze verschillende onderdelen uitprobeerden die ze uit de autowrakken haalden. Ze beweerden dat hij daardoor sneller, zachter, schoner en soepeler ging draaien. Toen ze klaar waren, was ik blij dat hij het überhaupt nog deed.

Lee verdween uren achtereen. En dan bedoel ik veel uren, acht of tien. Ik denk dat hij gewoon rondzwierf in de richting waarin zijn stemming hem dreef. Wat was hij rusteloos. Ik vroeg me af of hij in een wild beest aan het veranderen was, een eenzame wolf misschien.

Op de derde dag, om vier uur 's middags kwam er verandering in onze plannen. Ik zat boven op de verhuiswagen en zoog op mijn duim, toen ik Lee zag terugkomen door de weide. Hij liep vlak langs de bomen, schoot van boom naar boom, een schaduw tussen vele schaduwen. Toen hij over de omheining van het autokerkhof klom, klom ik naar beneden en liep hem tegemoet.

'Trommel ze allemaal op,' zei hij, zodra hij me zag. 'Vergadering in de Jackaroo.'

Ik keek even naar zijn gezicht en rende weg om de anderen te halen. Binnen een paar minuten was iedereen er en keek naar Lee. Hij zei één woord, maar dat was genoeg.

'Honden,' zei hij.

'Wat bedoel je?' vroeg Fi, maar de rest van ons wist het al.

'Ze hebben een meute honden,' zei Lee. 'Twee Duitse herders en een stel beagles. Ze zijn er voor vandaag mee genokt, maar ze zullen morgen wel terugkomen. En ze rotzooien niet maar wat aan, ze weten precies wat ze doen.'

'Begin 's bij het begin,' zei Homer.

'Het is een kort verhaal. Ongeveer drie kilometer hier vandaan zijn een kerk, een gemeentehuis en een boerderij aan de andere kant van de weg. Ik kwam net de heuvel op achter de kerk, toen ik de honden hoorde blaffen. Ik ging meteen liggen en kroop een eindje naar voren, en daar waren ze: ze doorzochten de kerk en het gemeentehuis. Vier soldaten, elk met een hond. Toen ze daar klaar waren, gingen ze de boerderij doorzoeken. Het duurde maar tien minuten. O ja, en er waren er nog twee met geweren, die alleen maar toekeken. Toen stapten ze met z'n allen in een vrachtwagen en reden naar het volgende gebouw, een oude school, zo te zien. Weer zoeken, daarna overlegden ze even en keken op hun horloge, sprongen weer in de vrachtwagen en reden weg in de richting waarin ze gekomen waren.'

'Dus blijkbaar kammen ze de hele weg af?' vroeg ik.

'Precies. En als dat zo is, zijn ze hier morgen tegen lunchtijd. Op z'n laatst.'

We keken elkaar aan.

234

'Nou, wie stemt er voor de Istmus?' vroeg Homer, toen niemand iets zei.

Het leek het verstandigste om te doen. We moesten nu wel met de auto, omdat als we gingen lopen de honden onze geur zouden oppikken. We moesten de Jackaroo weghalen, omdat die zo'n dodelijk bewijsstuk was tegen ons. Kennelijk was het moment aangebroken om dit gebied te verlaten.

Daarna kwam de boel in actie.

We hadden geen kaarten, maar we dachten dat we wel zonder konden. Als we ten zuiden van Stratton bleven, kwamen we vanzelf op de Conway Highway en die ging rechtstreeks naar Ferris. Ik rekende op een rit van drie uur. Benzine zou misschien het grootste probleem worden. Er stonden honderden auto's om ons heen, maar we hadden geen drupje benzine. De Jackaroo was driekwart vol en ik hoopte maar dat de tank groot genoeg was.

We besloten om halfdrie 's nachts te vertrekken, maar uiteindelijk werden we zo ongedurig dat we even voor twee uur weggingen. Robyn en Fi zaten al een uur in de auto: dat deden ze, zeiden ze, om zeker te zijn van een plaatsje voorin. De jongens bromden wat, maar schikten zich op de achterbank. Ik ging achter het stuur zitten en even later waren we onderweg.

De regen striemde weer tegen de ruit en de temperatuur ging omlaag. Geen goed begin van onze strandvakantie. Maar de stemming was beter. Het was goed om weer op pad te gaan.

We reden langzaam langs de rand van de weg, zonder licht. Steeds wanneer het bos dunner werd en er een bocht in de weg kwam, stopte ik. Om beurten liepen we naar de hoek om te zien of de kust veilig was en dan zwaaiden we.

Blijkbaar behoorden de toevallige patrouilles tot het verleden en we dachten dat we konvooien zouden zien voordat ze ons zagen, ook al reden ze met klein licht. Het viel me op dat we sinds onze aanval op de baai bijna geen konvooien meer hadden gezien. Dat zei ik tegen de anderen en daar werden ze nog vrolijker van. Misschien hadden we echt iets bijzonders bereikt met onze explosie. De reactie van luitenant-kolonel Finley was in ieder geval bemoedigend. Hij was niet meteen naar de radio gerend om met ons te spreken als we alleen maar iemands banden hadden laten leeglopen.

We begonnen over al die dingen te praten. Het scheen een nieuw soort drang te zijn: iedereen stortte ineens zijn hart uit over wat hij had gedaan en wat hij had gezien en wat hij had gevoeld. Dat was ook zo gegaan na de andere grote acties, we moesten er steeds maar over praten, totdat de behoefte verdween. Maar dat hadden we met de actie in Cobbler's Bay nog niet gedaan. Misschien waren we te moe geweest of te gedeprimeerd. In mijn geval was het allemaal te groot. Ik kon het allemaal niet vatten. Vooral het laatste gedeelte ervan, toen we die soldaten neerschoten. Dat was me allemaal veel te overweldigend. Maar wat ik vooral niet kon vatten, was dat het me op een ander vlak helemaal niets had gedaan. Ik had kogels door hun ingewanden gejaagd, ik had ze doodgeschoten en ze laten liggen, terwijl het bloed uit hun lichamen stroomde op het felrode zand, en ik had nauwelijks gemerkt dat ik dat had gedaan. Het was gewoon een moment in mijn leven, een 'incident', net als dat je schapen ontwormt. Ik voelde er niets bij.

En zo reden we verder en ik praatte erover, maar niet veel, voornamelijk omdat ik er bijna niet tussen kon komen. Iedereen praatte door elkaar, onderbrak de ander voordat hij was uitgepraat, maakte zelfs zijn zinnen voor hem af. Het leek wel een toneelrepetitie op school. Homer was nog steeds het rustigst, maar hij zei wel een paar dingen waardoor ik besefte hoezeer de uren in de container en de ontsnapping in de baai, recht in de armen van de vijand, hem hadden aangegrepen. Ik weet nog dat ik vurig hoopte dat hij nooit meer gepakt zou worden, omdat ik dacht dat hij daar niet tegen bestand zou zijn. De zwemtocht en de overval van die lui bij de beek hadden hem echt van streek gemaakt. Zijn zelfvertrouwen had een knak gekregen.

'Ik had het opgegeven,' zei hij, toen ik hem vroeg hoe het zwemmen was gegaan.

'Opgegeven?' zei ik verschrikt.

'Ze hadden me gezien en ik was te moe om nog onder te duiken.'

'Wie hadden je dan gezien?'

'Die lui in de boot en in de helikopter.'

'En toen? Schoten ze op je? Hoe ben je ontsnapt? Had je het toch niet helemaal opgegeven?'

Hij haalde zijn schouders op. 'Ik dreef daar en zag ze aankomen. Toen ging het schip de lucht in.'

Meer wilde hij niet zeggen. Ik vroeg aan de anderen: 'Wat gebeurde er precies bij de beek?' Maar niemand wist precies hoe ze gepakt waren.

'Het was vast die helikopter,' zei Kevin.

'We letten niet echt goed op,' gaf Fi toe. 'We waren niet...'

'Ik had de auto niet eens gehoord,' zei Lee.

'Ik denk dat we te hard praatten of zoiets.'

'Ik hoorde jou gillen,' zei Robyn tegen Fi, 'en toen pas zag ik dat ze er waren.'

'God, dat vergeet ik nooit meer,' zei Fi huiverend.

'En ook niet wat je toen tegen ze zei,' zei Robyn lachend tegen Lee.

'Wat dan?'

'Je zei dat ze moesten oprotten.'

'Wat?'

'Ik was gewoon zo geschrokken,' zei Lee. 'Het flapte eruit voordat ik er erg in had.'

'Ik geloof niet dat ze het gehoord hebben,' zei Homer.

'Jawel,' zei Kevin. 'Maar het drong niet tot ze door. Het was een en al geschreeuw en gescheld.'

'Ja, waar ging dat geschreeuw en gescheld over?' vroeg ik. 'En waarom werd er geschoten?'

'Dat was lust,' zei Kevin, maar de anderen lachten niet, dus deed ik het ook niet.

'Ze wilden de meisjes hebben,' zei Homer.

'Maar de meisjes verzetten geen stap,' zei Lee.

'Dat schot was bedoeld om er een beetje haast achter te zetten,' zei Robyn.

Toen drong het tot me door wat er aan de hand was geweest en op wat voor goed moment ik op de proppen was gekomen.

We ploeterden voort. Het enige teken van leven was een crèmekleurige bestelwagen die kennelijk ooit van een elek-

tricien of loodgieter was geweest. Hij stond op een vlucht-
haven geparkeerd met zijn parkeerlichten aan. Maar omdat
hij een eind van de weg stond, zagen we hem pas toen we
er al bijna voorbij waren. Het slechte weer hielp ook niet
mee.

We konden niets anders doen dan vaart maken en doorrijden. Vier kilometer lang reden we zo snel als ik durfde,
terwijl Kevin angstig door de achterruit keek of we niet achtervolgd werden. Toen reden we een zijweggetje in en bleven er tien minuten staan. Maar er kwam niemand en we
mochten geen tijd meer verliezen als we de Istmus voor het
aanbreken van de dag wilden bereiken. Ik startte de motor
en we reden door naar Ferris.

'Het was misschien een patrouille die lekker lag te slapen,' opperde Homer. 'In dit rotweer hadden ze natuurlijk
niet zo'n zin om buiten op en neer te lopen.'

Het klinkt misschien vreemd, maar we dachten toch dat
dat de meest waarschijnlijke verklaring was. Ik dacht het in
ieder geval wel. Daarom was het zo'n totaal onverwachte
schok toen we gepakt werden.

22

Ze hadden de plek goed uitgekozen. Het was een smal stuk weg, dat uitkwam op de oude Huntleigh Bridge. De weg maakte een bocht en stak daarna recht de brug over. Voorbij de brug begon hij weer te klimmen in een lange, flauwe bocht, die naar de afslag naar Stratton leidde. Het was bijna vier uur 's nachts toen ik in een lagere versnelling schakelde om langzaam de bocht in te gaan en de brug op te rijden. Iedereen sliep, anders had ik een vrijwilliger gevraagd om er even heen te lopen en de boel te inspecteren. Ik zag vanuit mijn ooghoek het bord GEEN DOORGANG OVER BRUG, een fletse gele diamant. Toen hobbelden we over het oude, houten brugdek. Het leek alsof we over een spoorweg reden.

Nadat we eroverheen waren, ging ik weer sneller rijden in de lange bocht. Ik dacht dat ik het me verbeeldde toen ik een groot, grijs obstakel midden op de weg zag liggen. Een enorme, dofgrijze kei. Terwijl ik op mijn remmen ging staan, bedacht ik, stom als ik was, of er misschien een aardverschuiving was geweest. Iedereen werd wakker. Toen schreeuwde Homer iets in mijn oor, wat weet ik niet, zo hard dat ik verlamd raakte van schrik. Op dat moment zag ik wat er midden op de weg stond: een vuile, grote tank die zijn enorme, grijze loop recht op ons gericht had.

De volgende rationele gedachte die er bij me opkwam was dat ze misschien wel sliepen, net als de mensen in de bestelwagen die we eerder gepasseerd waren. Ik dacht nog steeds dat we nog wel een kans hadden. Ik stond op de rem en zette de pook in zijn achteruit, waarbij ik niet eens in de achteruitkijkspiegel keek, omdat ik dacht dat dat niet hoefde. Maar ik zag genoeg door de voorruit om te beseffen dat we zwaar in de nesten zaten. Een rij soldaten verscheen plotseling aan weerskanten van de tank. Een stuk of acht in totaal. Elke van hen droeg een geweer waarmee ze, dacht ik, een granaat of raket konden afschieten. De loop van die geweren was namelijk wel een meter lang en zo dik als een afvoerpijp. Ik snap niet dat die soldaten zoiets zwaars konden dragen. Toen schreeuwde Homer weer iets in mijn oor en deze keer kon ik hem uitstekend verstaan. Hij zei: 'Stop, stop, ze zijn achter ons!' En daarna zei hij zachtjes: 'Laat maar.' Nu keek ik wél in het spiegeltje en begreep wat hij bedoelde. Ze hadden ons in de tang. Er stond een kolossale legertruck, een legergroene legertruck tegen onze achterbumper. En meteen daarna, voordat ik tijd had gehad om dat beeld te verwerken, stond er een soldaat bij mijn raampje en drukte een geweerloop in mijn rechterwang. De soldaat hijgde, zijn gezicht glom van het zweet en zijn ogen waren wijd opengesperd, alsof hij drugs had gebruikt. Hij was zeker opgefokt omdat hij mensen moest oppakken, maar ik was bang voor hem omdat hij zo'n labiele indruk maakte. Ik deed langzaam, voorzichtig, heel voorzichtig, mijn armen omhoog. Ik draaide mijn hoofd een heel klein eindje naar links, zodat ik Robyn en Fi kon zien. Ze waren nog half in slaap en hadden nog niet helemaal door wat er aan de hand was. Zo snel gebeurde het allemaal. Hun haar stond overeind en Fi's mond viel open toen ze om zich heen keek en besefte dat ons geluk plotseling een grimmige afloop had gekregen.

Ook zij deed haar armen omhoog en daarna deed Robyn hetzelfde. Ik kon in het spiegeltje niet zo goed zien wat er achterin gebeurde, maar ik denk dat het daar net zo ging.

De soldaat naast me deed het portier open en ik stapte langzaam uit. Hij zette de motor uit en pakte de sleuteltjes. Daarna gebaarde hij met een knik van zijn hoofd dat ik naar de kant van de weg moest gaan. Ik liep erheen en ging naast de drie jongens staan. Robyn en Fi, beiden geëscorteerd door een soldaat, kwamen even later bij ons. Ik zei tegen Homer: 'Dat wordt een leuke vakantie, zeg.' Meer kon ik niet zeggen, omdat de soldaat naast me me een harde stomp op de zijkant van mijn gezicht gaf met gebalde vuist.

Hij was een lange vent en hij haalde hard uit. Het voelde alsof ik tegen een muur was geknald. De zijkant van mijn gezicht werd meteen gevoelloos en ik hoorde niets meer in dat oor. Alles begon te tintelen, mijn oog, mijn wang, mijn oor, alsof ze allemaal sliepen. Tranen brandden in mijn ogen, geen tranen van pijn en schrik, maar een reactie van mijn traanbuisjes. Ik hoopte alleen dat de soldaat niet zou denken dat ik me als een tut aanstelde en huilde van de pijn. Die voldoening gunde ik hem niet. En evenmin wilde ik dat mijn vrienden me een doetje vonden.

Zoals we daar stonden aan de rand van de weg, besefte ik maar al te goed dat de kans groot was dat we doodgeschoten zouden worden. Dat kwam door de manier waarop ze ons hadden opgesteld. Het leek huiveringwekkend veel op een filmscène waarin er iemand voor een vuurpeloton wordt geëxecuteerd. Ik weet niet of de anderen dat ook zo voelden, maar ik in ieder geval wel. Niemand zei nog iets. We stonden met ons hoofd gebogen, ieder met zijn eigen angst. Toen liet Kevin plotseling een scheet en, idioot, maar waar, we kregen allemaal de slappe lach. Het was zo'n harde, ratelende scheet en zo onverwacht en ongepast, dat we echt niet wisten wat we ermee aan moesten.

Ik dacht dat we vast en zeker tot moes geslagen zouden worden. Ik stond bijna te wachten op de eerste klap, maar toen zag ik dat een paar soldaten ook hun lachen bijna niet konden inhouden. Sommige dingen zijn blijkbaar universeel. Maar een van de officiers uit een groepje dat aan de overkant van de weg stond te praten, schreeuwde iets en de soldaten trokken hun gezicht weer in de plooi. Inmiddels waren we over het ergste gegiechel heen en toen we zagen dat de soldaten weer serieus werden, probeerden we ons te beheersen. Maar ik vergeet dat moment nooit. Het maakte de situatie gewoon een ietsiepietsie makkelijker te verdragen.

Er was geen vuurpeloton. Na tien minuten moesten we naar de achterbak van de legertruck marcheren. We bleven er een paar minuten staan en keken toe hoe de tank langzaam wegrolde, en daarna gebaarde een soldaat tegen Homer dat hij in de truck moest klimmen. Toen Homer op het stalen trapje stond, gaf de man hem een harde klap op zijn achterhoofd, zodat hij bijna voorover viel. Kevin kwam na hem en ook hij kreeg een mep, en daarna Robyn. Blijkbaar was dat een routinehandeling. Maar ik vond het heel erg toen hij Fi een klap gaf. Het was alsof je een prachtige watervogel sloeg. Ik keek toe hoe de vuist tegen haar aan stompte. Haar hoofd ging omlaag en haar schouders ook, maar ik kon natuurlijk haar gezicht niet zien. Toen ik aan de beurt was en ik met dezelfde behandeling in de truck klom, zat Fi al van ons afgewend, met haar gezicht naar de voorkant van de truck.

Het was er donker en het rook naar canvas en iets anders, creosoot misschien. Twee soldaten klommen na ons erin en bonden ons in een paar minuten bij onze polsen vast aan stangen, die over de hele lengte van de truck liepen. Toen ze klaar waren, gingen ze achterin zitten en beloerden ons. Daardoor werd het lastig om iets te doen of zelfs maar te praten. Ik kon alleen maar denken.

Robyn probeerde met de soldaten in gesprek te komen, maar ze kwam niet ver. Ze zei tegen de ene: 'Wisten jullie dat we op deze weg reden?' maar hij wendde zijn ogen af. Ik weet niet of hij Engels verstond.

Ze probeerde het bij de andere, maar die zei: 'Kop dicht. Praten verboden.' Daarmee waren de mogelijkheden tot een gesprek ernstig verkleind. Robyn, die tegenover me zat, keek me aan en trok een gezicht. Ik grijnsde terug in de hoop dat ik er heldhaftig uitzag, maar ik voelde me zo angstig vanbinnen dat ik nauwelijks mijn gezicht in bedwang had.

'Doet je gezicht pijn?' vroeg Robyn.

De soldaat die haar had gezegd dat ze haar kop dicht moest houden, boog zich naar haar toe.

'Kop dicht jij!' schreeuwde hij. 'Slecht meisje.' Toen schreeuwde hij tegen ons: 'Slechte mensen, jullie. Jullie doden mijn vrienden. Jullie gaan dood, nu allemaal dood.' En hij ging bevend weer zitten.

Ik was er toen zeker van dat ze ons zouden vermoorden. Ik had ook een beetje te doen met die man. Ik had er nooit bij stilgestaan dat die soldaten vrienden hadden en met elkaar bevriend waren. Het moest voor hen net zo afschuwelijk zijn geweest toen hun vrienden doodgeschoten werden als het voor ons was. Ik had al heel lang niet meer nagedacht over wat nu goed of kwaad was. We waren gewend geraakt aan de dingen die we deden, aanvallen en vernietigen en doden, en dachten er niet bij na dat beide partijen vonden dat ze het recht aan hun kant hadden. Toen de invasie pas begonnen was, dachten we daar wel veel over na, ik weet nog dat ik erover schreef. We hadden zo'n overvloed in ons land: zoveel eten, zoveel ruimte, zoveel vermaak. Maar we wilden dat met niemand delen, ook niet met vluchtelingen. Hoe langer de oorlog duurde, hoe meer we de soldaten waren gaan beschouwen als de slechten en onszelf als de goeden. Zo simpel was het. Zo dom was het.

Maar nu kwam dat allemaal weer terug. En ongeacht wat de soldaat ervan zou vinden of wat de anderen ervan zouden denken, zei ik tegen hem: 'Dat spijt me, van je vrienden.'

Hij keek alsof ik hem een klap had gegeven. Zijn wenkbrauwen schoten omhoog en zijn mond vormde zich tot een 'o'. Hij keek geschokt, kwaad en toen staarde hij me even aan alsof hij weer een mens van vlees en bloed was. In dat korte ogenblik zag ik dat hij geen moordmachine was, maar gewoon iemand als wij, net zo jong en verward en onder net zo'n grote druk. We bekeken elkaar bijna als vrienden.

Het duurde niet lang. Zijn gezicht kreeg weer de barse,

agressieve uitdrukking van daarvoor. Maar ik was blij dat ik het had gezegd.

Een mannelijke officier ging in de cabine op de passagiersplaats zitten en een vrouwelijke officier achter het stuur. Ze startte de motor en daar gingen we. Ik zag de achterlichten van een andere auto door de voorruit en achter ons de parkeerlichten van de Jackaroo. Daarachter reed nog een voertuig. Het begon tot me door te dringen dat het onmogelijk was om hieruit te ontsnappen. Maar ik was vastbesloten om niet lijdzaam mijn dood tegemoet te gaan. Ik werd nog liever doodgeschoten tijdens een ontsnappingspoging dan dat ik alleen maar naar een muur zou lopen en daar gaan staan, terwijl ze mijn lijf met kogels doorzeefden.

We reden ruim een uur door. Ik had het de hele tijd koud en verder dacht ik erover na wat er met ons zou gebeuren. Van tijd tot tijd keek ik schuin naar mijn vrienden om te zien hoe het met ze ging. We zagen er allemaal doodsbleek, doodmoe, gespannen en doodsbang uit. Hoe konden ze nou denken dat wij gevaarlijk waren? Hoe konden ze nou al die trucks en die tank op ons af sturen? Toch besefte ik maar al te goed dat we deze mensen meer schade hadden berokkend dan wie ook in dit gebied, misschien wel in de hele staat. We waren een gevaar voor de gemeenschap, dat stond als een paal boven water. Waarschijnlijk waren we volksvijand nummer één.

In de zwakke lichten van de trucks zag ik een groen met wit verkeersbord: Stratton 14.

Dus daar gingen we heen. Logisch. Op een bepaalde manier was dat wel goed: dan kon ik ergens anders mee bezig zijn dan met de dood. Toen we er bijna waren, tuurde ik

246

door de voorruit om te zien hoe Stratton eruitzag. We waren al eeuwen niet meer in een grote stad geweest. We kwamen langs een verlaten truckerscafé dat eruitzag alsof het in gruzelementen was geslagen, alsof een reus het met een reusachtige sloophamer had bewerkt. Toen reden we door de voorsteden. Het was een schokkend gezicht. Er was wat schade aangericht in Wirrawee, maar lang niet zo veel als hier. Je kon zien dat er al veel puin was geruimd, maar het zou jaren en miljoenen kosten om het helemaal schoon te krijgen. Sommige flatgebouwen waren zo goed als onbeschadigd, maar andere waren met de grond gelijk gemaakt. De wegen waren begaanbaar, maar dat was dan ook alles. Het was één grote puinhoop van stenen, hout en beton en platen gegalvaniseerd ijzer, die naar buiten staken en klapperden in de wind als koude, metalen bladeren.

Mijn grootmoeder woonde in Stratton, maar een eind van deze plek vandaan, in een groot, oud huis in de heuvels. Toen ik aan haar dacht, rolde er een traan over mijn wang, een echte traan. Ik veegde hem nijdig weg. Ik wilde geen angst tonen, ik wilde mijn angst binnenhouden, vanbinnen een storm, maar uiterlijk een woestijn. Dat was de enige manier waarop ik sterk kon blijven.

We reden dwars door het centrum. Daar was het nog erger dan in de voorsteden. Ik wist niet of de schade door de vijand was aangericht tijdens de invasie, of door de luchtaanvallen van de Nieuw-Zeelanders erna. Maar er waren grote bommen gebruikt. Tozer's, het warenhuis van drie verdiepingen, dat het grootste deel van het blok in beslag nam, zag er nu uit als een geschikte plek voor een parkeerplaats. De achtermuur van het elektriciteitsgebouw, het grootste gebouw van Stratton, stond nog overeind, maar de rest was verdwenen.

De treurigste aanblik bood de kathedraal van het Heilige Hart. Het was een prachtige, oude, stenen kerk geweest, rustig en vredig, met glanzende glas-in-loodramen. Ik had niet graag in de buurt van het bouwwerk gestaan toen het werd opgeblazen. De enorme stenen blokken waren als Lego-stukjes in het rond geslingerd. Een ervan lag honderd meter verder op straat en was op het ijzeren hek van de botanische tuin gevallen.

We reden snel de heuvel op en bovenaan sloegen we ineens rechtsaf. Ik begreep plotseling waar we heen gingen. Naar de meest voor de hand liggende plaats: de gevangenis. Ik moest bijna glimlachen. Hoe vaak waren we niet langs die sombere, grijze muren gelopen op weg naar oma? Maar niemand had kunnen vermoeden dat ik daar zou belanden voordat ik nog maar eindexamen had gedaan. Wat een schande. Dat zouden we nooit ongedaan kunnen maken.

Toen kreeg de angst me weer in zijn greep. Ik had gehoopt dat we naar een kamp gebracht zouden worden, zoals het jaarmarktterrein in Wirrawee, en ik had er al van gedroomd dat we daar met een glorieuze ontsnapping vandaan zouden komen. Maar de gevangenis van Stratton was andere koek. Het was een streng bewaakte strafgevangenis, bedoeld voor de grootste misdadigers. Ontsnappen was er niet bij.

Ons konvooi kwam tot stilstand bij de enorme, stalen deuren van de gevangenis. Er werd veel geschreeuwd en met portieren geslagen. Alleen de soldaten in onze truck bleven zitten en keken toe. Toen kwam er een officier die met onze bestuurder door het raampje van de truck sprak. De bestuurder zette de wagen in de eerste versnelling en we begonnen vooruit te rijden. De stalen deuren rolden geruisloos opzij en we reden erdoorheen. Ze sloten even geruisloos weer achter ons. We waren in een donkere, betonnen ruimte, een soort grote garage, maar volkomen leeg. We hoefden maar even te wachten tot er een deur aan het andere eind openging en we weer verder reden. Ik keek even naar de anderen. Ze leunden allemaal voorover, net als ik, voorzover onze boeien dat toelieten, en staarden door de voorruit. We vroegen ons allemaal af welke verschrikkingen er in het verschiet lagen.

We zagen een groot gebied met gebouwen en gazons. Het was rondom afgeschermd door een hoge omheining, maar binnenin was het net een dorp, een dorp van beton, kabels en staal. Tussen de verschillende gebouwen liepen overdekte verbindingsgangen. Het waren net uit hun krachten gegroeide volières, lange kooien waar gevangenen doorheen konden worden gedreven zonder frisse lucht in te ademen.

In de weinige open stukken waren een zwembad en twee tennisbanen, maar ik had zo het gevoel dat we daar niet zo vaak gebruik van zouden maken.

De truck reed stapvoets en stopte op een groot asfaltplein bij een gebouw waar 'Administratie' op stond. Ik was benieuwd met wie we gevangen zouden worden gezet, krijgsgevangenen of de 'normale' misdadigers van vóór de invasie: de moordenaars en verkrachters en bankovervallers.

We zaten nog steeds achter in de truck en wachtten. Ik merkte dat er veel bedrijvigheid om ons heen ontstond en toen ik achterom keek, besefte ik wat het was. Er kwamen soldaten uit verschillende gebouwen. Ik zag er wel een stuk of twintig. Maar het waren geen agressieve soldaten met geweren, die ons kwamen martelen en doodschieten. Het duurde even voordat ik ze kon thuisbrengen. Maar toen begreep ik het ineens. Het waren toeristen. Het waren toeschouwers. Eindelijk begreep ik nu waar alleen het radiogesprek met luitenant-kolonel Finley me al een beetje voor had gewaarschuwd: we waren beroemdheden. Dit was net zoiets als de arrestatie van Ned Kelly. Niet dat die mensen ooit van Ned Kelly hadden gehoord, maar onze arrestatie was ongeveer van dezelfde orde.

We bleven als verstijfd zitten toen de soldaten zich achter de truck verdrongen en ons aangaapten, terwijl ze met elkaar praatten. Ik was verbaasd over hun stemgeluid. Ze praatten fluisterend, alsof ze in de kerk waren. Ze wezen op ons en maakten opmerkingen, en daarna drongen de mensen die achter in de menigte stonden zich naar voren. Ze duwden en drongen om ons goed te kunnen zien.

Ik hoopte alleen maar dat we niet dezelfde straf zouden krijgen als de Kelly-bende. Ik vervloekte de Jackaroo. Als we daar niet in hadden gezeten, hadden we misschien kunnen bluffen en doen alsof we gewone kinderen waren die zich sinds de invasie in het bos hadden schuilgehouden. Maar nu was alle hoop vervlogen, vooral omdat we geen kans kregen een verhaal in elkaar te flansen waar we ons allemaal aan konden houden.

Nadat we twintig minuten hadden zitten rillen en waren aangegaapt als dieren in de dierentuin, verscheen er een hoge officier. Hij was met meer goud behangen dan je in de etalage van een juwelierswinkel zou kunnen zien. De drom mensen ging opzij en deze man, een klein ventje met vettig zwart haar, liep naar ons toe, wierp één blik op ons en ratelde een reeks bevelen af. Onze bewakers sprongen overeind en begonnen met hun geweren te zwaaien en te krijsen. Ik denk dat ze indruk wilden maken op de officier. We hadden het fut niet om ertegen in te gaan.

Toen ze ons hadden losgemaakt, strompelden we een voor een de truck uit en gingen op een kluitje op het asfalt staan. Ze porden ons met geweren om ons in een enkele rij te krijgen en daarna marcheerden we naar een van de overdekte wandelgangen. Een bewaker met een sleutelbos maakte een hek open en daar gingen we doorheen, de toeristen achterlatend.

Toen het hek achter ons op slot was gedaan, keek ik om me heen om de omgeving in me op te nemen, maar er viel niet zoveel te zien. Om de paar meter passeerden we een kamer, maar je kon niet zien waar die voor gebruikt werd. Sommige ervan, met smalle tralieraampjes in de deur, waren natuurlijk cellen, maar er waren kennelijk ook een heleboel kantoren en opslagruimtes. Eentje leek me een kantine voor de bewakers, een andere was een controlekamer met videomonitors en telefoons en mensen achter bureaus, die naar beeldschermen keken met een heleboel groene en rode flikkerlichtjes. We gingen nog een hek door, dat eerst met een sleutel werd opengemaakt en daarna weer achter ons op slot werd gedaan. Daarna sloegen we linksaf en sjouwden verder naar een laag, reebruin gebouw dat weer door een ander hek was beschermd.

Toen we dat hek door waren, bevonden we ons in on-

ze nieuwe behuizing. Dit was de E-vleugel, de zwaarbeveiligde afdeling van de zwaarbewaakte gevangenis. In vredestijd zaten hier de seriemoordenaars. Nou ja, misschien
waren we dat ook geworden. Of het nu terecht was dat we
daar waren of niet, we hadden onze levens niet meer in de
hand. Over ons lot werd door anderen beslist.

23

Op dat punt werd ik van mijn vrienden gescheiden en naar een betonnen kamertje geleid. Van de glimpen die ik van andere cellen had opgevangen, leken ze me allemaal hetzelfde. Die van mij was vijf passen bij vier en tamelijk kaal. Er stond een laag bed dat vanonderen dicht was, zodat je er niets onder kon verbergen, vermoed ik. Er waren een wc en een wasbak, die het allebei deden, zoals ik snel en tot mijn grote opluchting ontdekte. Er was alleen koud water – ijskoud zelfs – maar daar was ik al erg blij mee. Verder stonden er alleen een bureautje en een stoel, die met grote, stalen bouten aan de grond genageld waren. Alle meubels waren glimmend wit, maar de muren waren lichtroze. Het bed was netjes opgemaakt, alsof het op me stond te wachten. Ik ging er even op liggen. De lakens waren van gestreept flanel en de sprei was een wit katoenen flodderding met diagonale gaatjes.

De luchtige gedachte schoot door me heen dat ik eindelijk weer in een echt bed zou kunnen slapen. Ik wist niet meer hoe lang ik dat al niet meer had gedaan.

Maar verder was er niets in de cel. Het was de koudste, kaalste, strengste, saaiste kamer die ik ooit had gezien. Er was niet eens een lichtknopje. Het licht werd zeker van buitenaf geregeld. Er waren twee lampen, allebei aan het plafond, allebei bedekt met dik glas dat natuurlijk onbreekbaar was. Toen ze me daar brachten, waren de lampen aan en was het bijna ondraaglijk licht. Later merkte ik dat als de lampen uit waren, het bijna ondraaglijk donker was.

Mijn ogen dwaalden rond, op zoek naar iets interessants om de eentonigheid te doorbreken. In een hoek van het plafond, bijna onzichtbaar door het felle licht, was een lens, een soort dik, glazen oog. Daar zat zeker een camera achter en ik bloosde van schaamte toen ik bedacht dat ik net naar de plee was geweest.

Met veel gerammel van sloten en mechanische onderdelen werd de deur opengemaakt en kwamen er drie bewakers binnen. Het waren alle drie vrouwen, een in officiersuniform en de andere twee in soldatenpak. De officier droeg een pistool op haar middel in een glanzende leren holster en haar assistentes hadden pistolen in hun hand, die ze op mij gericht hielden. Ik kon nog steeds niet geloven met hoeveel respect − nou ja, angst − ze ons behandelden.

Geen van hen sprak Engels, maar ze konden me wel duidelijk maken wat ze wilden. Ik moest me uitkleden en ze doorzochten mijn kleren, haalden de zakken leeg en daarna keken ze in de zomen en voeringen. Wat waren ze grondig. Toen ze daarmee klaar waren, was ik zelf aan de beurt. Dat was gênant en pijnlijk, maar ik sloeg me er dapper doorheen. Niet dat ik een keus had. Daarna mocht ik me weer aankleden. Ik dacht dat ik eens een gokje zou wagen en mimede dat ik wilde eten, maar daar gingen ze niet op in. Toen ik weer was aangekleed gingen ze weg en namen de inhoud van mijn zakken mee. Daas besefte ik dat ik nu alles kwijt was, zelfs mijn beertje Alvin, dat Lee uit de puinhopen van het kamp van Harveys Helden had gered. Alvin had dat over-leefd, maar het zag ernaar uit dat hij dit niet zou overleven.

Ik ging op het harde bed liggen. Het was een rare ge-waarwording om weer een bed onder me te voelen. Ik vroeg me af of er ooit een aerobicsvideo voor bajesklanten was gemaakt, en zo ja, waar ik die dan zou kunnen krijgen. Mis-schien kon ik er een maken en er ontzettend rijk mee wor-den door ze aan massamoordenaars over de hele wereld te verkopen.

Het volgende moment werd ik wakker. Had ik geslapen? Hoe was dat mogelijk? Stel dat ik geëxecuteerd zou wor-den en ik de laatste uren van mijn leven had verdaan met slapen? Hoe stom en tragisch was dat wel niet?

Maar ik was wakker geworden van geluiden bij de cel-deur. De lampen waren nog aan en deden pijn aan mijn ogen. Maar er dreef een geur naar binnen, waarvan ik op-gewonden overeind ging zitten. Ik besefte dat ik eten zou krijgen. Ik kon mijn geluk niet op. Een van de soldates kwam binnen met een dienblad in haar handen, terwijl de andere twee bij de deur bleven staan en haar met hun wa-pens dekten. Ze zette het blad op het bureau en liep weer naar buiten zonder me aan te kijken. Ik lette nauwelijks op haar. Ik was nog half in slaap, maar ik hobbelde naar het bureau en ging op de witte stoel zitten. Door het koude metaal was ik ineens klaarwakker. Ik tuurde naar de borden en het kopje. Er was een kommetje rijst en een bord met drie stukjes gestoomde vis. Op een ander bord lagen twee sneetjes droog witbrood. Het enige kleurcontrast kwam van het kopje, waar slappe zwarte koffie in zat. Het zag er niet bepaald lekker uit en het was niet erg veel, maar het was tenminste iets en ik vond het wel best. Ik nam er de tijd voor en kauwde elke hap tientallen keren voordat ik hem doorslikte, om er lang over te doen, en tussendoor nam ik kleine slokjes koffie. Maar de koffie was lauw, evenals de rijst en de vis, dus echt smakelijk was het niet. We hadden in het bos wel lekkerder gegeten, ook al waren dat primitieve maaltijden.

Toch putte ik moed uit het feit dat ze bereid waren om me te eten te geven, wat betekende dat ze me niet meteen zouden doodschieten. Ik at alles op, en daarna – het is waar, ik zweer het je – likte ik met een schuldbewuste blik naar de camera mijn bord af. Ja, Ellen Zonder Vrees schaamde zich om slechte tafelmanieren te tonen. Toen wist ik, denk ik, zeker dat ik geen geboren terroriste was.

Daarna was er gewoon helemaal niets te doen. Ik klopte een paar keer op de muren, maar kreeg geen antwoord. Om het halfuur ongeveer verscheen er een gezicht in het ruitje in de deur en staarde me aan. Ik wist niet wat ik met mezelf aan moest. De camera maakte alles nog erger, omdat ik niet wist of elke beweging van mij werd geregistreerd of niet. Op een gegeven moment – waarschijnlijk aan het eind van de ochtend, wie zal het zeggen – betrapte ik mezelf erop dat ik zelfs wilde dat er iets gebeurde. Toen besefte ik meteen dat alles wat er gebeurde wel iets slechts moest zijn, dus begon ik weer te wensen dat er niets gebeurde. Ik ging weer op het bed liggen en staarde naar het plafond.

Een van de afschuwelijkste dingen van die cel was de stilte. Hij moest wel volledig geluiddicht zijn gemaakt. Van tijd tot tijd hoorde ik een deur slaan, maar dat was het enige geluid dat doordrong. Ik neuriede bij mezelf en daarna begon ik zachtjes te zingen, alleen maar om wat geluid te maken. Ik was benieuwd hoe lang ik al in die cel zat en hoe lang het zou duren voordat ik gek werd. Ik ben een mens van bergen en open velden en de grote, lege lucht, daar hou ik van, en als ik wist dat ik daar lang van verstoken zou moeten blijven, zou ik doodgaan. Ik weet niet waaraan, maar ik wist gewoon dat ik dan zou doodgaan.

Toen het tijd was om te lunchen werd het ontbijtblad weggehaald en een blad met lunch voor in de plaats gezet. Het eten was grotendeels hetzelfde, rijst met droog brood, maar ze hadden er een half kopje vleescurry bij gedaan en een appeltje met lelijke, zwarte plekken erop.

'Lieve God,' dacht ik, 'hoe lang hou ik dit nog vol?' Ik voelde hoe een verschrikkelijke, donkere depressie langzaam kwam opzetten, anders dan andere depressies, meer een fysiek iets, alsof een afschuwelijke zwarte mist mijn landschap binnendreef en daar bleef hangen. Het was een verontrustend, onaangenaam gevoel. Ik at de lunch net zo langzaam op als het ontbijt en dacht over mijn situatie na. Ik besloot dat ik mijn leven op orde moest krijgen. Als ik al na een paar uur in een depressie belandde, hoe zou het me dan na een week, een maand of een jaar vergaan? Er was me verteld dat ik beresterk was en nu moest ik dat bewijzen. Ik besefte dat ik nu meer dan ooit op mezelf was aangewezen. Het lag in mijn handen of ik dit alles overleefde. Ik had niets en ik had niemand. Wat ik wel had, zei ik bij mezelf, was mijn geest, mijn fantasie, mijn geheugen, mijn gevoelens, mijn ziel. Dat waren belangrijke, krachtige dingen. Ik dacht weer aan het gedicht dat Robyn in haar slaapkamer in Wirrawee had opgehangen, over een meisje dat steeds als ze over het strand loopt en achteromkijkt, twee paar voetsporen ziet, die van haar en die van God, behalve in moeilijke tijden, wanneer ze maar één paar voetsporen ziet. En ze zegt tegen God: 'Waarom was u er niet op de momenten dat ik u het meest nodig had?' En God antwoordt: 'Mijn kind, ik was er wel. Die voetsporen waren van mij. Die maakte ik toen ik je droeg.'

Toen ik dat gedicht voor het eerst las, vond ik het wel aardig, maar meer ook niet. Maar nu ik het nodig had, werd het gedicht belangrijk voor me. Al die tijd die ik in de cel doorbracht, werd dat gedicht ongeveer mijn grootste bezit.

Ik besloot de tijd tussen maaltijden op te delen. Ik had geen idee van de tijd, omdat ze mijn horloge hadden afgepakt. En in de cel bestond er geen onderscheid tussen dag en nacht. Dus waren de maaltijden de enige tijdsbepaling. Ik besloot tijd te besteden aan lichaamsoefeningen, tijd aan geestelijke zaken en tijd aan creatieve dingen. Ik begon met de lichaamsoefeningen, omdat ik wel een fysiek iemand ben. Mijn eerste sessie cel-aerobics bestond uit rekoefeningen, gevolgd door een zelfverzonnen dansje, met veel stapjes naar achteren en naar voren. Ik moest elke beweging vermijden die mijn knie zou belasten, omdat die nog steeds pijnlijk en dik was. Maar afgezien daarvan ging het prima. Het ergste was dat de lucht zo bedompt was. Er kwam bijna geen frisse lucht binnen. Normaal gesproken maakte dat niet zoveel uit, maar zodra ik oefeningen ging doen, werd alle lucht verbruikt. Binnen een minuut liep het zweet in straaltjes naar beneden.

Daarna kraakte ik mijn hersens een beetje. Ik deed wat samengestelde breuken uit mijn hoofd – drie-achtste maal twee-derde is één-vierde, dat soort dingen – en ging daarna door met aardrijkskunde, waarbij ik in mijn hoofd lijstjes afwerkte zoals de drie voornaamste soorten van erosie, de voornaamste oorzaken van erosie, de definities van eindmorenen enzovoort. Dat was allemaal geheugenwerk.

Ik probeerde me ook de woorden van vier verschillende liedjes te herinneren. Dat was best leuk. Ik koos 'Public Friends', 'Bananas in Pyjamas', 'Sitting on the Dock of the Bay' en 'Reason for it All'. Het was een bewust gekozen variëteit, zowel van de bandjes van mijn ouders, als van mijn eigen cd's. Toen ik ermee bezig was en mezelf dwong om vier of vijf keer die nummers te zingen, was het verbazingwekkend om te merken dat er steeds meer stukjes bovenkwamen. Toen ik klaar was, wist ik van bijna allemaal de woorden. 'Reason for it All' was het moeilijkst. 'Bananas in Pyjamas' was een eitje.

Er was aardig wat tijd verstreken, tenminste, dat leek zo. Ik dacht bijna niet meer aan gevangenschap en dood, en dat was goed. Dus het kwam als iets onverwachts toen ik de sloten van mijn deur weer hoorde opengaan. Het was toch nog geen etenstijd, dacht ik, en dat had ik goed gedacht. In de deuropening stonden twee mannen in uniform, met twee vrouwen achter hen. Ze gebaarden dat ik moest opstaan, en dat deed ik. Toen deden ze een stap achteruit en wenkten me. Ik liep de gang in en begon onbeheerst te trillen. Had mijn laatste uur geslagen? Had ik de laatste middag van mijn leven doorgebracht met te kijken of ik de tekst van 'Bananas in Pyjamas' nog wist? Zou ik sterven zonder afscheid te kunnen nemen van mijn familie en vrienden?

Mijn escorte kwam naast me staan en zo liepen we de

gang door. De eerste paar stappen was ik zo bang dat ik bijna niet kon lopen, maar toen we bij het eerste bewakingshek kwamen, had ik weer een soort ritme te pakken en liep ik wat makkelijker.

We marcheerden weer langs de kooi en door het hek aan mijn rechterhand waar we eerder doorheen waren gekomen. We liepen bijna door de hele gevangenis en hielden stil bij een lichtgroen gebouw aan de linkerkant. Alles was kennelijk in pastelkleuren uitgevoerd. Het gebouw leek een beetje op de nieuwe bibliotheek in Wirrawee. Er was zo te zien meer glas in verwerkt dan in de andere gebouwen van het complex. Er stond een bewaker bij de deur, die op een lijst op zijn klembord keek voordat hij ons binnenliet. De vier bewakers en ik stapten naar binnen. Het leek meer op een wachtkamer bij de dokter dan op een bibliotheek: een rij stoelen en een salontafel. Alleen de stapel tijdschriften ontbrak nog. Maar niemand ging zitten. We bleven ongemakkelijk staan. Ik zei tegen de bewakers: 'Waar wachten we op?' Ik verwachtte geen antwoord, ik probeerde hen alleen te laten zien dat ik niet bang was. En ze antwoordden ook niet. Ik weet niet eens of ze me wel verstonden.

We wachtten minstens een halfuur. Het was ontzettend saai. Ik hoopte vurig dat het inderdaad een dokterswachtkamer was. Wie weet zouden we medisch onderzocht worden. In vredestijd zou dat de normale procedure zijn in de gevangenis, dat wist ik zeker. Dus misschien zouden ze het alsnog doen.

Maar nee, dat viel dus tegen. Er ging een deur open in de gang links en de bewakers duwden me erheen. Ik werd meteen weer doodsbang en zwalkte over de gang alsof ik

een boot in een storm was die vol water liep. Misselijk draaide ik de deuropening in en stapte over de drempel.

En daar zat hij. Iemand van wie ik niet had gedacht dat
ik hem ooit nog zou zien. Iemand die ik bijna was vergeten. Iemand die ik zo verachtte dat ik draaierig werd toen
ik hem zag.

'Ellen, beste kind,' zei majoor Harvey. 'Kom toch binnen. Wat leuk dat je er bent.'

Er viel een afschuwelijke stilte. Hoewel ik absoluut niet
zwak wilde overkomen, moest ik me aan de deurpost vast-
houden om niet om te vallen. Nu pas drong het tot me door
hoe diep we in de puree zaten, hoe groot gevaar we liepen.
Ik voelde me verslagen en hulpeloos.

Majoor Harvey zat achter een groot, glanzend, zwart bureau, met daarop een klok, een liniaal, een vulpen en drie
stapeltjes papier, heel keurig gerangschikt. Achter hem stonden twee officieren. De ene was de man met de gouden
tressen, die we bij aankomst hadden gezien. De andere was
een vrouw met bijna net zoveel goudgalon. Ze staarden me
aan met uitdrukkingsloze gezichten.

Ik dwong mezelf om majoor Harvey in zijn ogen te kijken. Die waren doods en leeg. Ik vroeg me af of er wel een
persoon in dat lichaam zat of dat hij alleen maar een donkere duivel uit de hel was. De soldaten vochten tenminste
nog eerlijk, onder hun eigen vlag. Deze man was een verdorven schaduw van een mens. Ik wist dat hij me even makkelijk zou kunnen verpletteren als ik een vlieg zou dood-
meppen, en ik had ergens ook het vermoeden dat hij daar
een pervers soort plezier uit zou halen.

Ik rechtte mijn rug een beetje. Hij had zijn blik niet af-

261

gewend, hij keek me aan met die zwarte kraaloogjes, die helemaal geen ogen schenen te zijn. Het was alsof de huid van zijn gezicht op die twee plaatsen was doorboord en ik een glimp opving van wat daarbinnen was: een lege, verdorven duisternis.

Toen ik rechtop ging staan, merkte ik dat er even iets bewoog om zijn lippen. Het was bijna een glimlach, alsof hij van me verwachtte dat ik zoiets deed. Ik reageerde niet. Hoe zou ik dat kunnen? Ik was bang dat ik, als ik mijn mond opendeed, zou gaan overgeven, van angst, van haat.

Majoor Harvey schoof met zijn rechterarm een lade in het bureau open. Hij haalde er een kleine, zilveren bandrecorder uit en zette die midden op het bureau.

'Ga zitten, Ellen,' zei hij.

Ik gehoorzaamde en ging stilletjes in de dichtstbijzijnde stoel zitten, een modieus grijs geval van riet en staal. Ik klemde mijn handen om de armleuningen, in de wetenschap dat ik het klamme zweet erop zou achterlaten, maar het koele, sterke staal voelde goed aan. Majoor Harvey zette de bandrecorder aan.

'Zo, Ellen,' zei hij, 'ik denk niet dat je iets nieuws te melden hebt. We weten ongeveer alles al. Maar we hebben een officiële verklaring nodig, waarin al jullie activiteiten volledig aan de orde komen. Begin maar met je naam, adres en leeftijd, en ga dan van achter naar voren, beginnend bij de aanval op Cobbler's Bay. En vergeet alsjeblieft die officier en twee andere soldaten niet te vermelden die jullie in koelen bloede hebben neergeschoten toen jullie die Jackaroo stalen.'

Ik bleef hem maar aanstaren. Ik wist niet wat ik moest doen. Ik kon niet nadenken. Ik had geen idee wat de beste tactiek was, of ik nou moest zwijgen of hem alles vertellen, of een mengeling van leugens en waarheden moest opdissen. De kans was groot dat hij het hele verhaal al bijna kende, vooral als hij de anderen al had ondervraagd. Als ik op leugens betrapt werd, zou hij me dat inpeperen, vermoedde ik. Ik wilde hem niet kwaad maken.

Dus ik zweeg, niet omdat ik de held wilde uithangen, maar omdat ik niets zinnigs kon bedenken. Toen besloot ik dat zwijgen waarschijnlijk een heel goede strategie was.

Hij wachtte een minuutje. Toen zei hij: 'Weet je, Ellen, de eerste keer dat ik je ontmoette, vond ik je een bijzonder onbeleefde en koppige jongedame. Het is jammer voor je dat je bent opgegroeid in een maatschappij waarin de normen zo zijn ontaard dat zulk gedrag wordt getolereerd. Maar je bent geen kind meer. Hier zal je als een volwassene worden behandeld.'

Hij zweeg even. Hij scheen te wachten tot ik iets zei, maar ik kon niets verzinnen. Dus ging hij verder:

'Wanneer een kind een vergrijp pleegt, wordt het gestraft. Maar de straf die een volwassene opgelegd krijgt, wordt voor een kind aangepast, omdat het nog niet verantwoordelijk wordt geacht voor zijn daden, aangezien het nog niet ten volle beseft wat het heeft gedaan.'

Het leek wel alsof hij uit een leerboek of een toespraak citeerde of zo. Ik wist nog steeds niet hoe dit zou aflopen, maar ik was bang; het was een misselijkmakende angst zoals ik nooit eerder had gevoeld. Het leek alsof ik al door de kilte van de dood was bevangen, zodat mijn huid bleek werd en mijn ingewanden vloeibaar.

'Wij zijn voorstander van volwassen straffen voor volwassen daden. Je bent nu al geruime tijd volslagen onverantwoordelijk en verwoestend bezig. Je hebt afschuwelijke misdaden gepleegd. Je kunt uiteraard niet meer verwachten dat je als een kind wordt behandeld. Ik weet zeker dat je dat ook niet zou willen. We hebben de doodstraf weer in ere hersteld voor misdaden als moord, terrorisme en landverraad. Ik heb vandaag uitgebreid met je vrienden gepraat en een scherp beeld gekregen van wat jij allemaal hebt uitgespookt. Het verbaasde me niet te horen dat jij en die Griekse knaap de leiders van jullie groepje zijn. Het enige wat ik echt van je wil hebben is een lijst van deze misdaden, voor onze archieven, en de details over de uitvoering ervan, zodat we onze veiligheidsmaatregelen kunnen aanscherpen. We zijn vooral geïnteresseerd in de terroristische daden in Cobbler's Bay. Als je ons deze informatie verschaft, zou het wel eens zo kunnen uitpakken dat jij ons bewust maakt van omstandigheden die ervoor zorgen dat wij enige clementie in jouw geval kunnen betrachten. Dat overwegen wij ook voor een van je metgezellen, die ons bijzonder goed heeft geholpen, in plaats van de extreme straf die jullie eerlijk gezegd ook verdienen, dubbel en dwars, mag ik wel zeggen.

Dus, Ellen…' Hij leunde achterover in zijn stoel en sloeg zijn handen achter zijn hoofd in elkaar. Tot dan toe had ik gedacht dat hij volkomen ontspannen was, volkomen beheerst, maar toen hij zijn armen optilde zag ik enorme zweetplekken op zijn overhemd onder zijn oksels, die bijna tot zijn middel doorgingen. Daardoor knapte ik een beetje op.

'…ik begrijp dat je een soort schrijver bent, dat je de gebeurtenissen te boek stelt van die boevenbende van jullie.'

Hij pakte een vel papier van de stapel op het bureau en legde het voor me neer. Uit zijn zak haalde hij een goedkope grijze ballpoint, met het woord STAATSBESTUUR STRATTON in rood op de zijkant.

'Pennen stelen,' zei ik, 'is een ernstig vergrijp.'

Het was het eerste wat ik zei sinds ik in de kamer was, en het was een behoorlijk knullige opmerking. Majoor Harvey glimlachte alleen maar en schudde zijn hoofd.

'Een mens verandert nooit, hè, Ellen?' zei hij. 'Ik denk niet dat jij ooit verandert. En ik heb met je te doen, heus waar, omdat het leven misschien makkelijker voor je was geweest als je dat wel had gedaan. Goed, hier is het papier en hier is een pen. Zoals ik al zei kun je beginnen bij de chaos die je in de baai hebt veroorzaakt. We willen vooral graag weten hoe je daarbinnen bent gekomen, welk explosief je hebt gebruikt en hoe je aan dat explosief bent gekomen. We zullen je een uur alleen laten. Ik stel voor dat je snel schrijft. De enige kans die je hebt, is om alles op te schrijven. *Alles*, heb je dat gehoord?'

Dat laatste zei hij plotseling heel heftig. Het verbaasde me erg, maar ik probeerde dat niet te laten merken. In plaats daarvan staarde ik nors naar de grond, terwijl hij en de twee officieren de kamer uit gingen. Ze deden de deur achter zich dicht en ik hoorde ze de sleutel omdraaien.

Ik zat naar het papier te staren. Ook al zou ik het willen, ik kon me niet voorstellen om zoveel in zo'n korte tijd op papier te krijgen. Ik zou er maanden voor nodig hebben, en honderdduizenden woorden. Het leek me trouwens toch een nutteloze zaak. Ik had de energie niet om ook maar iets te schrijven.

24

Majoor Harvey pakte het vel papier op. 'Er staat iets geschreven op dit papier,' zei hij ernstig.

Ik zei niets. Ik nam aan dat hij een stomme opmerking ging maken over het onbeschreven vel.

'Ja,' zei hij, terwijl hij het papier weer neerlegde. 'Ik zie daar duidelijk iets op geschreven. Je doodvonnis. Dat staat erop.'

Hij keek me aan, wachtend op een reactie. Dat plezier zou ik hem niet gunnen. Ik was erg in de war en onzeker over wat ik moest doen. Het enige wat ik vrijwel zeker wist was dat ik alle bevelen van majoor Harvey niet zou opvolgen.

'Een uitstekend geschreven doodvonnis,' zei majoor Harvey, die zijn flauwe grapje nog eens dunnetjes overdeed.

Hij ging weer achter zijn bureau zitten. De vrouwelijke officier was er ook en deze keer ging ze zitten, in een stoel in de hoek. Majoor Harvey zette zijn gesprek met me voort.

'Ik ben een zeer bezette man, Ellen,' zei hij. 'Ik probeer je te helpen, maar ik ga geen dagen besteden om jou over te halen om je leven te redden. Als je daar niet in geïnteresseerd bent, zie ik niet in waarom ik dat wel zou moeten zijn. Je bent een heel dom, heel koppig meisje en ik kan je nu alvast vertellen dat je voor het eind van de week doodgeschoten zult worden, als je niet je best doet om ons te vertellen wat we moeten weten.'

Ik wilde geloven dat ik een kans had, maar ik kon het niet. Als ze me gingen doodschieten, zouden een paar kleine details over Cobbler's Bay hen daarvan niet weerhouden. Tegelijkertijd had het geen zin om hem die informatie te onthouden.

'Het is geen groot geheim,' zei ik. 'We zijn de baai binnengekomen in de achterbak van een kapotte containerwagen die werd gesleept. We hebben de container volgestopt met ANFO en toen ze de container in een schip laadden, hebben we 'm opgeblazen.'

'ANFO? Wat is ANFO?'

'Dat zou u moeten weten. U hebt toch in het leger gezeten?'

Hij werd een beetje rood. 'Geef gewoon antwoord op de vraag,' zei hij stijfjes.

'Het is ammoniumnitraat met dieselolie. Met een ontsteker steek je de ANFO aan en dan gaat de hele boel huizenhoog de lucht in.'

'Hoe kwam je aan dat spul?'

Ik haalde mijn schouders op. 'Elke boerderij heeft dat spul.'

'Hoe wist je dit? Hoe kon je zo'n sterke bom maken?'

'Mijn vader gebruikte het de hele tijd. Om boomstronken uit de grond te krijgen en zo.'

Zijn hoofd kwam naar voren en zijn zwarte kraaloogjes glinsterden.

'Maar toen ik voor het eerst met jou en je vrienden sprak, op die gedenkwaardige gelegenheid in het Holloway-dal, herinner ik me nog heel goed dat je toen zei dat je niets van explosieven wist. "We weten niets", zei je letterlijk, zoals ik me meen te herinneren.'

Ik zweeg. Ik bloosde, omdat ik betrapt was op een leugen en die niet kon uitleggen. Ik probeerde Kevin natuurlijk te beschermen, maar dat lukte niet erg. De majoor ging in de aanval.

'Je had het over "wij", toen je over de aanval vertelde. Wie zijn die "wij"? Hoeveel mensen hebben de haven aangevallen?'

'O, sorry, dat heb ik in m'n eentje gedaan. De anderen hebben me geholpen met het verzamelen van spullen, daarom zei ik "wij". Maar ik heb het alleen gedaan.'

Hij lachte, maar niet vrolijk.

'Je bent niet goed bezig.' Hij wachtte even zonder me aan te kijken en daarna boog hij zich weer naar voren.

'Ik zal je zeggen hoe het is gegaan,' zei hij. 'Op de een of andere manier hebben jullie met getrainde soldaten in contact weten te komen. Saboteurs van het Nieuw-Zeelandse leger, denk ik, parachutisten. We weten dat ze in dit gebied zijn. Jullie hebben ze ontmoet en jullie hebben met hen gewerkt, onder hun bevel, en toen jullie gisternacht gepakt werden, waren jullie naar hen op weg of jullie voerden een missie uit op hun bevel. Zeg het maar.'

Ik zat met open mond.

'Ik weet dat je hen probeert te beschermen,' zei hij. 'Maar ik waarschuw je voor de laatste keer, jongedame, je leven hangt af van wat jij me vertelt. Tot dusver heb ik nog niets gehoord.'

Ik had moeite om duidelijk te spreken.

'Waarom... waarom denkt u dat we het niet alleen hebben gedaan?' wist ik uiteindelijk te vragen.

Hij liet even een triomfantelijk glimlachje zien, alsof ik zijn theorie had bevestigd. De manier waarop ik mijn vraag had gesteld, gaf hem kennelijk het idee dat hij gelijk had: dat hij me bij m'n kladden had.

'Heel eenvoudig,' zei hij. 'Jullie zijn zes scholieren. Ik werk al sinds mijn twintigste met jonge mensen, sinds mijn lerarenopleiding. Ik weet wat ze kunnen en wat ze niet kunnen. De dingen waarvan jullie beweren dat jullie die hebben gedaan, zijn gewoon onmogelijk. Toen ik jullie pas kende en jullie zaten op te scheppen over aanvallen op de brug van Wirrawee enzovoort, heb ik dat afgedaan als typisch tienergebral.'

'Enige tijd na het gevecht waarbij jullie zouden zijn omgekomen, ontdekte ik dat de brug opzettelijk verwoest was en dat ten minste twee meisjes waren gezien, die bij de plek wegrenden. Toen wist ik dat ik jullie groep had onderschat en besefte ik dat jullie steun van het leger moesten hebben gehad.

Toen kwam die explosie in Turner Street, daar waren jullie toch ook bij betrokken? Dat had alle kenmerken van een professionele terroristische aanval. De aanval op Cobbler's Bay, de aanval en vernietiging van een helikopter op de grond door een jet van de Nieuw-Zeelandse luchtmacht: dat was gewoon een plezierige bijkomstigheid voor jullie, hè? Denk je nou echt dat ik dat serieus geloof? De hinderlaag en moord op de officier en twee soldaten: denk je soms dat een stel tieners op die manier beroepsmensen kunnen pakken?

269

Nee, Ellen, de waarheid is dat je betrokken bent geraakt in iets dat veel groter is dan je wel weet, iets dat helemaal uit de hand is gelopen.

Dus als je volgende week om deze tijd nog wilt leven, kun je me maar beter alles vertellen en snel ook. We moeten nu weten waar we deze mensen kunnen vinden. Als we ze niet vinden, sterf je voor hen, en ik denk niet dat je dat wilt, of wel? Je bent nog heel jong, veel te jong om te sterven, als ik dat cliché mag gebruiken. De mensen voor wie jij hebt gewerkt, de mensen die jou in feite hebben misbruikt – als je dat nu maar eens inzag – zijn professionele soldaten. Zij nemen sterven erbij als een beroepsrisico. Dat weten ze als ze het leger in gaan. Maar jij hoeft je op geen enkele manier verantwoordelijk voor hen te voelen.'

Het klonk, vreemd maar waar, nog logisch ook, dat was het angstaanjagende van zijn verhaal. Ik begreep heel goed hoe hij tot zijn conclusies was gekomen. Op een bepaalde manier gaf hij ons een pluim, omdat hij niet kon geloven dat we die dingen helemaal alleen hadden gedaan. Door het feit dat we zulke heldendaden hadden verricht, hadden we onszelf diep in de nesten gewerkt.

Ik wist niet waar ik moest beginnen. Ik ging eerst op de redelijke toer. Ik probeerde hem uit te leggen hoe we onze aanvallen hadden voorbereid. Maar ik was veel te moe en te bang, zodat ik moeilijk uit mijn woorden kon komen. Ik kon me de helft van de dingen die we gedaan hadden niet meer herinneren, en evenmin de volgorde waarin we ze uitgevoerd hadden, en binnen drie minuten dreef ik hulpeloos rond en raakte steeds meer verstrikt in het net, waarbij ik de lijnen bijna in mijn keel voelde snijden. Mijn re-

delijke toon ging over in een pleitende toon en uiteindelijk legde ik mijn trots af en smeekte hem om mijn leven te
sparen. Het enige wat ik niet deed, de enige manier om nog
wat zelfrespect te bewaren was dat ik Homer niet verlinkte
over Cobbler's Bay of Kevin over de explosieven. Misschien
had ik het wel gedaan als ik dacht dat het had geholpen,
maar ik wist dat dat niet het geval was. Het beste wat ik uiteindelijk kon verzinnen was hem over Chris te vertellen en
te zeggen dat Chris mij de kennis over explosieven had bijgebracht. Maar, zoals majoor Harvey zei, als dat het ware
verhaal was, had ik het hem wel meteen verteld. Ik had geen
reden om Chris te beschermen.

Daar had ik niet van terug, want het was namelijk waar.

Op een gegeven moment was ik het ondervragen zo zat,
dat ik tegen hem zei: 'Waarom vraagt u dat niet aan de anderen? Die zullen u hetzelfde verhaal vertellen.'

Toen zei hij dat die door anderen ondervraagd werden.
Hij had wel met alle vijf gesproken, maar hij wilde mij graag
zelf onder handen nemen.

We gingen uren door, totdat de majoor er net zo uitgeput bij zat als ik. De vrouw was al eerder weggegaan, maar
dat had ik nauwelijks gemerkt. De soldaten die me geëscorteerd hadden, hingen buiten in de gang rond en wier-
pen zo nu en dan een blik in het kantoor. Ten slotte gaf ik
het op. Ik kon op mijn kop gaan staan, maar Harvey liet
zich niet overtuigen dat we alles alleen hadden gedaan. Ik
bleef grimmig zwijgend zitten, terwijl hij steeds weer op me
inpraatte om hem alles te vertellen.

Ik denk dat hij echt in zijn eigen theorie geloofde. Maar
ik denk ook dat hij iets moest bewijzen. Ik vroeg me af of

hij zelf ook onder druk stond, misschien om tegenover zijn soldaten te bewijzen dat hij loyaal was en zijn werk goed deed. Wat het ook was, eigenlijk kon het me niet veel schelen. Ik had zelf al genoeg problemen aan mijn hoofd.

Het enige wat me opluchtte was dat het niet in hem was opgekomen dat hij het doelwit was van onze aanval op Turner Street. We waren erop uit geweest hem uit de weg te ruimen, dat was het voornaamste doel. We hadden gefaald, maar hadden blijkbaar toch iets ingrijpends bereikt, omdat hij vlak voor het einde van onze sessie zei: 'En die aanval op Turner Street was zeker ook weer toevallig?'

'Hoe bedoelt u?' vroeg ik vermoeid. Het was de eerste keer in een kwartier dat ik de moeite nam op zijn gevraag te antwoorden.

'Hoe wist je dat generaal S... er was?'

Ik kon de naam niet verstaan, hij was nogal moeilijk uit te spreken.

'Wie?'

'Kijk, hierdoor weet ik weer dat je liegt. Of wil je me soms wijsmaken dat jullie groepje geen inlichtingennetwerk hadden?'

'Wat?'

'Ellen, er was heel wat geheime informatie voor nodig om te weten dat de generaal die nacht in Wirrawee doorbracht. Het merendeel van onze soldaten wist dat niet eens. Maar jij wel, jij en de mensen die die aanval hebben voorbereid. Vroeg of laat zul je me ook vertellen hoe je aan die informatie bent gekomen. Maar het belangrijkste is nu dat we weten waar die Nieuw-Zeelandse soldaten zijn. We willen ze pakken, Ellen, begrijp je dat? En we zullen ze ook pakken, of jij dat nu nog zal meemaken of niet.'

En met die vrolijke boodschap werd ik naar mijn cel te-
ruggebracht.

Toen kwam de reactie: ik was totaal uitgeput, ik had geen
weerstand meer. Ik wilde onder het bed kruipen en me als
een babytje oprollen. Maar er was geen ruimte onder het
bed, dus kon ik alleen maar ineengedoken in een hoekje
gaan zitten. Ik huilde niet, maar ik trilde overal. Ik wilde
mezelf beheersen, omdat ik wist dat ik zoveel mogelijk energie nodig had, alleen had ik die niet. Dus zat ik als een klein
hoopje te trillen.

Ik kreeg nog steeds te eten, wat me wel verbaasde, en
toen ze het avondeten brachten, knapte ik een beetje op.
Ik stond niet op en keek ze niet aan toen ze in de cel kwamen, maar nadat ze waren weggegaan, kwam ik wankelend
overeind, liep naar het bureau en dwong mezelf te eten. Ik
wist niet wanneer ik weer te eten zou krijgen. Majoor Harvey was duidelijk niet zo blij met me.

Nog geen uur later werd ik weer naar zijn kantoor gebracht. Ik merkte dat er een beetje een andere sfeer hing.
Hij zag er wat rustiger en minder gespannen uit. Terwijl ik
zijn bedreigingen en beledigingen over me heen liet gaan,
drong het langzamerhand tot me door wat er aan de hand
was. Inmiddels waren zes van ons urenlang verhoord en alle zes moeten we zo stomverbaasd hebben gereageerd op
dat verhaal van het Nieuw-Zeelandse commando dat ze nu
zelf ook gingen twijfelen. Dat betekende niet dat dat op lange termijn iets uitmaakte, maar wel dat de druk een beetje
van de ketel was. Hij was nog steeds aan het razen en tie-
ren, maar niet meer zo zelfverzekerd als eerst. Het grote

273

struikelblok voor hem was het idee dat we in ons eentje zoveel hadden kunnen bereiken. Omdat hij dat weigerde te geloven, moest hij een andere verklaring zoeken. Dus had hij zich vastgepind op de Nieuw-Zeelanders, omdat ze verder iedereen in het gebied tussen Stratton en Wirrawee hadden opgepakt.

We ploeterden tot ver in de avond door, het ene moeizame uur na het andere. De ene keer begon majoor Harvey te schreeuwen en te krijsen, de andere keer was hij redelijk en zogenaamd geduldig, en dan weer werd hij emotioneel. 'Je bent een aantrekkelijk meisje, Ellen,' zei hij, op een toon waar ik de kriebels van kreeg, 'dus het laatste wat ik wil is jouw leven zo vroegtijdig te zien eindigen. Maar je moet me de waarheid vertellen, anders kan ik je niet helpen. Ik weet dat je dingen achterhoudt. Ik weet namelijk hoe jonge mensen in elkaar zitten. Ik heb door de jaren heen veel met ze te maken gehad en weet precies wanneer ze de waarheid spreken en wanneer ze liegen. Daar heb ik een zesde zintuig voor ontwikkeld. Dus help me alsjeblieft, Ellen, help jezelf, help je vrienden en vertel me wie deze aanvallen heeft georganiseerd.'

Met de gedachte dat ik alles op alles moest zetten, begon ik boete te doen.

'Ik weet heel goed dat we iets slechts hebben gedaan, majoor Harvey,' zei ik met gebogen hoofd. De toneellessen van meneer Kassar over lichaamstaal kwamen soms goed van pas. 'Maar we wisten niet wat de beste aanpak was. Niemand kon ons dat vertellen, begrijpt u?'

Hij zwol meteen op. Alsof je kokend water op de koffie schenkt. Voor iemand die beweert dat hij jonge mensen zo

274

goed begrijpt, leek hij me niet al te intelligent. 'Ja, maar El-len,' zei hij, 'toen ik jou de kans gaf om van mij te leren, om bevelen uit te voeren in een goed georganiseerde, militaire omgeving, nam jij een norse, wrokkige houding aan. Dat kun je toch niet ontkennen.'

'Maar toen wist ik niet wat ik deed,' zei ik. Het was gewoon een fase, wilde ik nog erbij zeggen. 'Ik geef toe dat ik ongehoorzaam was. Maar nu weet ik wel beter. Ik zal me nooit meer zo gedragen, dat beloof ik. Als u me de kans geeft, zal ik u dat bewijzen.'

Hij keek de andere kant op en ik kreeg het treurige, inmiddels zo vertrouwde gevoel van wanhoop dat ik het wel kon schudden.

'Daar ga ik niet over,' zei hij stijfjes, en met mijn grote ervaring in het omgaan met volwassenen wist ik dat hij nu eens een keer de waarheid sprak. 'Die beslissingen worden door andere mensen genomen. Het is mijn taak om jou over te halen om ons te zeggen waar de terroristen zich bevinden, en er is mij verteld dat als je dat doet, de kans bestaat dat ze je gratie verlenen.'

'Ik kan het u niet vertellen, want ze bestaan niet,' zei ik vermoeid, voor de honderdste keer. Toen werd ik driftig.

'Wat kan het jou trouwens schelen?' schreeuwde ik. 'Walgelijke, vuile etterbak die je bent! Waarom help jij ze? Je bent een verrader. Wíj hebben tenminste iets geprobeerd. Wíj hebben tenminste ons best gedaan. Het kan me geen bal schelen of ik doodga, ik ben liever dood dan dat ik zo'n eersteklas klootzak word als jij.' Ik was opgestaan en stond te gillen, en ik zag dat er kleine spatjes spuug uit mijn mond vlogen en op zijn rode, geschokte gezicht terechtkwamen.

Niet dat ik dat erg vond. Toen kwamen de bewakers in de kamer, ze grepen me vast en smeten me op de grond.

Kort daarna werd ik naar mijn cel teruggemarcheerd. Het was vroeg in de ochtend en grote, grijze wolken werden verlicht door een stormachtig, grijs licht. Ik liep met mijn hoofd achterover, mijn ogen zo wijd mogelijk opengesperd, terwijl ik me verwonderde over de uitgestrektheid en woestheid van dat alles. Ik wist niet hoeveel luchten ik nog zou zien. In mijn cel was geen greintje natuur te zien, dus deze paar minuten waren me heel dierbaar, iets om de komende uren aan terug te denken en me weer voor de geest te halen. Mijn hele leven was ik omringd geweest door lucht, aarde en bomen, en het was heel zwaar om daar nu van afgesneden te worden, zo plotseling en volkomen.

De familie Slater had een paar jaar geleden een Japanse vrouw op bezoek. Ze was een jaar of drieëntwintig. Ze vertelde dat ze vóór haar reis naar Australië nog nooit de horizon had gezien. Drieëntwintig en nog nooit de horizon gezien! Het was een modern griezelverhaal. Toen besefte ik dat ik maar bofte.

25

Ik zat in mijn cel en wachtte in spanning op de volgende oproep van majoor Harvey. Ik was op van de zenuwen en kon niet slapen, hoewel ik onvoorstelbaar moe was. Het ontbijt werd gebracht en ik at het op en daarna dwong ik mezelf om de oefeningen te doen, zoals ik de vorige dag met mezelf had afgesproken. Maar nog geen etmaal nadat ik dat besluit had genomen, viel het me al zwaar om me eraan te houden.

De hele dag wachtte ik tot hij me bij zich zou roepen, maar er gebeurde de hele dag niets. Om een uur of twee doezelde ik weg aan het bureau, met mijn hoofd op mijn armen. Ik werd wakker met een zwaar en pijnlijk hoofd en een gevoelloos been. Ik voelde me slechter in plaats van beter.

Het avondeten werd gebracht door dezelfde groep van drie vrouwen. Ik begon de bewakers nu te kennen. Degene die steeds het blad droeg, was de kleinste van de drie. Ze was een tamelijk lelijke, dikke vrouw met een plat gezicht en dun zwart haar. Ze leek me een jaar of veertig. Haar uniform was het minst gedecoreerd van de groep: geen strepen en maar één klein onderscheidingsteken op de linkerschouder geborduurd, dus ik nam aan dat ze behoorlijk laag in rang was. Ondanks haar gewone uiterlijk had ze een vriendelijk gezicht. Ik dacht dat ze in haar eigen land waarschijnlijk schoonmaakster of dienstmeisje was geweest, hetzelfde als hier, behalve dat ze nu een uniform droeg. De twee vrouwen bij de deur met getrokken pistolen waren jonger en slanker. Ze zagen eruit als zusters. De ene maakte een nerveuze indruk, alsof ze dacht dat ik haar elk moment zou kunnen aanvallen. De andere, de officier, was zelfverzekerder, meer ontspannen. Ze keek me altijd belangstellend aan, alsof ze wilde weten wie ik was.

Dus probeerde ik deze keer een grapje te maken, toen de vrouw het blad neerzette. Ik snakte naar menselijk gezelschap, naar warmte, naar vriendschap. Ik wilde hun vijand niet zijn. Ik wees op het blad en vroeg: 'En, wat krijg ik vandaag? Een Big Mac?' De vrouw met het dienblad keek verschrikt, gaf toen een klein glimlachje en schudde haar hoofd. 'Nee, nee, geen Big Mac,' zei ze. De officier lachte hardop. De andere keek nog zenuwachtiger, alsof het maken van een grapje een soort aanval was. Ze gingen weer naar buiten en deden de deur dicht, maar ik putte een beetje moed uit mijn eerste toenaderingspoging en voelde me opgemonterd door dat moment waarop we samen lachten. Ik at mijn eten in een iets betere stemming op.

Ik had natuurlijk zitten denken hoe ik een dramatische ontsnapping kon organiseren. Zo had ik bijvoorbeeld bedacht dat ik majoor Harvey zou vertellen dat er inderdaad Nieuw-Zeelandse commando's waren en dat ik hem naar ze toe zou brengen. Als ik dan buiten de gevangenis was, zou ik een gelegenheid afwachten om een pistool of zo te pakken of om weg te rennen. Een van de vele knelpunten daarvan was dat ik moeilijk uit de gevangenis kon ontsnappen en mijn vrienden daar achterlaten.

Ik zei bij mezelf dat het makkelijker was geweest als ik zeker had geweten dat ze me gingen doodschieten. Want dan had ik alles op alles gezet, ik had zelfs een fatale ontsnappingspoging willen uitvoeren, omdat ik niets te verliezen had. Maar hoop doet toch leven en ik wilde gewoon niet accepteren dat mijn executie al vaststond.

Een andere ontsnappingsmethode zou zijn om iemand te gijzelen. Een mes tegen de keel van een soldate zetten en haar dwingen me naar de toegangspoort te brengen en me vrij te laten. Maar ook daar kleefden wat problemen aan, bijvoorbeeld dat de enige wapens die ik tot dusver tot mijn beschikking had plastic vorkjes waren.

Na het eten deed ik weer oefeningen. Ik wilde mezelf vooral lichamelijk uitputten, zodat ik meer kans had om te slapen wanneer de lichten uitgingen. Dus deed ik nog meer aerobics, zwaaide met mijn armen, schopte met mijn benen en zong liedjes in mezelf. Deze keer lette ik gewoon niet op de camera.

Toen ik bijna geen adem meer had, ging ik op het bed zitten. Ik besefte dat ik het meest verlangde naar iets te lezen, of als dat niet kon, naar iets waarop ik kon schrijven. Ik besloot om de aandacht van de bewakers te trekken. Ik was benieuwd hoe dat zou gaan en, zoals ik al zei, ik had niets te verliezen. Dus ik liep naar de deur en bonsde erop met mijn vuist. De deur was zo dik en zwaar dat ik niet genoeg lawaai kon maken. Dus probeerde ik hem heen en weer te schudden, maar dat haalde ook niets uit, omdat hij te stevig was en te goed afsloot. Daarna zette ik het op een schreeuwen, eerst tegen de camera en toen door de deur.

Ik vroeg me af of mijn vrienden het konden horen. Ik had ze niet gezien of gehoord sinds we waren opgesloten. Maar het leek me niet waarschijnlijk dat iemand me kon horen, omdat mijn stem zo gesmoord klonk, ook in mijn eigen oren. Dat was frustrerend en een beetje eng. Ik voelde me van god en iedereen verlaten en vroeg me af wat er zou gebeuren als er brand in de gevangenis uitbrak. Dan kon je maar beter ergens anders zijn.

Ik gilde tien minuten lang. Er was niet veel anders te doen, zo ging de tijd sneller voorbij. Op het moment dat ik het wilde opgeven, hoorde ik de sloten rammelen. De deur zwaaide open en daar stonden de twee jongere vrouwen, die er altijd bij waren wanneer mijn eten werd gebracht. De een stond een eindje van me vandaan, met een pistool op me gericht. De ander, de officier, die om mijn Big-Mac-grapje had gelachen, stond vlak bij de deur en begon te praten. Tot mijn verbazing was haar Engels heel goed.

'Ga tegen de muur staan.'

Ik liep een paar passen achteruit, maar ze gebaarde dat ik nog verder achteruit moest, totdat ik tegen de verste muur stond. Toen deed ze een paar stappen de cel in, hoewel haar metgezellin in de gang bleef staan.

'Zo,' zei ze. 'Ik leer jou manieren. Wil je bewaker, druk op deze knop.' Tot mijn verrassing liet ze me iets zien dat ik nog niet eerder had opgemerkt: een witte knop naast een ventilatierooster bij de deur, hoog in de muur. Ik had medelijden met kleine gevangenen. Ze ging verder: 'Dan ga je tegen achtermuur staan en wacht, oké? Begrijp jij?'

Ik knikte. Ik begreep het.

'Sommige dingen mogen niet. Lawaai mag niet. Boek lezen mag niet. Rommel maken mag niet. Namen op muren maken mag niet. Oké? Begrijp jij?'

Ik knikte weer. Geen namen maken op muren.

'Mag ik douchen?' vroeg ik.

'Sorry, geen douche. Misschien morgen.'

'Mag ik mijn vrienden zien?'

'Nee, geen vrienden. Misschien morgen.'

'Mag ik een tandenborstel?'

'Tandenborstel, ja. Oké, ik breng.'

'En zeep?'

'Ja, ja, tandenborstel, tandpasta, zeep, handdoek, al die dingen ik breng.'

'Mag ik een pen en papier?'

'Waarvoor?'

'Eh, ik wil, ik wil schrijven...'

Ik probeerde een mooie leugen te verzinnen die er wel bij haar zou ingaan, maar ik kon niets bedenken, dus eindigde de zin nogal tam met de waarheid. 'Ik weet het niet, maar ik word gek als ik niets te doen heb.'

Het was even stil terwijl ze mijn verzoek tot zich door liet dringen. Het was duidelijk tegen de regels. Maar toen nam ze een besluit. 'Oké, pen, papier. Oké. Dat alles?'

'Ja, bedankt. Heel erg bedankt.'

Pas twee uur later werden de spullen die ze me had beloofd bezorgd, maar het was erg opwindend om ze te krijgen. Ze werden door een andere bewaker gebracht, een van de soldaten die me naar majoor Harvey hadden begeleid. Het was net Kerstmis. Ik bestudeerde elk ding heel aandachtig. De tandenborstel was blauw met achtentwintig borsteltjes, negen rijen van drie plus een bovenaan. De zeep was klein en geel, zo groot als een lucifersdoosje, en rook sterk en vies. De tandpasta was Colgate, met de bekende rode, groene en witte kleuren, maar behalve het woord Colgate stond er verder niets in het Engels.

Ik had ook een dun, gerafeld, citroenkleurig handdoekje gekregen, met een groene streep aan de onderkant, een doorzichtige kam en een goedkoop plastic wegwerpbekertje. Wat een boel bezittingen! Ik voelde me rijk.

Maar het belangrijkste waren de pen en het papier. Er was maar één vel flinterdun lijntjespapier en een goedkope blauwe ballpoint, die er bijna bij elke haal mee ophield. Het was frustrerend, maar altijd nog beter dan niets. Plotseling leek de lange, lege nacht die zich voor me uitstrekte, niet zo lang of leeg meer. Ik ging aan het bureau zitten en schreef in kleine priegellettertjes, zodat het papier zo lang mogelijk leeg bleef, een brief aan mijn ouders. Ik wist dat de kans dat ze die ook zouden krijgen miniem was, maar ik wilde het graag doen, dus deed ik het.

De volgende dag werd ik nog steeds niet bij majoor Harvey ontboden. Eerst had ik steeds moeten opdraven, maar nu was ik kennelijk niet meer gewenst. De ochtend ging tergend langzaam voorbij, minuut voor minuut. Het ontbijt werd gebracht met een grapje van de oudere vrouw. Toen ze het blad neerzette, zei ze: 'Geen Big Macs vandaag, sorry,' en we lachten allebei. Maar ik hoorde niets over de douche die mij was beloofd en toen ik aan het eind van de ochtend de knop indrukte en ernaar vroeg, werd ik heel snel afgewimpeld. Het was dezelfde soldate die me de pen en het papier had gebracht, maar vandaag maakte ze een onvriendelijke, ongeïnteresseerde indruk. Omdat ik zo

282

veel tijd had om na te denken, vroeg ik me af of ik misschien al snel geëxecuteerd zou worden en dat zij nu afstand van me nam, wat ik in haar plaats ook had gedaan.

De lunch werd gebracht en weggehaald en de middag ging nog langzamer voorbij dan de ochtend. Ik schreef een gedicht op de achterkant van het papier en besloot dat ik die avond aan een kort verhaal zou beginnen. Mijn handschrift was zo priegelig dat ik het bijna zelf niet kon lezen, maar ik had nog driekwart vel over. Ik deed weer mijn lichamelijke en geestelijke oefeningen, maar mijn hoofd was duf en mijn hele lichaam langzaam en sloom. Ik ging me nog meer dingen afvragen over de toekomst. Sterven zou zoiets verschrikkelijks, ondenkbaars en oneerlijks zijn. Maar om jaren en jaren, tientallen jaren misschien, opgesloten te zitten in een cel... dat zou ik niet kunnen verdragen. Ik had het idee dat deze mensen anders waren dan wij. Ik wist niet veel van ze, maar ik vermoedde dat ze er weinig problemen mee hadden om mensen in een cel te gooien en ze te vergeten. In onze maatschappij kreeg je tenminste een eerlijk proces en wist je wat je te wachten stond, meestal dan. Misschien dacht majoor Harvey dat ons land een beetje laks in die dingen was geworden, maar ik wist wel aan welk systeem ik de voorkeur gaf.

Er gebeurde verder weinig en ik werd steeds gedeprimeerder naarmate de avond voorbijging. Ik verlangde ernaar dat de lichten zouden uitgaan, zodat ik zou kunnen slapen, maar toen dat gebeurde en ik ging liggen, kon ik blijkbaar helemaal niet slapen. Het was een ellendige rotnacht. Ik sliep waarschijnlijk maar een uurtje of twee en lag vaak stilletjes te huilen – stilletjes, omdat ik de bewakers niet het plezier gunde dat ze wisten hoe diep ik in de put zat.

Ondanks de waarschuwing dat ik 'geen namen op muren' mocht maken, maakte ik met de bovenkant van de ballpoint een paar krasjes op de onderkant van het bed, om aan te geven hoeveel dagen ik er al zat. Als ik daar tien jaar zou moeten blijven, wilde ik nog steeds weten wat voor dag het was.

Als ik toen geweten had dat er in die komende week niet veel zou veranderen in het dagelijkse leven, was ik nog veel depressiever geworden. Maar er zaten al zeven krasjes in de glanzende witte verf voordat er iets interessants gebeurde. De enige lichtpuntjes waren dat ik twee keer mocht douchen in een douchehokje op onze zwaarbewaakte afdeling, dat mij halverwege de week met tegenzin nog een vel papier werd gegeven en dat de oudere vrouw die het eten binnenbracht en weghaalde, me een pakje kauwgum gaf en tegen me zei dat ik een 'dapper meisje' was.

Ik was erg ontroerd door haar vriendelijkheid.

Ik dacht veel na over de andere vijf en was benieuwd hoe het met hen ging. Ik maakte me erg ongerust over hen. Ik zag Homer voor me, gefrustreerd en kwaad, ijsberend in zijn kleine cel, met zijn hoofd tegen de muur bonkend, de waanzin nabij. Ik dacht dat Fi als een reiger zou zijn die plotseling wordt gekooid en schuchter blijft zitten, terwijl ze in haar gedachten nog steeds de lucht en de heuvels en de vrije natuur ziet. Van Robyn wist ik het niet. De afgelopen paar weken leek ze weer in te storten. Als ik er niet een tijdje met mijn neus bovenop had gezeten, vergat ik soms wel eens hoe kwaad en depressief ze kon zijn.

Ik dacht dat Lee voor zowel zichzelf als de bewakers een

gevaar zou zijn. Ik zag hem voor me, met het uur wrokki-
ger, terwijl hij midden op de grond zat te broeden op een
plan, en dan plotseling in een vlaag van waanzin een bewaker naar de keel greep. En met Kevin ging het allerbe-
roerdst, stelde ik me voor. Ik zag niet in waar hij zich al die
slepende uren mee bezig zou houden. Hij moest het van
anderen hebben wat zijn belangstelling betrof, omdat hij
kennelijk zelf geen ideeën had. Hij had actie nodig, hij had
het nodig dat er steeds iets om hem heen gebeurde, anders
raakte hij algauw verveeld. Deze cellen waren niet geschikt
voor mensen als Kevin.

Dat waren de plaatjes in mijn hoofd die ik van mijn vrienden kreeg als ik aan ze dacht. Maar ik dacht natuurlijk ook
nog aan allerlei andere dingen. Het gedicht over God die
dat meisje over het strand draagt. Mijn familie en de mensen uit Wirrawee. Ik begon te begrijpen waarom ze zo depressief en verbitterd waren geworden, nadat ze maandenlang op het jaarmarktterrein gevangen hadden gezeten.

Maar vooral dacht ik na over de dood, mijn eigen dood,
in hoeverre ik daarop voorbereid zou worden, of ik moe-
dig zou zijn, hoe ik het zou ervaren en wat er daarna met
me zou gebeuren. Ik dacht heel veel na, maar ik werd er
ook somber van. Ik kon het niet helpen. Ik verlangde er
hevig naar om frisse lucht in te ademen, om de lucht te zien,
om met mijn lichaam bezig te zijn. Ik dacht ook over zelfmoord, maar het ironische was dat ook al had ik zelfmoord
willen plegen, ik dat op geen enkele manier had kunnen
doen.

26

Toen ze me een uur na het ontbijt kwamen halen, had ik geen flauw idee wat me te wachten stond. Omdat elke verandering in de sleur mij heel goed uitkwam, liep ik welwillend achter hen aan. De frisse lucht die me in mijn gezicht sloeg had zo'n schokeffect, dat ik het gevoel had alsof ik een dode was die uit zijn graf was opgestaan. Het was gemeen koud – het vroor – maar ik kon de lucht wel zoenen die in mijn gezicht beet.

We legden weer de gebruikelijke weg af: recht door de overdekte gang naar het gebouw waar majoor Harvey me al die uren had ondervraagd. Ik treuzelde zo lang mogelijk, maar de bewakers zei de koude lucht niets: voor hen was het gewoon weer een akelige winterdag, denk ik. Ze brachten me snel het gebouw binnen en de gang door naar hetzelfde kantoor, en daar zat hij weer, met datzelfde dreigende gezicht en dezelfde dreigende ogen. Hij maakte een gejaagdere, nerveuzere indruk, zijn ogen schoten heen en weer toen hij tegen me sprak. Ik dacht dat hij ook magerder was geworden.

'Ha, Ellen,' zei hij. 'Dit duurt niet lang. Gewoon een klein opdrachtje dat je voor me moet uitvoeren. Kijk hier even naar, alsjeblieft. Of nee, lees het maar voor.'

Hij gaf me een vel papier met een paar getypte paragrafen erop. Ik pakte het aan en begon hardop te lezen. 'Ik leg deze verklaring vrijwillig af om mij te verontschuldigen voor mijn daden in de afgelopen maanden. Ik ben betrokken geweest bij terroristische activiteiten, die aanzienlijk veel schade aan eigendommen hebben aangericht en waarbij veel onschuldige mensen zijn gewond geraakt of gedood. Door dit onverantwoordelijke gedrag heb ik mensen beledigd die helpen bij de wederopbouw van mijn land en die, besef ik nu, een nieuwe, betere maatschappij creëren voor ons allemaal.

Helaas zijn enkele misleide figuren in andere landen nog steeds bezig ons aan te vallen. Ik moet hen vragen om daarvan af te zien. Zij veroorzaken een groot en onnodig lijden. Zij plegen oorlogsmisdaden, die indruisen tegen de internationale wetten. Het is tijd dat iedereen in onze nieuwe samenleving de handen ineenslaat ter verheffing van alle mensen. Ik vraag iedereen steun om dit doel te bereiken.'

Ik gooide het papier op het bureau. 'Wat een gelul,' zei ik.

De majoor pakte het weer op. Hij leek niet van zijn stuk gebracht. 'Kom maar met me mee,' zei hij. We liepen verder de gang door, waar hij me aan het eind een klein kamertje in duwde. Ik zag een paraplu, een kruk, een paar lampen op standaards en een grote televisiecamera, die bediend werd door een vrouw met een koptelefoon op. De paraplu was een soort grote parasol. Hij stond op een standaard en scheen iets te maken te hebben met de belichting.

'Ga zitten,' zei Harvey.

Ik aarzelde, maar gehoorzaamde. Hij gaf me het papier terug en ik pakte het aan.

'Lees het nog maar een keer, voor je Nieuw-Zeelandse vrienden,' zei hij. 'Kijk af en toe in de camera. Geen trucs, alsjeblieft, en geen gekke gezichten, zoals sommige van je puberale jonge vrienden probeerden. Het betekent alleen maar dat we opnieuw moeten beginnen en nog meer tijd verspillen.'

Ik was ontzettend blij dat hij het over de anderen had. Het was het eerste nieuws dat ik over hen hoorde in ruim een week. Ik had de bewakers elke dag naar hen gevraagd, maar niemand wilde antwoorden. Het onderwerp was kennelijk taboe. Ik wist niet of ik die verklaring nou moest voorlezen of niet, maar de anderen hadden de weg voor me vrijgemaakt, ze hadden me bij wijze van spreken de beslissing uit handen genomen. Majoor Harvey had me natuurlijk kunnen beduvelen, maar ik dacht van niet. Dan was hij wel een heel goeie acteur geweest. Hij had heel spontaan over hen gesproken.

Ik had nog steeds niet veel zin om het voor te lezen, maar ik dacht op die harde rieten stoel na over mijn keuzes. Als ik het niet deed, wat zou er dan gebeuren? Ik denk dat ze me dan harder en ruwer zouden behandelen. En ik dacht niet dat ik daartegen zou kunnen. Ik kon de dingen nu al nauwelijks aan, maar als ze nog zwaarder werden, zou ik ze niet kunnen verdragen. En als ik het wel deed, wat gebeurde er dan? Ik zou me in ieder geval schamen. Maar ik was niet belangrijk. Wat voor schade zou het aanrichten? Ach, eigenlijk geen enkele. Iedereen zou meteen weten dat het nep was. Ik kon me niet voorstellen dat mensen in Nieuw-Zeeland of waar dan ook na het zien hiervan zouden denken: nou, dan zetten we een punt achter onze steun, want ze zijn blijkbaar tevreden met de nieuwe opzet.

Majoor Harvey werd ongeduldig. Ik vroeg hem – voornamelijk om mezelf te verzoenen met de beslissing die ik al had genomen: 'Wat gaan jullie met me doen als ik het niet lees?'

Zonder enige emotie antwoordde hij: 'Maak het niet erger voor jezelf dan het al is, Ellen.'

De vrouw ging achter de camera zitten en ik hoorde die zoemend aangaan. Majoor Harvey deed de lampen aan. Het werd meteen ontzettend licht en ontzettend warm in het kamertje. Ik hield het papier omhoog en las het snel voor, met een uitdrukkingsloos gezicht. Aan het eind dacht ik dat majoor Harvey me zou opdragen om het opnieuw voor te lezen – ik had immers als een robot geklonken – maar hij bleef een tijdje zwijgend staan nadat ik klaar was. Toen deed hij de lampen uit, liep naar de deur en riep de bewakers.

Die namen me mee naar de uitgang. Majoor Harvey, die voor me liep, ging zijn kantoor in zonder ook maar één keer om te kijken, maar ik kon hem niet laten gaan zonder dat ik iets te weten zou komen, wat dan ook, over mijn toekomst. Ik bedacht dat hij de eerste zou zijn die daar iets over zou kunnen zeggen en ik bedacht ook dat ik het liever wél dan niet wilde weten. Ik bleef staan en vroeg ernaar.

'Majoor Harvey, kunt u me zeggen wat er met mij gaat gebeuren?'

Hij wilde net achter zijn bureau gaan zitten, maar bleef stokstijf staan toen hij mijn stem hoorde. Er viel een lange stilte, een angstaanjagende stilte. Mijn hart begon hevig te bonken en het zweet brak me uit; ik wou dat ik die vraag nooit had gesteld. Zonder om te kijken zei hij: 'Je moet de gevolgen van je daden accepteren, Ellen.'

Het kwam niet alleen door wat hij zei, maar ook door de manier waarop hij het zei. Mijn benen waren zo bibberig dat ze niet wilden bewegen. Het leek alsof de botten eruit waren gehaald. Ik kreeg een por in mijn rug van een bewaker, zodat ik naar voren wankelde. Deze keer zag ik de lucht niet eens. Mijn hoofd hing naar beneden, mijn benen sleepten over de grond. Ik kreeg het gevoel dat ik ziek werd, dat ik een ernstige ziekte onder de leden had.

Maar ik wist wat voor ziekte het was. Het was de dood.

Terug in mijn cel plofte ik op bed en bleef daar liggen. Voor het eerst had ik geen trek in het eten dat door een vrouw werd binnengebracht. Innerlijk hoopte ik dat ze zou merken dat ik overstuur was en dat ze naar het bed zou lopen, me even zou knuffelen en vragen wat er met me was en me dan troosten. Net als mijn moeder. Maar dat deed ze niet. Ze zette het blad neer en ging weg. Ik huilde bittere tranen toen ik de deur hoorde dichtslaan. 'Ik ben nog te jong,' dacht ik maar steeds. 'Ik ben nog veel te jong.'

Het leek zo oneerlijk dat ik bij toeval niet gevangen was genomen toen de invasie begon en dus gedwongen was om bepaalde acties te ondernemen, en nu vanwege die acties moest sterven. Waarom had ik niet meteen gevangengenomen kunnen worden, net als alle anderen? Waarom was ik zo'n pechvogel?

Ik zette het feit dat een van de soldaten die we gedood hadden niet veel ouder was dan ik, maar even opzij.

Ik bleef er ongeveer twee uur liggen, denk ik. Als ik mezelf van kant had kunnen maken, had ik het waarschijnlijk wel gedaan. Dat ik dat niet deed, bracht me een belangrijke levensles bij: dat je nooit kunt weten wat er het volgende moment gebeurt. Als je zelfmoord pleegt, kan er seconden later misschien iets geweldigs gebeuren. Wat mij die middag overkwam is misschien voor anderen niet zo geweldig, maar voor mij was het dat wel, op dat moment.

De deur werd opengemaakt en ik hoorde de stem van de officier die me de tandenborstel en het papier had gegeven. Ze zei: 'Oefening nu. Kom.'

Ik dacht dat het misschien een truc was en dat het moment van de executie, waarvan ik zeker wist dat die zou worden uitgevoerd, misschien was aangebroken, maar ik stond toch op en liep lusteloos de gang in.

We namen weer dezelfde route als altijd: door de met prikkeldraad afgezette gang, langs de dofgroene gazons en tennisbanen. Maar toen we bij een hek kwamen dat op een klein stukje van de met gras begroeide binnenplaatsen uitkwam, zag ik een groep mensen die met elkaar stond te praten. Ik zou die mensen van een kilometer afstand herkend hebben, en al helemaal vanaf dertig meter. Ik stootte een kreet van vreugde uit, maar hield me snel in, voor het geval de bewakers van gedachten zouden veranderen. Maar ik had genoeg lawaai gemaakt. Het groepje ging uiteen en draaide zich om om te zien wie er zo'n herrie maakte. Tot mijn opluchting zag ik dat ze er alle vijf waren. Terwijl de bewaker het hek openmaakte, riep Fi: 'Ellen! O, Ellen!'

Zodra ik binnen was, stortten ze zich op me. Het waren net voetballers, die zich als een kluwen op de speler werpen die net heeft gescoord. Heel even had ik geen lucht meer. We omhelsden elkaar tot we er blauwe plekken van kregen.

Het was een fantastische hereniging.

Maar na het geknuffel kwamen de vragen. Ze werden zo snel afgevuurd dat ik maar half kon antwoorden.

'In welke cel zit je?'

'In dat blok daar...'

'Heb je majoor Harvey gesproken?'

'Ja, die klootzak. Hij vroeg...'

'Wat gaat er met ons gebeuren?'

'Dat weet ik niet. Majoor Harvey...'

'Hebben jullie elkaar iedere dag gezien?'

'Gaat het goed? Hebben ze je niet geslagen of zo?'

'Pas op je woorden. We weten niet of ze...'

'Moest jij ook die bekentenis afleggen?'

'Het zijn monsters. Ze dwingen ons...'

Het duurde even, maar uiteindelijk kreeg ik een beeld van hoe het zat. Homer en ik waren de enigen die in het E-Blok zaten. De andere vier zaten in een totaal andere situatie. Zij waren naar een blok gebracht met nog veel andere gevangenen, van wie sommigen, net als wij, 'oorlogsmisdadigers' waren en anderen er al heel lang zaten, nog vóór de invasie, vanwege misdaden die ze in vredestijd hadden gepleegd. Ze aten gezamenlijk in een grote ruimte en zo nu en dan konden ze door de deuren van hun cellen met de gevangenen praten. Waar ik het meest van opkeek was dat Robyn en Fi samen in een cel zaten. Daar benijdde ik hen om en het maakte me nog ongeruster over wat er met mij zou gebeuren. Homer en ik waren er als leiders uitgehaald, dat stond vast.

Maar ik zette al die sombere gedachten, al die angst opzij. Ik was vastbesloten om te genieten van het gezelschap van mijn vrienden. Het was zo'n opluchting, zo'n bevrijding om weer bij hen te zijn. En ik wist niet hoe vaak we zo'n gelegenheid nog zouden krijgen.

We praatten aan een stuk door. Ik had een vreemde, dringende behoefte om te basketballen, ik wilde actief zijn. De kooi waar we ons bevonden was ongeveer zo groot als een basketbalveld. Daarom kwam ik op de gedachte, denk ik. Uiteindelijk greep ik Homers schoen en rende naar de omheining, zodat hij achter me aan kwam. Ogenblikkelijk richtten de bewakers op de muur hun geweren op ons. 'Kijk uit,' riep Fi. 'Stop. Ze denken dat je iets uitvoert.' Maar ik luisterde niet naar haar. Ik was vastbesloten om niet al te bang te zijn voor die hufters. En ze deden niets, ook al hielden ze ons nauwlettend in de gaten.

Nadat we daar ongeveer een uur waren geweest, maakten de bewakers die vanaf de gang de boel controleerden, het hek weer open. Eerst wenkten ze mij. Ik was als laatste binnengekomen en nu was ik de eerste die wegging. Maar toen ze me wegleidden, zag ik dat ze Homer wenkten, dus nam ik aan dat het luchten voor iedereen voorbij was.

Ik riep naar hen: 'Dag! Tot gauw!', maar terwijl ik dat riep vroeg ik me af of ik ze ooit nog zou zien. Het machtige, donkere zwaard van depressie en angst zweefde weer boven me, maar nu iets hoger en misschien niet zo dreigend.

27

De volgende dag zag ik de anderen weer, en de dag erna en weer daarna. Het luchten 's middags ging bij de dagelijkse routine horen: de kostbaarste en opwindendste momenten van mijn leven, waar ik reikhalzend naar uitzag. Het ergste was dat Homer en ik maar een uur mochten, wat blijkbaar normaal was als je onder strenge bewaking stond. De anderen mochten twee uur buiten.

Misschien waren er niet genoeg bewakers: wanneer Homer en ik buiten waren, werden we door drie soldaten bewaakt. Voor de anderen was er maar één bewaker. Ik geloof dat Lee zich daar een beetje beledigd door voelde.

Drie weken lang verliep ons leven volgens dit vaste patroon. Er gebeurde bitter weinig. Ik zag majoor Harvey een paar keer vanuit de verte, toen we gelucht werden, maar hij keek niet naar ons. Het enige opwindende waren de luchtaanvallen; er waren er twee in die drie weken en zelfs in mijn geluiddichte cel kon ik het geloei van de sirenes horen. Ik drukte op de alarmknop tijdens de eerste, maar er kwam niemand. Toen de bewakers later het eten kwamen brengen, vroeg ik wat al die herrie betekende en ze zeiden: 'Vliegtuigen in lucht met bommen, heel slecht.' Toen ik de andere vijf de volgende dag op de binnenplaats zag, bevestigden ze dat er luchtaanvallen waren geweest.

'Alle bewakers renden weg,' zei Fi. 'Volgens mij is hier ergens een schuilkelder. Niet dat wij daar iets aan hebben, als we opgesloten zitten in onze cel. Ook zonder bewakers komen we er niet uit. Je vraagt je af waarom we überhaupt bewaakt worden.'

Beide luchtaanvallen vonden 's nachts plaats. We dachten dat het te gevaarlijk zou zijn om ze overdag uit te voeren.

Het regende vaak en daarom werden we steeds vaker naar een sportzaal gebracht. Dat vond ik veel minder leuk. Ik had erg behoefte aan frisse lucht. We zagen er allemaal verschrikkelijk slecht uit, maar Homer – en ik vast ook – waren er het ergst aan toe. Je kon Homer niet echt bleek noemen, omdat zijn huid van nature donker was, maar er lag een ongezonde glans overheen, bijna groen. En hij was broodmager. Nou ja, dat was ik ook. We waren een stel skeletten. We zagen eruit als Aurora, een meisje van school dat anorexia had. De anderen kregen beter te eten en begonnen hapjes naar buiten te smokkelen, maar dat was niet gemakkelijk: we werden nauwlettend in de gaten gehouden.

Toch werden we na verloop van tijd wat rustiger. Je kunt, denk ik, niet maar altijd zo op je tenen lopen. Je kunt niet steeds in je cel op bed in het donker liggen trillen en wachten tot de soldaten je komen doodschieten. De menselijke geest zit zo in elkaar dat je niet altijd zo kunt leven. Geleidelijk aan vergeet je dat je ter dood bent veroordeeld en ga je aan normalere dingen denken. Niet de hele tijd natuurlijk, maar vaak genoeg om in leven te blijven. Zo nu en dan val je in slaap en dan droom je niet altijd over de dood. Je raakt een beetje afgestompt.

In ieder geval ging het met mij zo.

De dag dat dat veranderde, was een dag die van mij voorgoed een ander mens maakte. Natuurlijk verander je door de dingen die je overkomen. Natuurlijk was ik ingrijpend veranderd door de invasie en wat er sindsdien allemaal gebeurd was. Maar die ochtend, de ochtend dat ik eindelijk onder ogen moest zien wat ik al die tijd had verdrongen, maakte een compleet ander mens van me, zoals ik nooit eerder had ervaren, denk ik. Ze kwamen me om een uur of elf halen. Ik weet nog precies hoe de eerste paar minuten verliepen. Hoe de officier me met een korte beweging van haar hand de gang in wenkte. Hoe de zware deur zachtjes knarste toen hij openzwaaide: dat piepje van het scharnier dat ik nooit eerder had gehoord. De gezichten van de bewakers: de vrouwen en mannen die ik zo goed had leren kennen, maar die me op deze ochtend niet wilden aankijken. De lange, trage wandeling naar een gebouw naast de ingang van de gevangenis, waar ik nog niet was geweest. Het zachte gerommel van de donder in de verte. De zweterige handafdruk van de bewaakster die de deur van het gebouw openduwde. Toen ik die handafdruk zag, wist ik dat ik iets verschrikkelijks tegemoetging. Vanaf dat moment herinner ik me bijna niets meer.

Ze brachten me naar een soort grote ruimte, met lichtbruine lambriseringen. Het zag er allemaal erg officieel uit. Er zaten mensen aan een tafel, een stuk of vijf, geloof ik, en dat waren allemaal mannen. Ik was drie of vier minuten binnen. Niemand keek me aan. De man in het midden las een heel stuk voor, in razend tempo, in zijn eigen taal, terwijl een man die achter hem stond het in het Engels vertaalde. Het ging erover dat ik eigendommen had vernietigd, terroristische daden had gepleegd, mensen had vermoord. Dat ik schuldig werd bevonden aan genoemde vergrijpen en ter dood werd veroordeeld. Het vonnis zou maandag de 16de worden uitgevoerd om 7 uur 's morgens. Dat was alles. Heeft u nog iets te zeggen? Nee? Neem haar weer mee. Breng de volgende gevangene binnen. De volgende gevangene was Homer, hoewel ik dat pas hoorde toen ik hem zes dagen later op het oefenterrein zag. Hij had me de kamer uit zien komen, maar ik was straal langs hem gelopen. Hij zei dat hij wist wat er aan de hand was zodra hij me zag.

Ik weet nog dat ik maar één ding aan de bewakers vroeg, namelijk welke dag het was. Vrijdag de 6de, zeiden ze, dus ik wist toen dat ik nog maar tien dagen te leven had.

Die middag begonnen de luchtaanvallen overdag.

Ik lag op bed, knieën opgetrokken, handen tussen mijn benen, en ik wiegde heen en weer, terwijl ik mijn gedachten onder controle probeerde te houden. Maar dat lukte niet. De gedachten wervelden door mijn hoofd met zo'n vaart dat het wel een afvalrace leek: ze botsten tegen elkaar en schoten draaiend het duister in. Ik kon ze niet vertragen, laat staan stuiten. Ik dacht dat mijn hoofd spontaan vlam zou vatten.

Toen ik het doffe gerommel hoorde, leek dat de achtergrond te vormen van mijn innerlijke chaos. Eerst had ik het nauwelijks in de gaten. Het duurde even voordat ik besefte dat het van buiten kwam. Op het moment dat ik dat besefte trilden de muren even en viel er dun poeder van het plafond. Toen begreep ik het: het was een luchtaanval, een

297

luchtaanval in de middag en dichtbij ook, als de muren van mijn cel ervan trilden.

Ik was niet bang, maar wachtte geboeid af wat er zou gebeuren. Ik stapte uit bed, ging bij de deur staan en wachtte en luisterde. Het gerommel hield een paar minuten aan en plotseling gingen de lampen uit. Dat was eng, maar ook spannend. Ik begon me af te vragen wat er zou gebeuren als het dak instortte. Hoe zou mijn lichaam eruitzien, begraven onder vijftig ton staal en beton? Ik kreeg het een beetje benauwd, maar was nog steeds niet doodsbang. Ik was eerder opgewonden omdat er iets ongewoons gebeurde en de uitkomst daarvan onzeker was.

Maar er gebeurde niets. Het gerommel ging nog tien minuten door en hield toen plotseling helemaal op. Uren later ging het licht weer aan: twee bewakers kwamen mijn cel binnen en onderzochten de ruimte en ik kon er alleen maar naar raden wat er buiten gebeurd zou kunnen zijn.

De volgende twee dagen waren er nog meer luchtaanvallen, een in de ochtend en een laat in de middag. Keer op keer trilde het gebouw op zijn grondvesten. Een aantal keren kroop ik weg in een hoekje van de cel. Iedere keer kwam er wit stof naar beneden, totdat de vloer eruitzag alsof er lichte sneeuw was gevallen. Aan het eind van de derde aanval ontdekte ik lange, dunne scheuren in de muur.

Op die twee dagen mocht ik niet naar buiten. De angst bekroop me dat ik mijn vrienden nooit meer zou zien, dat ik ze nooit meer vaarwel zou kunnen zeggen. Er gingen nog drie afschuwelijke dagen voorbij, verstikkende, martelende dagen, waarin er voorzover ik wist geen luchtaanvallen plaatsvonden, hoewel de bewakers erg opgefokt waren.

Maar op donderdag, nog maar vier dagen voordat de dood-vonnissen ten uitvoer zouden worden gebracht, hoorde ik dat ze de deur openmaakten. Op die tijd werden we gewoonlijk gelucht en ze brachten me naar buiten alsof er niets was gebeurd. Blijkbaar had een bevelhebbend iemand besloten dat de luchtaanvallen voorbij waren. Maar ik schrok me dood van de schade die er was aangericht, terwijl ik in mijn vierkante witte doodskistje opgesloten zat. De helft van de ramen van de gevangenis was gebroken. Overal lag rommel en dan bedoel ik grote rommel, serieuze rommel: platen gegalvaniseerd ijzer, brokken steen, grote boomtakken. De oostmuur was gedeeltelijk ingestort: over ongeveer vijftig meter was het meer een ruïne dan een muur. Maar ze hadden al een enorme omheining neergezet om de schade te herstellen. Ik zag niet hoe ik daardoor zou kunnen ontsnappen.

Een paar minuten later was ik in de sportzaal. Het ging er nu heel anders aan toe. De bewakers hielden ons nog scherper in de gaten. Homer en ik werd elk fysiek contact verboden, met elkaar en ook met de andere vier. We kregen drie verschillende zones op het basketbalveld toegewezen en moesten vandaar met elkaar praten. Ik had het veldje aan de zuidkant.

We vertelden om de beurt wat er gebeurd was. Homer en ik waren allebei ter dood veroordeeld, allebei op maandag. De anderen hadden gevangenisstraffen gekregen: dertig jaar voor Lee, vijfentwintig voor Robyn en Kevin en tweeëntwintig voor Fi. Ik weet niet hoe ze tot die verschillende straffen waren gekomen.

We voerden een verschrikkelijk gesprek. Niemand wist

iets zinnigs te zeggen. We zaten erbij alsof we al op een begrafenis waren. Zo nu en dan zei iemand iets met een hees
gefluister, maar meestal werd er niet geantwoord, zodat het
gesprek op niets uitliep.

Het was bijna een opluchting om naar mijn cel terug te
gaan.

Vrijdag was het beter weer en mochten we een uur buiten, maar we mochten nog steeds niet bij elkaar in de buurt
komen. Zaterdag waren we weer in de sportzaal. En weer
was het een verschrikkelijk uurtje. Fi was de hele tijd hysterisch. De rest van ons gedroeg zich als zombies en kon
nauwelijks functioneren.

Zaterdagnacht was het 't ergst, denk ik. Ik had brieven
geschreven naar een paar mensen, waarin ik zoveel mogelijk tekst probeerde te proppen op de weinige vellen papier
die ik kreeg. Ik schreef zelfs in de kantlijnen. Toen ik om
meer papier vroeg, werd me dat geweigerd. Er viel kennelijk niets meer te doen. Ik kon alleen maar bedenken dat
morgen de laatste volle dag van mijn leven zou aanbreken.
Ik lag op bed en probeerde kracht te vinden om ermee om
te gaan, om me door de volgende vijfendertig uur heen te
slepen. Terwijl ik daar lag, sloegen mijn gedachten op hol,
ik verkeerde op de rand van waanzin. Maar op de een of
andere manier werd ik zondagochtend vroeg geleidelijk aan
kalm. Ik kan er geen ander woord voor bedenken. Ik moest
weer aan het strandgedicht denken en kreeg het gevoel dat
er voor me gezorgd werd en dat alles goed was. Het was
vreemd; als er ooit een moment in mijn leven was geweest
dat ik me met recht eenzaam had moeten voelen, was dat
het wel. Maar ik was dat gevoel van eenzaamheid kwijt. Ik

had het gevoel dat er een kracht bij me was in die cel, geen persoon, maar ik werd me ervan bewust dat er een andere wereld was, een andere dimensie, en dat die voor me zou zorgen. Ik bedoel niet een plek waar ik heen zou gaan, dat was het niet. Het was zoiets als: 'Dit is niet de enige wereld, dit is maar één aspect van het geheel, denk maar niet dat dit alles is.'

Meer kan ik er eigenlijk niet over zeggen, ik kan het geen naam geven of het uittekenen. Het had een andere vorm dan de dingen die we benoemen of proberen uit te beelden. Maar ik weet echt dat ik een soort berusting voelde over wat er ging gebeuren.

Ik had ontzettend tegen het laatste oefenuurtje opgezien, de laatste keer dat ik mijn vrienden zou spreken. Maar ik was heel beheerst toen ik langzaam over de gang liep. Het was zwaarbewolkt en het moet 's ochtends hard geregend hebben: er stonden plassen op de grond. Het meeste puin van de bommen was geruimd. Ik lette nauwelijks op de bewakers. Het was de weekendploeg, die slordiger en amateuristischer leek dan de zwaar getrainde beroepssoldaten die me door de week bewaakten. Maar ze droegen toch wapens en hielden die nog steeds op me gericht, dus het maakte niet zoveel uit of ze niet zo netjes en gladjes waren. Ik moest er weer aan denken dat ik mezelf liever op hun geweren had willen werpen dan als een mak schaap te sterven, maar ik wist nu dat ik nooit de kracht zou kunnen opbrengen om zo onbesuisd de dood in te gaan.

Toen we bij de sportzaal waren, werd ik naar binnen geduwd. De anderen waren er al, ze stonden op me te wachten als acteurs in een vreemd toneelstuk.

Het bewakingssysteem van de sportzaal was natuurlijk anders dan dat van het buitenterrein. Mijn drie bewakers bleven altijd bij me, of we nu binnen of buiten waren. Maar in de sportzaal bleef ook altijd een van Homers bewakers achter om de groep weer voltallig te maken, ter compensatie van het feit dat we niet gezien konden worden door de bewakers op de buitenmuur. Ze verspreidden zich in de ruimte, een tegen elke muur, en zaten naar ons te kijken met geweren in de aanslag. Vanaf het moment dat we in de gevangenis kwamen, hadden ze ons steeds als gewelddadige, gevaarlijke misdadigers behandeld.

Ik weet niet hoeveel andere gevangenen er waren. Ik had er een paar vanuit de verte gezien en onze vrienden in het minder streng bewaakte deel zeiden dat er tientallen bij hen zaten, maar meer wist ik niet. Lee had ontdekt dat de metaalfabriek in Stratton, die dicht bij de gevangenis was, nonstop vliegtuigonderdelen produceerde en dat er bijna iedere dag werkploegen uit de gevangenis heen gingen. Dus daarom zag ik misschien nooit iemand.

Stratton was al lange tijd een groot industriecentrum. Aangezien de stad dicht bij een haven en de steenkoolmijnen van Marran lag en een groot spoorwegemplacement had, en omdat de rest van het land praktisch stillag, draaiden de fabrieken van Stratton op volle toeren.

Dus daarom was de stad zwaar gebombardeerd. En als dagen en nachten van zware bombardementen geen goede resultaten hadden opgeleverd, kwamen ze terug.

Dat gebeurde op die zondagmiddag.

Toen de sirenes aangingen, sprongen onze bewakers overeind en begonnen tegen elkaar te schreeuwen en wild te gebaren. Het was de eerste keer dat ik de sirenes buiten mijn cel hoorde en ze waren oorverdovend. Heel even werd ik bang, maar plotseling drong het tot me door dat het voor mij nauwelijks enig verschil maakte of er een bom op me viel. Een scheutje hoop schoot door me heen. Alles wat buiten de normale routine viel, de routine die me naar mijn dood zou leiden, was reden tot hoop.

Toen viel er een bom vlak bij de gevangenis. Er klonk een gigantische klap en het hele complex schudde. Er sneuvelden nog een tiental ruiten. Ik zag het glas in gruzelementen op de vloer vallen, maar ik hoorde het niet. Mijn oren waren verdoofd door de explosie. De bewakers aarzelden niet: ze renden naar de deur. Een van hen gilde iets tegen ons, waarschijnlijk: 'Daar blijven' of 'Bukken', maar ik hoorde hen niet. Misschien spraken ze helemaal geen Engels. Maar ook al waren de bewakers verdwenen, onze situatie was daardoor niet verbeterd. Er zaten nog steeds tralies voor het raam en de bewakers waren zo verstandig geweest om de grote deur van de sportzaal op slot te doen toen ze naar hun schuilkelder vluchtten.

Ik rende als een gek naar de deur en schudde eraan. Ik wist dat we nooit meer zo'n kans zouden krijgen. Maar de deur zat stevig dicht. Wanhopig keek ik naar de ramen: als we daarboven konden komen, zouden de tralies misschien wel verbogen zijn door de explosie. Ik schreeuwde iets naar Homer, ik weet niet eens meer wat, maar zijn oren waren kennelijk net zo doof als die van mij, want hij schudde zijn hoofd om me te kennen te geven dat hij me niet kon verstaan. Met z'n zessen renden we als gekken rond, als muizen onder in een graansilo die, als je het luik optilt, beseffen dat ze niet langs de gladde wanden omhoog kunnen klimmen.

Toen was er zo'n enorme explosie dat ik door de lucht vloog. Het leek alsof een reus naar ons blies met zo'n hete, machtige, droge adem dat ik eerst werd opgetild, en daarna draaiend en rollend op de grond werd gekwakt. Ik was nu omgeven door lawaai. Er scheen geen eind aan te komen. Brokstukken vlogen langs me heen en ik werd zo hard door iets in mijn rug geraakt dat ik bang was dat mijn ruggengraat was gebroken. Maar ik klampte me aan één ding vast: ik moest overeind blijven. Alles hing af van het feit of ik overeind kon blijven. Ik struikelde en keek geschokt en verbijsterd naar wat ik voor me zag. De gevangenis lag half in puin. De sportzaal zag eruit alsof die vijftig jaar geleden al was verwoest. De vloer was bezaaid met brokstukken, zodat je niet eens kon zien waar de zaal was geweest. Ik zag Fi vreemd genoeg maar twee meter van me vandaan, als een roerloos hoopje op de grond. Kevin liep met een verdwaasde blik in zijn ogen aan mijn rechterhand. Robyn stond gebogen over iets, iets wat voor haar voeten lag. Ik zag Homer en Lee niet. Ik rende naar Fi en raakte haar wang even aan. Die was warm en ik zag haar oogleden trillen. Er stroomde bloed uit een grote gapende wond op haar wang. Ik wachtte niet langer: ik ging op mijn hurken zitten, schoof mijn armen onder haar, tilde haar met een kreun op en hees haar over mijn schouders, hopend dat ik haar verwondingen daardoor niet erger maakte.

Ik deed een paar wankelende passen en probeerde mijn evenwicht te vinden, maar dat lukte niet zo goed, dus bleef ik wankelen.

Ik zag wat Robyn deed: ze haalde wapens weg van een lichaam op de grond. Het was een van de bewakers die de hele dag op de buitenmuur had gepost. Hij moest van de muur zijn geblazen voordat hij naar een schuilkelder had kunnen vluchten. Op de een of andere manier waren zijn ammunitie en granaten nog intact. Ik liep bij Robyn weg en stommelde naar de hoofdingang, waar beide hekken met de grond gelijk waren gemaakt en er een gat van twintig meter in de muur zat. Dat leek de snelste vluchtweg. Ik wilde naar Kevin roepen, maar had er geen adem voor. Hij had het toch niet gehoord. Maar Robyn zag me en kwam achter me aan. Ze had het geweer van de bewaker in haar hand en ik denk dat ze de handgranaten in haar T-shirt had gestopt, omdat het rond haar maagstreek uitpuilde. 'Liever jij dan ik,' dacht ik, maar ik had geen tijd om verder geamuseerd te zijn dat Robyn, de verstokte pacifiste, nu tot de tanden bewapend was.

Toen kwamen Lee en Homer links van me aanrennen, springend over brokken steen en stukken hout. Ze zaten onder het stof en het bloed, maar er was geen tijd om te vragen hoe het met ze was. Lee pakte Fi en droeg haar. Ik had nog steeds geen lucht genoeg om iets te zeggen, maar ik wees naar Kevin, en Homer rende naar hem toe. Mijn rug deed vreselijk pijn, en mijn been ook, maar ik durfde er niet naar te kijken. Lee en Fi waren al voor me; ik zag dat Fi plotseling bijkwam en zich probeerde los te wurmen. Robyn was het hek door. Ik keek of ik Homer zag en hij leidde Kevin aan de hand: ze liepen in de goede richting, dus ik liet ze begaan en volgde Robyn.

Ik rende de oprijlaan van de gevangenis op. Ik ademde

nu vrije lucht, maar daar dacht ik niet bij na. Ik probeerde alleen maar helder te blijven en hoopte dat ik niet doodgeschoten zou worden. De oprijlaan was vrij goed te zien, maar rechts was een enorme krater, slechts honderd meter van de gevangenismuur. Ik scheen me te herinneren dat daar een parkje was geweest met aardig wat bomen om de gevangenis, maar die waren allemaal weg. Geen blaadje was er over.

Aan het eind van de oprijlaan stond een blauwe Mercedes, schuin geparkeerd met het portier open, alsof hij haastig was verlaten. Midden op de weg stond majoor Harvey, die een pistool op Robyns gezicht gericht hield. Robyn had haar geweer op de grond gegooid en stond met haar armen om haar middel gevouwen. Ik bleef stokstijf staan met een verschrikkelijk benauwd gevoel in mijn borst. Majoor Harvey keek me aan en op dat moment besefte ik hoezeer hij me haatte. 'Oké, jongens en meisjes,' schreeuwde hij. 'Het feest is voorbij. Iedereen plat op de grond.' Ik hoorde hem duidelijk, dus mijn oren waren weer opengegaan. Toen niemand bewoog, gilde hij: 'Snel, of ik schiet deze dood.' Ik zakte op mijn knieën. De andere vier deden het ook. Alleen Robyn bleef staan. Ze stond een meter van Harvey vandaan, maar hij keek niet naar haar, omdat hij zeker wist dat hij de situatie onder controle had. Ik zag haar hand onder haar T-shirt schuiven. Ik gilde, maar er kwam geen geluid. Ik probeerde het nog eens en deze keer maakte ik een hees, schrapend geluid. Ik wist dat het al te laat was. Majoor Harvey keek me triomfantelijk aan. Ik gilde weer en eindelijk zei ik haar naam. Dat was het laatste geschenk wat ik haar kon geven: dat zij wist dat ik het wist. Ze keek me aan en wierp me een bang glimlachje toe, alsof ze niet wist wat ze had gedaan en of ze het wel had moeten doen. Harvey keek vluchtig haar kant op en pas toen, op het laatste moment, besefte hij wat er aan de hand was. Hij moet de slagpin van de handgranaat hebben gezien. Hij deed zijn mond open, liet zijn pistool vallen en deed een stap in haar richting. Hij stak zijn hand uit, alsof hij een smekend gebaar maakte. Toen verdwenen ze allebei. Dat was alles. Ze verdwenen gewoon. Er was natuurlijk een knal, maar die leek zacht vergeleken bij de bommen, net als de schokgolf die ik even later voelde. Maar ze waren verdwenen, dat was het punt. Robyn was er, ze leefde, ze was echt, ze was een persoon, en toen verdween ze. Ze bestond niet meer.

28

Daarna hadden we een meevallertje. God weet dat we dat verdienden. Maar het zei ons op dat moment niet veel. We namen Harveys auto en reden een paar kilometer, maar plotseling bleken we vanuit de lucht beschoten te worden, zodat we gauw uit de auto sprongen. We zaten midden in de grootste luchtaanval die de Nieuw-Zeelanders in de hele oorlog zouden uitvoeren, hoewel we dat toen natuurlijk nog niet wisten. Ze gebruikten vliegtuigen die door de Amerikanen ter beschikking waren gesteld, maar bestuurd werden door Nieuw-Zeelanders en onze mensen, en ze richtten veel schade aan. Toen de aanval voorbij was, was er niet veel meer over van de fabrieken in Stratton.

Maar goed, dat meevallertje was dat we een vliegtuig zagen landen op de weg. Er kwam rook uit en de piloot zette het hard op de weg neer. Hij remde zo hard dat het bijna op zijn neus kwam te staan en daarna klauterde hij uit de cockpit de vleugel op en sprong op de grond. We waren nog geen kilometer ervandaan. De andere kant van de stad werd nog gebombardeerd, overal grijze rook en vreselijk giftige dampen, waardoor je bijna stikte. We renden naar de piloot, ik weet niet waarom, instinct of zo. Het lag zo voor de hand. Misschien dachten we dat hij een engel was die uit de hemel kwam vallen om ons te redden. En op een bepaalde manier was hij dat ook. Hij rende als een bezetene van het vliegtuig weg, omdat hij bang was dat het zou ontploffen. We ontmoetten elkaar in een veld naast de weg.

'Waar komen jullie vandaan?' vroeg hij hijgend en puffend en zwetend. 'God, dit is een gekkenhuis.'

Hij had rood haar, was een jaar of vierentwintig, lang en mager, met rossige wenkbrauwen en veel sproeten. Maar hij had aardige ogen en hij had een grote grijns op zijn gezicht, alsof het allemaal één groot feest was.

Weer klonk er een rollende donder door de lucht en daarna was er een vuurflits aan de horizon.

'Raak,' zei hij.

'Hoe kom je hier weg?' schreeuwde Fi tegen hem.

'Blijf maar even hangen, dan zul je het zien. Ik ben in drie minuten weg.'

'Hoe bedoel je?' vroeg ik, terwijl ik hem bij zijn mouw pakte.

Hij haalde een grijs apparaatje, niet groter dan een afstandsbediening, uit zijn zak. Er flitste een rood lampje fel op. 'Dit is mijn noodknop,' zei hij. 'Hij is al geactiveerd. Ze zullen hier in een tel zijn.'

'Neem ons mee,' gilde Fi. Ze scheen niet meer normaal te kunnen praten, ze schreeuwde alleen maar. De piloot keek naar ons alsof we een stel gekken waren.

'Dat kan niet,' zei hij.

'We zijn allemaal gewond,' zei ik.

'Dat zie ik. Jullie zijn kennelijk door een hel gegaan. Maar ik kan jullie helaas niet meenemen.'

Het geluid van een helikopter, een geweldig geronk, drong door de rook en het grijs heen. De piloot liep van ons vandaan en keek omhoog in een poging het ding te zien. Ik zag dat hij geen belangstelling meer voor ons had. Erger nog, hij zag ons inmiddels als lastposten, als mensen die de dingen alleen maar ingewikkelder voor hem maakten.

'Wacht,' zei Homer. Sinds we de gevangenis hadden verlaten had hij niets meer gezegd. Er hadden voortdurend tranen over zijn gezicht gestroomd, een gestage stroom die hij niet had willen wegvegen of weglikken. 'Wacht. Heb je gehoord dat Cobbler's Bay een paar maanden geleden is opgeblazen? En dat alles verwoest was?'

'Ja, ja, natuurlijk. Een vriend van me heeft er foto's van gemaakt. De kranten stonden er vol van.'

'Dat waren wij,' zei Kevin.

De piloot keek weer naar ons, deze keer wat langer. Homer, die nog steeds onstuitbaar huilde, Kevin met snot uit zijn neus, Fi met haar gezicht verwrongen van vreselijke pijn en een T-shirt doordrenkt met bloed, Lee met een geblakerd en bloedend gezicht. Achter hem landde een reusachtige helikopter, die eruitzag als een zwangere koe, met zijn buik op de weg. De wind die zijn schroef veroorzaakte sloeg ons in het gezicht. Het was moeilijk om te blijven staan, om te horen, te zien.

'Snel dan,' zei hij, terwijl hij zich met een ruk omdraaide en naar de helikopter rende.

We renden zo snel mogelijk achter hem aan, een hinkend, snikkend groepje van vijf. Ik hield Fi vast en Homer hielp Kevin. Alleen Lee kwam er op eigen houtje. De piloot was al half in de helikopter en ik zag hem gebaren naar de bemanning. Toen draaide hij zich om en hielp ons instappen.

Als de bemanning ons niet had willen meenemen, lieten ze dat in ieder geval niet blijken. Zodra we binnen waren, stegen ze snel weer op. Terwijl we nog omhooggingen, wikkelden ze dekens om ons heen en legden ons op veldbedden die aan de vloer waren vastgemaakt. Ik was stomverbaasd dat de helikopter zo groot was, dat er zoveel ruimte vanbinnen was. Ik had nog nooit met een helikopter gevlogen. Er werd een veldfles aan mijn lippen gezet. Ik probeerde hem eerst met mijn mond weg te duwen, maar toen bond ik in en liet het toe dat ze me het vocht opdrongen. Fi en ik lagen naast elkaar en hielden elkaars hand stevig vast. Zo bleven we de hele reis liggen, zonder elkaar los te laten. Ook nu nog krijg ik het Spaans benauwd als ze even de kamer uitgaat en ik niet weet waar ze is.

EPILOOG

Toen we in de gevangenis van Stratton aankwamen, stond er een menigte mensen die zich verdrong om ons te zien. Toen we laag over het water vliegend in Wellington aankwamen, door de woelige wind naar die prachtige stad in de heuvels, stond er ook een menigte. Ik weet niet of er veel verschil was tussen die twee mensenmassa's. Beide werden door nieuwsgierigheid getrokken.

Voor we in Wellington aankwamen, waren we natuurlijk al aardig opgelapt. We hadden twee weken in een hospitaal van de luchtmacht doorgebracht, op de Astin-basis waar we eerst waren geland. We hadden stuk voor stuk een lange lijst verwondingen. Die van mij waren: shock, gescheurde rugwervels, gebroken knieschijf, ondervoeding, snij- en schaafwonden, acute angstaanvallen, hoofdluis... Dat was het wel ongeveer. Ik loop nog op krukken. Fi was er waarschijnlijk het ergst aan toe: hersenschudding, shock, gescheurd sleutelbeen, gescheurd trommelvlies en een lang litteken op haar gezicht, waar ze elke keer dat ze in de spiegel kijkt aan wordt herinnerd.

Onze acties kregen veel publiciteit. Er had lange tijd geen schot meer in de oorlog gezeten en alleen de laatste tijd kwamen er gunstiger berichten. Ze snakten naar helden, denk ik. Dus er stonden een heleboel mensen op het vlieg-

veld van Wellington, en we gingen naar een speciale pers-
ruimte om met verslaggevers te praten en op de foto te gaan.
Elke tweede vraag van de verslaggevers scheen te beginnen
met: 'Wat ging er door jullie heen toen...?' Op die vragen
werd heel wat door ons afgestunteld.

Ik weet niet wat ik van het hele gedoe moet denken. We
hebben het wel goed gedaan, denk ik. Dat schijnt iedereen
hier te vinden. Luitenant-kolonel Finley, die vent van de
geheime dienst, heeft ons verteld wat de gevolgen zijn geweest van wat we zoal gedaan hebben en hoewel niemand
van ons daar toen op reageerde, waren we wel blij om dat
te horen. Het schip dat we tot zinken hadden gebracht, had
de trots van hun vloot moeten zijn of zo. Daarmee hadden
we dus wel gescoord.

Nou, zo zit het dus. Als we hier zo rondhangen – we zitten in een soort revalidatiekliniek buiten Wellington – wou
ik soms wel eens dat we de klok een jaar of twee konden
terugdraaien. Het lijkt allemaal zo idyllisch als ik erop te-
rugkijk. Ik herinner me alleen de goede dingen: de geur van
scones in het fornuis, de esdoornzaden die door de lucht wer-
velen, de wormen die in de rijke compost kronkelen, de
wandelingen met pap door de weiden en de kopjes thee
met mam. Ik denk niet terug aan de hond waarvan de buik
door een kangoeroe was opengereten, of de opossum met
bloed op zijn snuit, die voor mijn neus doodging na het
eten van rattengif, of het van vliegen vergeven lijkje van
een muis dat ik achter de keukenkast vond. Ik denk niet terug aan die keer dat pap mam uitschold toen ze vijf kilometer lang met een lekke band had gereden of toen mam

pap uitschold omdat hij kritiek had op een van haar vriendinnen.

Dat lijkt een verloren wereld, waar ik steeds contact mee probeer te krijgen.

Intussen zitten onze ouders en familie nog steeds gevangen en we kunnen niets doen om hen te helpen. We moeten gewoon maar afwachten.

Dus hangen we wat rond, liggend of, in mijn geval, hobbelend. Er gebeurt hier niets, helemaal niets. We hebben zo lang op adrenaline geleefd dat het vreemd is als die ineens wordt afgekapt. Andere mensen houden zich nu bezig met vechten. En ze boeken ook wat successen. Kolonel Finley denkt dat de vredesbesprekingen behoorlijk serieus worden: hoe meer land de Nieuw-Zeelanders terugveroveren, hoe serieuzer het vredesoverleg wordt. Misschien kan ik ooit weer over de toekomst nadenken. Op dit moment denk ik alleen maar aan het verleden. Van het heden ben ik me niet eens bewust. Toen ik voor het eerst over onze lotgevallen ging schrijven, deed ik dat omdat we allemaal wilden dat ons verhaal bekend zou worden, dat we niet vergeten zouden worden. Maar dat is nu allemaal niet meer belangrijk. Ik wil wél dat Robyn nooit vergeten wordt en dat ze bekend wordt om wat ze gedaan heeft. Ik denk de hele tijd aan haar. Ik dacht altijd dat helden stoer en dapper waren. Maar die laatste blik op Robyns gezicht, die was niet stoer of dapper. Die was bang en onzeker.

Ik heb iets heel belangrijks van Robyn geleerd: je moet ergens in geloven. Klinkt makkelijk, hè? Maar dat is het niet. Voor mij niet en voor Robyn niet. Maar zij geloofde ergens in en ik blijf zoeken en proberen tot ik dat ook doe.

Dat is het probleem met onze regeringsleiders: zij geloven nergens in, ze zijn alleen maar bezig met hun eigen carrière.

Je moet ergens in geloven. Dat is alles.

NOOT VAN DE SCHRIJVER

De locaties die in deze serie voorkomen zijn gebaseerd op bestaande plaatsen. De Hel is bijvoorbeeld een redelijk accurate beschrijving van de Terrible Hollow, in de Australische Alpen bij Mount Howitt, Victoria. Smalle rotsen dalen als treden in de Hollow af, en die treden staan bekend als de Duivelstrap. De Kleermakerssteek is de Crosscut Saw, een lange rotsrichel die kilometers ver van Mount Howitt naar Mount Speculation loopt, via Big Hill en Mount Buggery. Ook Wirrawee, Cobbler's Bay en Stratton zijn gebaseerd op echte plaatsen.

INFORMATIE OVER DE SCHRIJVER

John Marsden: 1950–

John Marsden werd geboren in 1950 in Melbourne, Australië. Na de middelbare school ging hij naar de kunstacademie en studeerde hij rechten. Die studie brak hij af. Vervolgens had hij een aantal uiteenlopende beroepen, zoals lijkschouwer, medewerker in een circus en huismeester.

Nu is hij schrijver en woont hij in een oud huisje in Sandon in de buurt van Castlemaine op het platteland van de provincie Victoria. Hij beschrijft Sandon als 'het kleinste stadje van Australië: een kerk, een begraafplaats en een paar huizen'. Hij houdt van werken in zijn wilde tuin, van zwemmen in de beek en van wandelen in de heuvels met zijn hond.

John Marsden heeft een aantal jaren lesgegeven op een middelbare school in Victoria en in New South Wales.

In 1991 bracht hij zes maanden in Parijs door als gastschrijver van de Keesing Studio.

Betrouwbaarheid en werkelijkheidszin zijn de kenmerken van zijn werk; hij wordt zeer geprezen voor zijn manier van schrijven over jonge mensen zoals zij ook werkelijk zijn.

John Marsden heeft verschillende onderscheidingen ontvangen, waaronder de CBC – Australian Children's Book of the Year Award – in 1988. Zijn zesde roman *Letters from the Inside* verscheen in 1994 in het Nederlands onder de titel *Lieve Tracey... Lieve Mandy...* Het boek werd in Australië voorgedragen voor de CBC. In Nederland ontving het in 1995 een Vlag-en-Wimpel.

Morgen toen de oorlog begon is het eerste deel van een nieuwe serie, *Het holst van de nacht* het tweede en *Een kille dageraad* deel drie. Verdere delen zullen volgen in de loop van het jaar 2001.